Sueños frágiles

YARA ZGHEIB

Sueños frágiles

Traducción de
M.ª del Puerto Barruetabeña Diez

Grijalbo narrativa

Título original: *The Girls at 17 Swann Street*
Primera edición: febrero de 2020

La traducción del poema de Rainer Maria Rilke
que aparece en la página 9 es de José María Valverde.

Printed in Spain – Impreso en España

ISBN: 978-84-253-5839-5
Depósito legal: B-318-2020

Compuesto en Fotoletra, S. A.

Impreso en Romanyà Valls, S.A.
Capellades (Barcelona)

GR 5 8 3 9 5

Penguin
Random House
Grupo Editorial

*Para vosotros, los que habéis encontrado en estas páginas
esas gafas de leer, esa sudadera o esos pendientes,
vuestro libro preferido o vuestro sabor de helado favorito,
aquellos lunares o aquel perfume, esa receta de crepes
tan especial, ese fruncimiento de nariz, ese tartamudeo
o ese calcetín perdido*

Crece como un incendio tras las cosas;
que sus sombras, tendidas, me cubran siempre entero.

Déjalo ocurrir todo: hermosura y espanto.
Solo hay que andar. Ningún sentido es el que está más lejos.
No te dejes separarte de mí.

Cercana está la tierra que estos llaman vida.
La reconocerás por su seriedad grave.

Dame la mano.

RAINER MARIA RILKE

1

Yo la llamo la habitación Van Gogh. Por la paleta cromática tan diferente que tiene. Manta de color melocotón difuso, paredes del mismo tono. Moqueta verde pastel sobre un suelo de madera de cerezo. Persianas y contraventanas blancas, la ventana y la puerta del armario chirrían. Todo aquí es pálido y desvaído, un poco como yo.

Miro alrededor y pienso: *Aquí es donde empieza*. En la Habitación 5, en el lado este de una casa rosácea que hay en el 17 de Swann Street. Un sitio tan bueno (o malo) como cualquier otro para una historia como esta. Es un dormitorio sencillo y bastante acogedor, discutiblemente limpio. Al menos tiene una ventana; veo la entrada, el filo de la calle y un trocito de jardín y de cielo.

Cuatro perchas, cuatro toallas, cuatro baldas. No metí gran cosa en la maleta, tampoco necesito más. Pero sí que traje mi estuche de maquillaje, uno rojo que antes era de mi madre. Aunque no es que vaya a necesitarlo; no iré a ninguna parte en mucho tiempo. No tengo que ir a trabajar el lunes por la mañana, tampoco tengo planes para el fin de semana. Pero quiero estar guapa, debo estarlo. Pongo el estuche de maquillaje en la balda blanca y me aplico un poco de colorete en las mejillas.

Desodorante, crema corporal de coco. Mi perfume de manzana y jazmín. Una pulverización detrás de cada oreja y después dos más. No quiero oler a cama de hospital.

Cuatro imanes sobre un tablón magnético. Vaya, necesitaré muchos más. Por ahora extiendo en forma de abanico una buena pila de fotografías en el suelo. Miro detenidamente todos los rostros que he amado en mi vida y cuelgo en el tablón mis cuatro favoritos.

Mi madre y mi padre. *Maman et papa* aquel lejano día en que se fugaron juntos. Ella con el vestido blanco prestado y los zapatos blancos, él con el traje de su padre.

Una foto de Sophie, Camil y yo, haciendo un pícnic junto a un arroyo. Debía de ser otoño; el cielo estaba nublado. Camil tendría cinco o seis años; tiene en el regazo a Leopold, que entonces todavía era un cachorro.

Matthias, el guapísimo Matthias, entornando los ojos a causa del sol ante mi cámara. La primera foto que le hice, aquella primera mañana en París. Un día tranquilo y feliz.

Y la última es de Matthias y yo con las bocas manchadas de chocolate y unos crepes a medio comer en las manos. Nuestra foto de boda oficial, para la que posamos orgullosos delante del *Métro* hace tres años.

El caleidoscopio va junto a la cama, las zapatillas y una caja debajo. Bajo la persiana y enciendo la lámpara de la mesilla.

Acabo de mudarme a la Habitación 5 del 17 de Swann Street.

Me llamo Anna. Soy bailarina y siempre estoy soñando despierta. Me gusta tomarme un vino espumoso a última hora de la tarde y comer fresas maduras y jugosas en junio. Las mañanas tranquilas me hacen feliz y los atardeceres me ponen triste. Como a Whistler, el pintor, me gustan las ciudades grises y brumosas. Los días grises y brumosos los veo violetas. Creo en el sabor intenso del auténtico helado de vainilla que se derrite sobre un cucurucho formando chorretones pegajosos. Creo en el amor. Estoy locamente enamorada de alguien y ese alguien está locamente enamorado de mí.

Tengo libros que leer, lugares que ver, bebés que acunar, tartas de cumpleaños que saborear. Incluso me quedan unos cuantos deseos de cumpleaños de sobra que todavía no he gastado.

¿Qué estoy haciendo aquí entonces?

Tengo veintiséis años. Pero es como si mi cuerpo tuviera sesenta y dos. Y mi cerebro también. Ambos están cansados, irritables y doloridos. Hace tiempo tenía el pelo rubio claro y una tupida melena. Ahora lo tengo de un beis desvaído e insulso y los mechones me caen sobre la cara, a veces incluso se me quedan en las manos. Los ojos, verdes como los de mi madre, los tengo tan hundidos que no hay maquillaje que consiga hacer menos profundos esos cráteres. Lo que sí conservo son mis bonitas pestañas. Siempre me han gustado. Se curvan ligeramente hacia arriba como las de una muñeca que tuve.

Las clavículas, las costillas, las rótulas y unas venas azules, delicadas como serpentinas, se aprecian bajo mi piel, fina como el papel. Y la piel, el órgano más grande del cuerpo y su primera línea de defensa, me resulta más decorativa que funcional últimamente. De hecho, ni siquiera eso: la tengo agrietada y tensa y siempre está fría y llena de hematomas. Hoy huele a aceite de bebé. Me he puesto el de lavanda para la ocasión.

Tengo el vientre plano. En algún momento tuve labios y pechos, pero todo eso se desinfló hace meses. Como también se encogieron mis muslos, mi hígado y mi culo. También he perdido mi sentido del humor.

Ya no me río mucho. Muy pocas cosas me resultan divertidas. Y cuando lo hago, mi risa suena diferente. Por lo visto, también le pasa a mi voz por teléfono. Aunque no es que yo haya notado la diferencia: no tengo mucha gente a la que llamar.

Caigo en la cuenta de que no tengo el teléfono, y entonces me acuerdo: me lo han quitado. Me permiten tenerlo hasta las 10.00 de la mañana y después de la cena. Una de las muchas normas que tendré que seguir mientras viva aquí, dure esto lo que dure. ¿Cuánto tiempo estaré aquí? Aparto de mi mente ese pensamiento…

… y me asalta el pánico. No reconozco a la chica cuyos rasgos acabo de describir.

2

Formulario de Ingreso y Evaluación Clínica

Viernes, 20 de mayo de 2016

Datos personales del paciente

Nombre:	Anna M. Roux (apellido de soltera: Aubry)
Fecha de nacimiento:	13 de noviembre de 1989
Lugar de nacimiento:	París, Francia
Sexo:	Mujer
Edad:	26 años

Persona de contacto en caso de emergencia

Nombre:	Matthias Roux
Relación con la paciente:	Cónyuge

Otros datos

Profesión:

Yo le digo a la gente que soy bailarina, aunque hace años que no bailo. Trabajo de cajera en un supermercado, pero mi verdadera profesión es la anorexia.

Estado civil: Casada
Hijos: No
Aún. ¿Tal vez, con suerte, los tendré cuando todo esto acabe?

Me salto: Etnia, Historial familiar y social, Educación y Aficiones.

Estado físico

Me encuentro bien, gracias.

Alergias: Ninguna
Última regla: Se desconoce

Es que no recuerdo la fecha.

¿Métodos de planificación familiar? ¿Medicación anticonceptiva?

¿Para qué? Y otra vez: ¿para qué?

Peso y altura: *¿Y a usted qué le importa?*
Peso del paciente: 40 kilos

Altura del paciente: 1,53 metros
IMC: 15,1

Sí, estoy un poco delgada. ¿Y qué?

Hábitos nocivos

Tabaco:
No. *No me gusta cómo huele.*

Alcohol:
Una copa de vino una vez a la semana, los viernes por la noche.

Drogas recreativas:
No.

Cafeína:
¿Cómo voy a funcionar si no teniendo en cuenta que solo duermo tres horas?

Número de ingestas de comida que hace habitualmente en un día normal:

Habría que definir las palabras «normal» y «comida». Suelo llevar unas manzanas en el bolso por si tengo mucha hambre.

Número de ingestas de comida que hace habitualmente en un día de fin de semana normal:

¿Por qué iba a ser diferente de lo anterior? Bueno, a veces me hago palomitas de maíz en el microondas. Una sola ración. Baja en calorías.

Rutina de ejercicio regular: Sí.
Por supuesto.
Frecuencia: Diaria.
Describa el tipo de ejercicio que realiza:

Corro, hago ejercicios de fuerza y estiramientos durante dos horas todas las mañanas, antes de las 7.00.

¿Qué hace para gestionar el estrés?

Corro, hago ejercicios de fuerza y estiramientos durante dos horas todas las mañanas, antes de las 7.00.

<u>Salud mental</u>

Principal problema o preocupación: Dificultad para ingerir ciertos alimentos.
Dificultad para comer, punto. Pérdida de interés por la comida, pérdida de interés por todo en general.

Cambios importantes o factores estresantes en los últimos meses: Ninguno.
Que yo quiera revelar aquí.

Problemas mentales diagnosticados con anterioridad: Ninguno.
Ya he dicho que me encuentro bien.

¿Siente tristeza?

Sí.

¿Angustia?

Sí.

¿Ansiedad?

Sí, sí.

Marque los síntomas que haya tenido durante el último mes:
Ingesta restringida de alimentos.

Sí.

Ejercicio físico compulsivo.

Sí.

Evitación de ciertos alimentos.

Sí.

Abuso de laxantes.

Sí.

Atracones.

Sí. *Me comí un paquete entero de moras la semana pasada.*

Vómitos autoinducidos.

Solo por el sentimiento de culpa. Véase lo de las moras de antes.

Preocupación por el peso, la imagen corporal o por verse gorda.
Sí. Sí. Sí.

Peso total que ha perdido durante el último año:
Paso.

Peso más bajo que ha alcanzado:
Paso otra vez.

Estas preguntas no me parecen adecuadas.

Diagnóstico

Anorexia nerviosa restrictiva.

3

La habitación, más bien el piso entero, era un cubo de estilo industrial. El tipo de vivienda que les encanta a los promotores que buscan reducir costes y a los inquilinos con ingresos reducidos. Techos altos y paredes de hormigón al descubierto, provocativamente desnudas, enmarcadas por tubos de acero. Más un loft que un apartamento... o, mejor, un estudio.

La luz entraba a raudales por la ventana que ocupaba la única pared que daba al exterior. Ella se acercó y miró la pequeña extensión de césped y el edificio de enfrente, y después alzó la vista hasta el tercer piso y la ventana que se encontraba justo a la altura de la suya. Las persianas estaban cerradas. ¿Allí la gente conocería a sus convecinos? Aunque allí dirían «vecinos». Tendría que procurar recordarlo.

«Piso» tampoco era la palabra que utilizaban allí, se dijo. Allí a los pisos los llamaban «apartamentos». Ahora estaba en Estados Unidos.

«Apartamento.» «Estados Unidos.» Repitió las palabras para probar y sintió su sonido al pronunciarlas. Ese

apartamento estaba vacío, pero les pertenecía, y era pequeño, aunque lujoso considerando los estándares parisinos.

En París habían vivido en una habitación que era como
un armario y compartían una pared, un cuarto de baño,
una cocina diminuta y una nevera con un estudiante de
filosofía, un psicólogo y sus amantes, y un informático
que casi nunca estaba en casa, pero que cuando sí lo estaba preparaba un pesto estupendo. La vida bohemia no le
asustaba; siempre le había encantado y la disfrutaba. Pero
eso no era bohemio, ni tampoco París. Eso era el Medio
Oeste de Estados Unidos.

Había aterrizado allí la noche anterior. Matthias la esperaba en el aeropuerto con una rosa roja. Después la
había llevado en coche hasta allí. Cena, vino, sexo y por
la mañana se había ido a trabajar…

… y no había dicho cuándo volvería, cayó en la cuenta
Anna. Terminó de sacar sus cosas: el perfume de manzana
y jazmín, la crema corporal, el cepillo del pelo y el de dientes, que puso junto al de él. Los libros al lado de la cama.
Se le habían olvidado las zapatillas. ¡Listo! Las 11 h.

Otra mirada alrededor. Las paredes no estaban dema-
siado vacías. Acabaría de llenarlas con fotografías de casa.
También compraría comida, velas y más vino. ¿Vendría
Matthias a comer?

Seguramente no. Pero ella prepararía la cena para que
estuviera lista cuando él llegara. Se darían un banquete y
después irían a explorar esa ciudad nueva. Hasta entonces…

Se puso a tararear notas sueltas y fue hasta la nevera.
Encontró un cuarto de la pizza que Matthias había pedido
la noche anterior. Había dejado los bordes a un lado; sa-

bía que a Anna le gustaban. También había un trozo de queso, yogur y varias frutas. Cogió el yogur y unas cuantas fresas.

Pero ¿dónde iba a comérselas? No tenían muebles todavía, aparte de la mesita del café y la cama. Pues tendría que ser la mesita del café. Y se sentaría en el suelo.

Puso agua a hervir y se preparó un café instantáneo. Un sorbo. Penoso. Ni un traguito más. Eso no era café. Lo tiró por el fregadero y optó por prepararse un té.

Pero no había té. Las 11.05. El yogur era de frutas, con mermelada. Volvió a guardarlo en la nevera y se comió las fresas. Las 11.06. No faltaba mucho para la hora de comer, de todas formas. Cogió el teléfono y después lo dejó de nuevo; en París era última hora de la tarde y seguro que todo el mundo estaría ocupado.

Tal vez podría salir a correr un rato antes de comer. Quizá Matthias habría vuelto para cuando ella regresara.

Pero no lo encontró en casa. Se duchó, después cumplió despacio con su rutina de la crema corporal, se secó el pelo, se puso un vestido azul y cogió su estuche de maquillaje: crema facial, rímel, colorete de color melocotón. Pintalabios rosa. Las 12.28.

Nevera. Pizza, bordes, queso, yogur y fruta. Debería ir a comprar cosas para preparar la cena. Haría crepes y ensalada. Con queso y champiñones. Y la fruta de postre.

Las 12.29. Iría antes de comer.

La una y media y por fin tenía todo lo que necesitaba. La tienda que había visto mientras corría no estaba cerrada, como le pareció. La voz se le había quebrado un poco cuando llegó a la caja; era la primera vez que la utilizaba en todo el día. Un rato después los huevos, la leche, la harina, el queso ricota, la lechuga, los champiñones y los tomates estaban en la nevera. Listo.

Paredes de hormigón. Descolgó el teléfono y volvió a colgarlo. Abrió y cerró la nevera. Cogió dos de los bordes de pizza que Matthias había dejado, los troceó y se puso a masticar despacio el primero mientras miraba por la gran ventana e intentaba librarse de la ansiedad con cada exhalación.

Nueve minutos después había terminado. Detestaba comer sola. A la 1.41 se quitó el vestido azul y lo colgó con el resto de su ropa. Todo lo que tenía había pasado de una maleta a las veinte perchas y una balda que había en el cubo 315 de los muchos que había en el edificio del número 45 de Furstenberg Street. Volvió a tumbarse en la cama.

Seguro que Matthias regresaría pronto, y entonces ella podría hacer los crepes.

4

No sufro de anorexia, tengo anorexia. Esos dos estados no son iguales. Conozco mi anorexia y la comprendo mejor que al mundo que me rodea.

El mundo que me rodea es obeso, al menos la mitad de él. La otra mitad está en los huesos. Los valores son pobres, pero las comidas son ricas en sirope de maíz con alto contenido en fructosa. Los estándares son siempre dobles, igual que las porciones. El mundo está atestado de gente, pero en él reina la soledad. Mi anorexia me hace compañía, me reconforta. Puedo controlarla, así que la elijo.

El *Manual diagnóstico y estadístico de los trastornos mentales (DSM-5)* de la Asociación Estadounidense de Psiquiatría, la APA, define la anorexia nerviosa como una enfermedad neurológica, un desorden mental con graves efectos en el metabolismo de todo el organismo. Características:

1. *Restricción del alimento, inanición autoinducida con el objetivo de perder peso.*

2. *Miedo obsesivo a engordar o a estar gordo.*

3. *Percepción distorsionada del peso o la imagen corporal que afecta de manera importante al bienestar mental*

además de

falta de consciencia sobre la gravedad de la enfermedad.

Corro ochenta minutos al día, hago ejercicios de fuerza durante otros veinte, mantengo el número de calorías que ingiero por debajo de las ochocientas, mil cuando me doy algún atracón. Me peso todas las mañanas y lloro cuando veo el número que aparece en la báscula. También lloro cuando me miro en los espejos: veo grasa por todas partes.

Cuantos me rodean creen que tengo un problema. Todos tienen miedo. No tengo ningún problema. Solo debo perder un poco de peso. Yo también tengo miedo, pero no a subir de peso. Es la vida la que me aterroriza. Un mundo triste e injusto. No tengo un cerebro enfermo. Lo que tengo enfermo es el corazón.

Arritmia. Ritmo cardíaco irregular. Como cuando te enamoras o cuando tienes un ataque al corazón.

Cardiomiopatía. Pérdida de masa muscular del corazón. Sí, pero solo la que me sobraba.

No necesito tejidos prescindibles, ni grasas ni órganos prescindibles. Pero mi cuerpo es insaciable; quiere más potasio, más sodio, más magnesio. Energía.

Mi cuerpo no sabe lo que necesita. Yo tomo las decisiones por él. Como forma de protesta, mi corazón bombea menos sangre. *Bradicardia.* Ritmo cardíaco lento. Mi tensión arterial cae en picado.

El resto de mi cuerpo sigue sus dictados y cae a su vez, poco a poco, despacio, como la lluvia o la nieve. Los ovarios, el hígado y los riñones son los siguientes. Después es el cerebro el que entra en un sueño profundo.

5

¿Anna? ¿Paro la película? Te estás perdiendo lo mejor.
¿Anna?
Anna, ¿va todo bien ahí dentro? Abre la puerta, por favor.
¡Anna, abre la puerta! ¡Anna!

6

Matthias me encontró en el suelo; tenía las piernas como de algodón y la boca adormecida. Notaba los azulejos del baño bajo la espalda, helados, haciéndome daño, pero a la vez era como si me deslizara entre ellos. No lograba encontrar y enlazar las palabras que necesitaba para decirle que estaba bien. Tampoco podía agarrarle la camisa; tenía los dedos torpes. Y también los pensamientos.

No podía mover las manos, no podía mover nada. Matthias me cogió en brazos, me sacó del cuarto de baño y me llevó al dormitorio.

Durante unos minutos ninguno de los dos dijo nada. La película también estaba en pausa. Yo deseaba pulsar el *play*, terminar con aquel desagradable intermedio. Pero Matthias tenía otros planes.

Tenemos que hablar, Anna.

¿De qué?

¿Qué te ha pasado ahí dentro?

Me he caído en el baño, Matthias, contesté, cortante.

Pero ya estoy bien. Creo que me levantado demasiado rápido.

Músculos tensos, defensas en guardia, moviéndome en círculos alrededor del cuadrilátero. Matthias reparó en el tono de mi voz, así que él también empezó a moverse en círculos, cauto.

¿Y ayer, durante tu turno en el trabajo? ¿Y la semana pasada, cuando te hiciste daño en el hombro?
¡Estaba cansada! ¡Resbalé!
Tenemos que hablar, Anna.
¡Ya estamos hablando!
Pues entonces tenemos que dejar de mentir ya.

Matthias era un poco mayor que yo, cumpliría treinta y un años en un par de meses. Y en ese momento parecía aún mayor. Habíamos estado levantando la voz progresivamente, pero esa última frase la dijo muy bajito.

Otra pausa mientras elegía las palabras. Yo no lo ayudé a hacerlo, no quería.

Creo que necesitas tratamiento. He sido un cobarde. Debería haber dicho algo hace mucho. Pero todo este tiempo trataba de convencerme de que estabas bien...
Ya te lo he dicho: ¡estoy bien!

Saqué las garras, como una gata acorralada.

Sé que desde Navidad las cosas han sido difíciles, pero ¡lo tengo todo bajo control! He estado comiendo con normalidad...
Has perdido mucho peso...
¿Y cómo lo sabes, Matthias? ¡Si nunca estás aquí!

Pasé a la ofensiva, no me dejó otra opción. Estaba contra las cuerdas y necesitaba un poco de aire. Pero cuanto más nerviosa me ponía yo, más tranquilo se mostraba él.

Tienes razón. No estoy aquí. Lo siento.

¡No necesito que lo sientas… ni que te preocupes por mí! ¡Puedo cuidarme sola! Ya te lo he dicho: estoy bien…

Y te he creído, porque quería creerlo. Pero ya no puedo, Anna.

No recuerdo muchas de las cosas de esos tres años que nos condujeron a ese momento. Solo sé que me parecieron largos y fríos y que todo el tiempo me sentí como si estuviera bajo el agua. Pero los dos días siguientes se redujeron para Matthias y para mí al momento de meternos en el coche y circular por una autopista 44 vacía hasta una casa en Swann Street. Nos llevó un poco menos de cuarenta y cinco minutos. Aunque en realidad nos hizo falta mucho más para llegar al Formulario de Ingreso y Evaluación Clínica: tres años y diez kilos.

7

Era jueves por la noche y hacía un frío que pelaba, pero las decoraciones navideñas hacían que mereciera la pena, consideró Anna mientras se abrigaba mejor el cuello con su gruesa bufanda blanca. Enterró un poco más profundo en el abrigo las manos enguantadas mientras paseaba por los grandes bulevares, de escaparate en escaparate, viendo tamborileros y cascanueces, lucecitas y trenecitos de juguete.

Entonces se tropezó con él, o él con ella. Fuera como fuese,

Oh, je suis désolée!

Pero él sonrió. Ella también. Qué coincidencia, él iba en la misma dirección que ella. Siguieron paseando juntos hasta el final de la zona decorada. Y después no dejaron de pasear y de charlar.

Continuaron por una amplia acera y la conversación no paró de fluir. Después hacía mucho frío, así que entraron en un local. Se tomaron dos copas de burdeos cada uno. Y compartieron una ración de patatas fritas.

Se llamaba Matthias y le dijo que era preciosa. Se besaron. Entonces sugirió:

¿Vamos a tomar un helado?

¿Un helado? ¡Pero si hacía un frío espantoso! ¿Es que estaba loco?

Más frío no nos dará....

Tenía razón.

Pero con una condición:

Que sea uno de cucurucho.

Un cornet pour mademoiselle!

Ella soltó una risita y los dos se acurrucaron, se cogieron del brazo y salieron otra vez al frío.

Cruzaron el puente y pasaron ante los vistosos cafés en los que los turistas se dejaban timar encantados. Giraron a la izquierda hacia una calle perpendicular y fueron hasta el final, hacia un quiosco perfectamente oculto.

La cola que había fuera era una buena señal y además no había turistas en la fila. Él pidió dos bolas: chocolate y algo rosa. Ella prefirió vainilla y en cucurucho. Se lo comieron mientras paseaban y tiritaban de frío. De vez en cuando se detenían para darse algún beso pegajoso.

¿Te apetece cenar conmigo mañana por la noche?

Fue el sí más fácil de la historia.

No, la verdad es que no. Ese vino más adelante, justo un año después, en el mismo lugar.

Con los labios y los dedos pegajosos, él le preguntó entonces:

¿Quieres casarte conmigo?

Se casaron la primera semana de enero, la boda más fría de la historia.

Comieron cruasanes de la boulangerie de abajo para desayunar. Ella preparó café en la cocinita. Y después salieron a helarse en medio la nieve, él con su único traje y ella con un vestido de un blanco cremoso que se había comprado. Salieron de la mairie *a mediodía cogidos de la mano, besándose y riéndose ante las palabras «marido» y «mujer» y, justo antes de bajar al Métro, se tomaron unos crepes dulces y pegajosos como banquete de boda.*

8

Tuvo que haber señales de que estábamos desviándonos del camino que conducía a lo de ser felices y comer perdices.

Hoy me han hecho una oferta,

dijo Matthias una tarde.

¿Una oferta? ¿De qué?

Le di un sorbo al té. En la cara seria de Matthias había una mancha de Nutella. Sonreí.

Una oferta de trabajo. ¡En Estados Unidos!

Más té. Su cara de emoción. Su cara de *esto es lo que quiero.* Estados Unidos. Bueno...

¿Por qué no? Tal vez había llegado en el momento perfecto. Iban a quitarme la escayola unas semanas después y necesitaba un nuevo comienzo. Mi plaza en el cuerpo de baile del ballet de la Opéra (a la izquierda del escenario, segundo cisne contando desde el lateral) se había cubierto de inmediato y con facilidad tras el accidente. El espectáculo tenía que continuar. Sin rencores.

Podría bailar en Estados Unidos, nunca había estado allí.

¿Dónde es la oferta?

En Saint Louis,

el mismo nombre de la pintoresca isla en la que nos besamos en nuestra primera cita. Me imaginé pintorescos cafés pequeñitos y tiendas a ambos lados de pintorescas callecitas. *Saint Louis*. Tal vez era una señal. ¿Tendrían buenos helados allí?

Da igual, porque no voy a comer helado, me dije con dureza. Llevaba meses sin bailar y sin correr. Tenía que recuperar la forma física. Hasta entonces haría dieta y, por lo visto y por qué no, seguiría a Matthias hasta Estados Unidos. Lo vi lamerse la Nutella de los dedos y le di un beso en la barbilla, donde le quedaba un poco.

Él se fue de París primero, con la primera de nuestras maletas. Yo metí el resto de nuestra vida en la segunda. Teníamos billetes solo de ida, un plan y el uno al otro. No tenía pérdida.

Seguro que hubo señales, pero nos distrajo la montaña rusa que suponía aquella aventura. Papeleo, buscar un sofá para el apartamento, corbatas y camisas para Matthias.

Buscar una compañía de ballet en la que yo pudiera trabajar. Era pequeña, pero al final la encontramos.

Y entonces nos dijeron que no necesitaban a nadie en su cuerpo de baile, *pero gracias por solicitar el puesto.*

No pasa nada,

dijo Matthias.

Seguiremos buscando.

No pasa nada,

repetí yo. Y lo hicimos. Seguro que hubo señales, pero no las vimos; estábamos demasiado ocupados, él trabajando y yo intentándolo.

Me pasé meses concentrada en volver a ponerme en forma y buscar otras oportunidades para bailar. Sin embargo, había poco donde escoger, o yo tenía el listón muy alto... o Saint Louis no era una ciudad de ballet. No encontré otra compañía, ni tampoco los cafés pintorescos en pintorescas callecitas.

Sí encontré otros trabajos y fui a hacer entrevistas, pero no estaba cualificada. Era una bailarina de ballet pidiendo trabajo de encargada de tienda o de cajera de banco. *¿Cuál es su experiencia?*

Hubo señales: alimentos que poco a poco fui dejando de comer, vestidos que dejé de ponerme. Me quedaban demasiado grandes, y además no iba a ninguna parte donde poder lucirlos.

Esperaba a que Matthias llegara a casa del trabajo para no comer sola. Y cuando llegaba:

¿Ha habido suerte hoy, Anna?

Al final dejó de preguntarme.

Y yo al final dejé de buscar. Y dejé los lácteos y también de coger el teléfono. Y de maquillarme, pero al menos ya no estaba gorda.

Otras señales: los días largos se volvían más cortos porque corría más tiempo, me daba duchas más largas y echaba más siestas. Cada vez me parecía menos a la chica que salía en nuestras fotos. A pesar de todo, no sé por qué, no lo vimos.

No había nada misterioso en la carretera que nos llevó al 17 de Swann Street. Cientos de chicas la habían utilizado antes que yo para llegar a esa casa de las afueras pintada de color melocotón. Con alguna variante: unas iban en coche, otras en avión, unas venían de fuera de la ciudad, otras de fuera de las zonas urbanas, algunas de fuera del estado. A las que tenían más suerte las llevaban hasta allí su familia o sus amigos. A las que tenían menos, una ambulancia. Algunas venían por restricciones de alimentos, píldoras, laxantes y ejercicio. Otras desde el otro extremo, el de los atracones y las consiguientes purgas compensatorias. Algunas entraban deseándolo, buscando amor y aceptación; otras, huyendo de la depresión y la ansiedad. Charcos de turbias emociones en simas de aburrimiento, soledad y culpa.

Hubo señales. Siempre hay señales para aquellos que saben buscarlas. Lo que ocurre es que no siempre tienen forma de cartel de neón rojo parpadeante que dice: PELIGRO: RIESGO DE MUERTE.

Empiezan unos cuantos kilómetros antes de llegar a la salida de Swann Street:

No, gracias, no tengo hambre.

No me gusta el chocolate... ni el queso. Soy alérgica al gluten, o a los frutos secos o a los lácteos. Y no como carne.

Ya he cenado. Salgo a correr un rato. No, no me esperes despierto.

Después empiezan a sobresalirte los huesos. El pelo y las uñas se te caen. Te duele todo y sientes frío. Pasas la barrera de los cuarenta y cinco kilos. Los cuarenta y cuatro. Los cuarenta y tres. Cuarenta y dos, cuarenta y uno.

Cuarenta.

9

Ocurrió muy rápido. El viernes estaba tiritando, envuelta en una bata de flores, mientras unos guantes azules esterilizados me tocaban y me palpaban por todas partes. Me auscultaron el corazón. Me examinaron los oídos, los ojos, la garganta. Me tomaron el pulso y estudiaron mis reflejos. Densitometría ósea, análisis de sangre y orina, electrocardiograma, altura y peso.

Diagnóstico: Anorexia nerviosa.
Nivel de tratamiento recomendado: tratamiento en régimen interno, desde el lunes a las 9.00

Lunes por la mañana, 23 de mayo. Estábamos allí puntuales: Matthias y yo, el silencio y la maleta azul con el lazo rojo. Nos quedamos sentados en el coche delante de la entrada durante un minuto... o tal vez durante diez.
  Di algo, Anna, por favor.
Un latido.
  No hay nada que decir.
  ¡Vamos, Anna! No podemos quedarnos aquí, en el coche, así.

¿Quieres que salga del coche?

¡No me refería a eso!

De nuevo el silencio. La mano de Matthias estaba apoyada en la palanca de cambios. La mía se aferraba tozudamente a mi muslo. No sé si Matthias me miraba; no dejé ni un momento de mirar al frente. No veía nada, pero no me atrevía a parpadear para dejar de ver borroso. Si lo hacía, sabía que las lágrimas se derramarían, y no podía permitirlo, no quería hacerlo.

Nada que decir. Qué mentira más mezquina y pasivo-agresiva. Pero estaba tan furiosa que no podía hablar y volqué toda mi ira en Matthias; no había nadie más. Me sentía como un montón de ropa de invierno, desgastada y raída, que él había decidido donar.

Su mano en la palanca de cambios. Hacía mucho tiempo que no me cogía la mía; tampoco me abrazaba. Aunque no era del todo culpa suya; sus manos me daban frío y cuando me tocaba, aunque fuera muy suavemente, me hacía daño. La noche anterior, en la cama, me puse a tiritar cuando levantó las mantas para acostarse. Luego el colchón se movió bajo su peso, y se me clavó en la cadera y me hizo bastante daño. Me quejé y me rodeé el cuerpo con los brazos para protegerme del aire frío que se colaba en la cama.

No le había hablado desde entonces. Y ahora, la despedida en el coche.

No hace falta que entres conmigo. Puedo sola con la maleta.

Sabía que hablándole así lo hería, pero no podía contener el rencor que brotaba de mis labios. No soportaba pensar que él se iría y me dejaría allí.

¿De verdad crees que voy a dejarte aquí, en la puerta, y me iré?

¿Por qué no?,

respondí despechada.

¿Acaso no hemos venido para eso?

¿Para que él se librara de mí y de mi molesto problema y pudiera endosárselo a otro?

Matthias se enfadó:

¿Crees que para mí es fácil traerte aquí?

Pero no había lugar para la empatía en mi pecho, ya peligrosamente hinchado. Tanto que, de repente, explotó.

¡Cómo voy a saberlo! ¡No hablas conmigo! ¡Ni me besas ni me haces el amor! Hace semanas que no me dices que me quieres. ¡Ni siquiera me miras!

Entonces me miró, desconcertado, y en ese momento me arrepentí de lo que acababa de iniciar, pero ya era demasiado tarde. Descargué contra él todo el miedo y la ira que sentía:

¡Te has cansado de aguantarme, de tener que darme de comer! ¡Pues vale! Alguien se ocupará de eso ahora, y cuando yo no esté podrás recuperar tu vida. Podrás abrir la ventana, tener toda la cama para ti, ir a restaurantes todas las noches...

¡Pero no quiero toda la cama para mí! ¡Ni tampoco ir a restaurantes! ¡Te quiero a ti, Anna!

Entonces no me dejes aquí...

Mi voz se quebró y yo con ella. Ya no estaba furiosa, estaba suplicando. Llorando y asustada. *Por favor.*

Por favor, Matthias, vámonos a casa,

rogué en un susurro. *Por favor,*

aunque él y yo sabíamos que no podíamos hacer eso.

Su voz sonaba cansada cuando afirmó:

No podemos irnos a casa, Anna.

Después dijo, en voz baja, serio:

No te he traído hasta aquí para librarme de ti. Lo he hecho porque no puedo perderte. No puedo vivir sin ti. ¿Lo comprendes, Anna? No puedo perderte...

Se detuvo. A él también le temblaba la voz.

Mi mano izquierda se movió, apenas perceptiblemente, hacia la palanca de cambios. Su mano se quedó esperando. Dudé, pero al final se la apreté. Me miró, y rompí a llorar a la vez que de mi boca salía un torrente confuso de palabras:

¿Y si no te las arreglas solo? ¡No sabes cocinar! ¿Y si necesitas poner la lavadora y no te acuerdas de cómo programarla?

Después los miedos reales:

¿Y si mi estancia aquí se alarga tanto que se te olvida cómo huelo? ¿Y si te olvidas de mí?

Y también:

¿Y si conoces a otra persona?

Imposible,

dijo, y me besó durante mucho tiempo, por primera vez desde hacía semanas.

Nos quedamos sentados en el coche, con mi mano sobre la suya. Ahora sí que no quedaba nada que decir. Tras un rato, Matthias me ayudó con la maleta y entramos juntos.

10

Llaman a la puerta de la habitación Van Gogh. Sin esperar ni un segundo, asoma una cabeza.

Bien, veo que ya has deshecho la maleta. Pues ahora te daré la charla de orientación.

Empieza el ingreso, enfermizamente frío e impersonal. Me veo arrastrada hacia un torrente de formularios, preguntas personales, inventario y seguro. Y directos al grano en cuanto queda aclarado el tema del dinero. Entonces llegan las batas blancas: el médico de atención primaria, el psiquiatra, una enfermera. Después aparecen los de traje: la terapeuta, la nutricionista y la primera de un flujo constante de empleadas, muy parecidas entre sí, que acabaré conociendo simplemente como «la supervisora de Atención Directa».

Plan de comidas, plan de tratamiento, normas de la casa. Plan de sesiones, toallas y sábanas, reglas del juego.

Firmo un formulario que dice que estoy aquí voluntariamente. Y después alrededor de otros veinte: nada de drogas, ni alcohol ni tabaco en las instalaciones, ni siquiera en el porche. Mis derechos legales, mis derechos como paciente, las condiciones para la comunicación de cualquier información de carácter médico a mis familiares.

Después los más morbosos, que prefiero no tomarme muy en serio: me comprometo a no prenderme fuego, ni cortar, ni lesionar a nadie (ni a mí ni a los demás). Y a entregar cualquier objeto punzante al personal. Y a no suicidarme.

Firmo un formulario detrás de otro, con una brusquedad deliberada, intentando no reconocer lo que significan: que la pesadilla es real. Pero con el último formulario, me quedo paralizada.

El documento dice que perderé todos mis derechos (no podré protestar, negarme o irme de allí), si la institución o Matthias consideran que no estoy en pleno uso de mis facultades mentales o que estoy en peligro.

Perder todos mis derechos. No estar en pleno uso de mis facultades mentales. No prenderme fuego, cortarme o suicidarme. Pero no hay tiempo: la supervisora de Atención Directa me arrebata de las manos el último formulario.

Y ahora el horario…

Mis días comenzarán a las cinco y media en punto de la mañana, con una bata azul de flores que esa mujer me da.

Puedes ponértela como prefieras,
me explica.

Con la abertura delante o detrás.

La abertura detrás hace que parezca de hospital, pienso. Delante entonces, que recuerda más a un spa.

Después de que te tomen las constantes y te pesen,
continúa,

podrás ponerte tu ropa. Y volver a acostarte y dormir, si quieres.

Como si pudiera dormir en un sitio como este, pienso, sarcástica. Como si pudiera dormir en alguna parte.

El desayuno es a las ocho, abajo, en la sala comunitaria, donde tengo que permanecer todo el día. Dentro de las instalaciones y a la vista de las enfermeras desde su puesto y de la supervisora de Atención Directa. También se sirven allí el almuerzo y la recena, que tengo que tomar todos los días. Las demás comidas se sirven en la casa que hay al lado. Los menús de las comidas se planifican los jueves.

No está permitida comida alguna que provenga del exterior ni tampoco comer fuera de los horarios establecidos. La cocinera sirve y envuelve con film plástico todos los alimentos. Tengo que comerme todo lo que me pongan delante en un intervalo de tiempo específico: treinta minutos para el desayuno, el almuerzo, la merienda y la recena; cuarenta y cinco para la comida y la cena. Si no me acabo toda la comida tendré que beberme un suplemento nutricional. No terminar la comida se considera una negativa. Tres negativas implican que me pondrán una sonda de alimentación, y la supervisora me asegura que eso no va a gustarme.

Cuarenta y ocho horas después del ingreso, y solo si muestras una buena conducta, podrás salir a dar el paseo matinal.

Lo dirigirá un miembro del personal para vigilar que se haga a un ritmo pausado. Si llueve, el paseo se pospondrá para el día siguiente. Aparte de eso, nada de ejercicio ni salidas al exterior. Rezo para que tengamos un mes entero con días de sol.

Todos los cuartos de baño están cerrados con llave y fuera de ellos no hay espejos en ninguna pared. Todas tenemos que pedir permiso para ir al baño cada vez que lo necesitemos. Entonces la supervisora de Atención Directa sacará las llaves y su humillante tintineo anunciará alto y claro, para que todo el mundo se entere, que necesito vaciar la vejiga.

Algunas chicas necesitan una supervisión especial en cuanto al uso del cuarto de baño; no pueden ir solas ni tirar de la cadena. Una regla preventiva para evitar los vómitos, los cortes o los intentos de suicidio. Pero yo no soy bulímica, al menos por ahora, y no he mostrado ningún interés en autolesionarme. Por eso me aclara amablemente que puedo ir al cuarto de baño sola. Pero tendré que informar de cuánto líquido bebo al día, aunque eso es algo temporal nada más; si mis riñones se portan bien, esa norma quedará revocada dentro de una semana, añade la supervisora de Atención Directa.

Cuando no esté comiendo estaré en terapia, individual o de grupo. La terapeuta me verá tres veces a la semana, la nutricionista dos y el psiquiatra una. Nada de teléfono ni de otros dispositivos electrónicos durante las horas programadas; nada que me distraiga de comer ni de arreglar el tremendo desbarajuste al que he abocado a mi cuerpo y mi cerebro.

Oh, y una cosa más,
me dice.
La terminología.
Aquí ciertas palabras o frases se consideran inapropiadas. Las denominan «desencadenantes». Nada de hablar de comida ni de ejercicio, tampoco de mencionar el peso

o las calorías. Y no debo pronunciar el nombre de mi enfermedad; con la vaga expresión «trastorno alimentario» es suficiente. Si me siento triste y quiero morirme, deberé decir que «estoy pasándolo mal». Si quiero salir corriendo y arrojarme bajo las ruedas de un autobús, estaré teniendo «un impulso incontrolable». Si me siento gorda, o despreciable o fea, es que tengo «problemas con mi imagen corporal». Esa gimnasia verbal debo aplicarla en todo momento y cuando hable de cualquier tema.

Insiste en que debo «comunicar» libremente mis pensamientos y mis sentimientos. El personal está ahí para «validarlos» y «redirigir» mi conducta,

> *y así, al final del tratamiento, estarás curada de la anore… de tu trastorno alimentario.*

La supervisora de Atención Directa termina la charla de orientación con una sonrisa comprensiva y condescendiente. La sonrisa profesional adecuada, aunque un poco distraída, de una empleada con un horario laboral. Ha soltado ese discurso cientos de veces a cientos de chicas como yo. Su mente ya está en otra parte. La mía sigue petrificada en el mismo punto.

11

En cuanto termina la charla de orientación, otra empleada viene a por mí.

¿Preparada para conocer a tu terapeuta?

Por el tono con que lo dice me da la impresión de que en realidad no es una pregunta.

Minutos después estoy en una bonita consulta, sentada en un sofá de ante gris, en el extremo más próximo a la ventana. Fuera hay un magnolio.

Entra la terapeuta. Primeras impresiones: pelo rubio y brillante, del tipo amable, bonitos pendientes de oro, vestido turquesa. Una pedicura perfecta y un delicado perfume de peonías. Tiene el rostro impecable, pero una leve arruga junto a los ojos delata que en casa tiene hijos menores de cinco años.

Hola. Me llamo Katherine. Tú debes de ser Anna.

Asiento e inmediatamente paso a decirle que no necesito esa sesión. Parece una mujer encantadora y no quiero hacerle perder el tiempo. No tengo ningún trastorno psiquiátrico, aparte de la anorexia, claro. Mi familia me quiere, y tengo un marido al que adoro y con el que duermo todas las noches.

No sufro depresión ni tengo ningún trauma, al menos ninguno que necesite o quiera compartir. No tengo heridas abiertas de mi pasado ni guardo esqueletos en el armario que necesite airear. Lo único que me pasa es que soy especial eligiendo lo que como y que estoy un poco baja de peso.

Gracias por su tiempo. Estoy bien.

Espera un momento y después repite lo que acabo de decir para asegurarse de que lo ha comprendido.

Así que eres feliz.

Sí.

Y te encuentras bien.

Sí.

No *necesitas terapia, porque no tienes trastornos mentales que necesiten tratamiento.*

Correcto.

¿Y cuándo fue la última vez que comiste?

Decido que odio la terapia y me dedico a dibujar mariposas con el dedo en el sofá.

Vale,

continúa,

¿qué te parece si dejamos a un lado la anorexia por ahora? ¿Y si me hablas un poco de tu infancia?

Miro el reloj de la pared.

Tienes que estar aquí durante una hora,

añade. Así que decido que lo mejor será responder.

Tuve una infancia feliz.

Llena de pícnics en parques, de jugar a dar meriendas, de cuentos a la hora de dormir y de poesía, como deberían ser todas las infancias.

Mis padres eran personas buenas y trabajadoras y se

casaron por amor. Tenía dos hermanos menores: una
hermana y un hermano. A él…
¿Tenías?

No, no voy a responder a eso. No terminaré esa frase
en voz alta: *A él le gustaban las gominolas.*

En vez de eso, me salgo por la tangente:

Me educaron para trabajar duro y hacerlo todo siem-
pre lo mejor posible. Eso significaba ser la primera de
la clase en el colegio. Además tocaba el piano y era
bailarina de ballet.

Espalda recta, hombros atrás, tobillos en ángulo. Me
detengo un momento para corregir la postura en ese sofá de
ante gris.

Mi hija hace ballet,
comenta ella.

Le gusta mucho. ¿A ti te gustaba?
Me encantaba. Después me hice bailarina.
¿Bailarina de ballet? Qué interesante.
Agotador y muy exigente, en realidad. Pero eso era
lo que yo quería ser y en lo que quería convertirme.
Entré en el cuerpo de baile de una compañía de ballet
cuando tenía diecisiete años y…

Dejo la frase a medias, en suspenso. No tengo ganas de
contarle a esta mujer que no conozco de nada que llevo
años sin bailar. Así que le hablo de las actuaciones y de los
viajes en avión a Toronto, Moscú, Londres, Viena, Beirut,
Ginebra, Roma, Pekín, Estambul, Santo Domingo, La
Haya, San José y Tokio. Las playas catalanas, los paisajes
toscanos y los viejos y destartalados tranvías de Praga.

Has viajado mucho.
Sí.

¿Y dónde está tu hogar?

En París, siempre en París.

Por supuesto.

Aunque llevo en Estados Unidos...

tres años, París sigue siendo mi hogar.

Tal vez estoy siendo demasiado sincera.

Lo comprendo. ¿Qué te trajo aquí?

El hombre con el que me casé. Bueno, su trabajo.

Más bien ambos.

Y mientras él trabaja, ¿tú bailas aquí?,

pregunta. Y con eso se acaba la farsa.

La verdad es que

trabajo en un supermercado que hay al lado de nues-
tra casa,

justo en Furstenberg Street, al norte. No le doy más explicaciones. Y ella, por suerte, no indaga al respecto.

Seguro que lo echas de menos.

¿Qué? ¿El ballet? ¿O París? Echo de menos ambos más de lo que ella podría imaginar, pero

preferiría hablar de otra cosa, si no le importa.

¿Por ejemplo...?

Cualquier cosa.

La anorexia.

Vale.

Ella cambia de tema.

Empecemos por tus hábitos alimentarios. En tu his-
torial he leído que eres vegetariana.

Vegana,

la corrijo.

¿Cuándo decidiste hacer ese cambio de alimentación?

Dejé de comer carne a los diecinueve años.

¿Por qué?

Me pongo a la defensiva de repente:

El vegetarianismo no es anorexia.

No, no lo es, tienes razón. Solo sentía curiosidad. ¿Y cuándo te hiciste vegana?

Cuando vine a vivir a Estados Unidos.

¿Y por qué?

Porque aquí los productos lácteos saben mal.

Porque aquí los productos lácteos saben diferente.

¿Qué quieres decir con que «saben mal»?

Quiero decir que el yogur tiene quince ingredientes, trece de los cuales ni siquiera sé pronunciar,

contesto, airada.

También evito los alimentos procesados, los azúcares refinados, el sirope de maíz con alto contenido en fructosa y las grasas trans.

¿Y no te parece que eso es un poco extremo?

No. Me parece que es saludable.

No hace ningún comentario, pero ambas hemos notado la ironía de esa afirmación.

Miro por la ventana un rato. Ella es la primera en romper el silencio:

¿La comida era un problema para ti antes de mudarte a Estados Unidos?

No.

¿Seguro?

Bueno...

¿Y el peso?

A todas las bailarinas les preocupa engordar.

¿A ti también?

Claro. Ese ambiente es muy competitivo.

La espalda más recta, rectifico el ángulo de mis tobillos.

Vuelve a mirar mi historial:

Pero tú nunca has tenido sobrepeso.

Ese es un término relativo.

Quiero decir que tu peso estaba en la media.

Silencio.

Sí...

Y yo también.

12

Abrió el grifo para que el ruido del agua amortiguara cualquier otro sonido que ella hiciera.

Apoyada en la pared del cuarto de baño, lloró tanto que pensó que se quedaría ciega. Se apretaba tanto la cara con las manos que estaba haciéndose daño. No podía respirar ni ver, pero tampoco podía apartarlas. No podía moverse. No podía dejar de temblar.

Un fuerte golpe en la puerta.

Se quedó petrificada. Creía que nadie la había visto salir de la habitación.

¿Anna?

Ahora no, Philippe. No podía enfrentarse a él ahora.

Un instant, Philippe!

Ella ni siquiera le había contado lo de esa noche; él dijo que iba a estar ocupado toda la semana. Y, cuando se probó el vestido negro para Philippe, él le dijo que le quedaba un poco estrecho. Ahora sí que le parecía muy estrecho, y se sentía gorda y amorfa con él.

¡Anna!

Otro golpe irritado en la puerta. Pelo y rímel otra vez

en su sitio. *Respiraciones profundas y concentradas. Cerró el grifo y se pellizcó las mejillas para que se vieran rosadas. Una última respiración. Miró hacia delante sin ver el mármol blanco de color cremoso, ni el fino marco dorado que rodeaba el espejo ni la lámpara de araña de cristal que había sobre su cabeza, a juego con las del pasillo.*

Abrió la puerta. Él no se había quedado a esperarla. Claro que no. Habría resultado raro. Ella no debería haber ido esa noche. Y nunca se habría enterado. Volvió a la sala llena de gente.

De fondo, acompañando las conversaciones, sonaba un jazz instrumental insulso. Había camareros con pajarita que llevaban en equilibrio bandejas de aperitivos y champán. Diez minutos antes ella había formado parte de ese mundo de blinis *y* brindis *burbujeantes. Entonces entró él, pero no con ella. Y fue como si la sala se hubiera quedado sin aire.*

Ahora los blinis *que se había tomado hacían que le doliera el estómago. Y la acidez del champán no ayudaba. Su copa estaba donde la había dejado en pleno ataque de pánico; en el saliente de la ventana, junto a su bolso. Los miró fijamente, allí, al otro lado de la sala. Necesitaba su bolso. E irse de allí.*

Diría que estaba cansada después de la actuación. Lo estaba.

¡Anna! Has desaparecido.

Su anfitrión, con Philippe. Y la mujer con la que él había entrado, de brazos delgados, asida a él.

Natasha, esta es la chica de la que te hablaba. Anna, ¿conoces a la esposa de Philippe?

No, *no la conocía, pero se había quedado sin voz y sin estabilidad. Se mantuvo allí plantada, mirando embelesada a Natasha y su vestido negro. Le quedaba perfecto.*

Anna dio un beso en cada mejilla a la mujer con piernas largas y fibrosas. Su atención estaba fija en el olor de su perfume (orquídeas) y en el brazo de Philippe alrededor de su cintura.

Mademoiselle,
dijo el camarero que acababa de acercarse,
blinis au caviar?

Pero a Anna le apretaba el vestido. Le apretaba mucho. Solo ver la bandeja le dio ganas de vomitar.

Non, merci.

Y por fin le dijo a Natasha:

Enchantée.

El bonito pelo tono chocolate, la alianza de oro.

Discúlpenme, ya me iba. Necesito mi bolso.

Y un poco de aire.

13

Plan de tratamiento – 23 de mayo de 2016

Peso: 40 kilos
IMC: 15,1

Diagnóstico: Anorexia nerviosa restrictiva.

Síntomas fisiológicos:

Malnutrición severa. Potencial desequilibrio de fluidos y electrolitos. Hiponatremia. Amenorrea. Osteopenia. Potencial inesta-
bilidad cardiovascular. Bradicardia. Mala circulación periférica,
acrocianosis. Hinchazón abdominal. Estreñimiento.

Síntomas psicológicos/psiquiátricos:

Conducta compatible con la manifestación de un trastorno alimentario. Síntomas de ansiedad leve. Posible depresión. Evaluación completa pendiente de la realización de un examen exhaus-
tivo por parte del equipo de tratamiento.

Resumen:

Paciente ingresada para tratamiento en régimen interno el 23 de mayo de 2016. El equipo tratará de mejorar la ingesta y la variedad nutricional de la paciente, así como la imagen corporal que esta tiene de sí misma y de ayudarla a reconocer la gravedad de su enfermedad. El equipo estará alerta ante cualquier indicio de la aparición del síndrome de realimentación y se centrará en conseguir y mantener la estabilidad médica de la paciente.

Dada la gravedad de la malnutrición y los múltiples problemas médicos, se recomienda el tratamiento en régimen interno.

Objetivos del tratamiento:

Recuperación de la nutrición normal y el peso adecuado. Aumento gradual de la densidad calórica y las cantidades de las porciones.

Control de las constantes vitales.

Control de los resultados de los análisis clínicos para evitar la aparición del síndrome de realimentación. Restablecimiento de los electrolitos, como se ha indicado.

Atajar el empeoramiento de la enfermedad actual.

Seguimiento de los niveles hormonales.

Objetivo calórico: A determinar por la nutricionista.

14

A las seis en punto llama a la puerta la supervisora de Atención Directa, señal de que la sesión ha llegado a su fin. Tras dejar la consulta de la terapeuta, me acompaña a la sala comunitaria.

Me fijo en ella. No está delgada, se la mire por donde se la mire. Los pantalones le quedan muy ceñidos a la cintura y un poco de piel le sobresale a la altura de las costuras. Pero nada demasiado exagerado, un cuerpo de mujer normal. Solo que yo no querría verme así ni muerta; es la diferencia entre los estándares y la normalidad y entre el cuerpo de esa mujer y el de las otras que hay en la sala comunitaria.

Allí están todas las pacientes. Somos siete, cinco de las cuales anoréxicas, yo entre ellas. No cuesta identificarlas; parecen pubescentes y demacradas. Ojos hundidos en caras hundidas, brazos y piernas delgadísimos, como de espantapájaros. Piel y pelo desvaídos, sin labios. Una lleva una sudadera de un turquesa vivo. El color llama mucho la atención.

Es difícil determinar su edad. Como en mi caso, supongo. Pero al menos tendrán dieciocho años, ya que es un centro para mujeres adultas. «Mujeres», sin embargo, es algo que no suena adecuado en mi cabeza. Estas pacientes no son mujeres. No tienen pechos ni curvas, tampoco la regla, seguramente. Casi todas visten ropa de niña.

Se las ve andróginas, con la piel flácida colgándoles sobre esqueletos frágiles. No son mujeres; las mujeres tienen cuerpos, sexo, vidas, cenas, familias. Las pacientes de esta sala son niñas con los ojos demasiado grandes.

Miro a las otras dos chicas, menos pálidas y escuálidas que las demás. Tienen la piel que les rodea la boca seca y agrietada y los nudillos magullados y arañados. Bulimia, supongo. Menos evidente, pero igual de letal que la anorexia. Una de ellas mueve la cabeza al ritmo de la música que escucha por unos auriculares.

Pero ellas tampoco parecen mujeres. Me pregunto por qué. Entonces reparo en el desequilibrio entre sus cuerpos bien desarrollados y la angustia adolescente de sus ojos.

La supervisora de Atención Directa y el equipo de día se van; son más de las seis de la tarde. Cogen sus bolsos, sus bufandas de seda y las llaves del coche y se marchan sin despedirse. Las que nos quedamos lo hacemos en silencio, acompañadas por el personal de noche, atrapadas en esa atmósfera surrealista y artificial y en las enfermedades de nuestros cerebros.

Me han advertido de que podría sentirme un poco agobiada el primer día del tratamiento; la información que hay que procesar, los formularios que firmar, las normas del manual del paciente. Ver que meten mis pinzas de depilar, mis tijeras, mis llaves y mi teléfono en una bolsa. Que me asignan un cubículo, un dormitorio, un asiento a la mesa y un número.

Pero la advertencia no ha sido necesaria; el día ha pasado sin contratiempos. Hasta que ha acabado y me he sentado. Ahora, por primera vez en todo el día, estoy sin hacer nada.

Nadie me habla, nadie habla. Me doy cuenta de que esto no es un juego. No voy a irme a casa esta noche. Voy a cenar y a dormir aquí.

Llega el atardecer, el pánico se apodera de mí y, con ellos, la angustia empieza a crecer peligrosamente. Necesito romper el silencio; me vuelvo hacia la chica que tengo al lado (una de las anoréxicas).

Está escribiendo una carta en un bonito papel de color marfil. Es zurda y tiene una letra preciosa. Necesito que sea mi amiga.

Hola, soy Anna.

Ella no levanta la vista, pero:

Valerie.

Me ayuda. El calor que siento en el pecho empieza a reducirse. Se llama Valerie.

Me detengo en ese instante en que nuestras dos identidades se encuentran todavía en un estado confuso pero seguro. No tenemos que ser dos chicas con anorexia. Podemos ser simplemente Anna y Valerie. Podemos ser dos chicas que charlan en una sala de espera, una cualquiera.

Ella sigue escribiendo. La observo, discretamente. El movimiento del bolígrafo me calma. No lleva alianza, pero sí un relicario colgado del cuello. Sus ojos son grandes y del color marrón de las bellotas. Tiene un tic nervioso en el derecho. Debemos de ser más o menos de la misma edad. Seguro que fue muy guapa, en otro tiempo.

Rebusco en mi mente una pregunta, cualquiera que dé

pie a una conversación. La mayoría de las que se me ocurren son inapropiadas o irrelevantes en esta situación:

¿Por qué estás aquí? ¿A qué te dedicas? ¿Qué haces en tu tiempo libre? ¿Hay alguien o algo esperándote fuera de estos muros?

Podría, claro, centrarme en las cuestiones de logística:

¿El personal es agradable?

¿Sabes si podemos tomar café o mascar chicle?

Podría pedirle consejo y preguntarle si hay algo que deba evitar, pero lo que de verdad quiero es que me reconforte.

¿Estaré bien?

Pero parece enfrascada en lo que escribe y mi valor comienza a flaquear.

Me acomodo en el asiento y me dejo envolver por el silencio. Ella firma la carta y la dobla. Después escribe el nombre del destinatario:

Para Anna.

Y me la da. Me quedo perpleja.

Dentro pone:

Me alegro mucho de que estés aquí. Pareces agradable. Espero que nos hagamos buenas amigas. Pronto te darás cuenta de que estoy chiflada, pero espero que eso no te espante.

No dejes que lo haga ninguna de nosotras, tampoco este sitio. No es tan imposible como parece. Todo saldrá bien, no te preocupes. Todas vamos a ayudarte.

Valerie

No parece una chiflada. Lo que parece es alguien muy triste. Y, como la mayoría de las anoréxicas, parece que intente librarse de ese sentimiento matándolo de hambre. Es curioso, me recuerda a una ardilla. Menuda y frágil, con el pelo marrón claro recogido en un moño, igual que suelo hacer yo.

PD.: Estas son unas cuantas normas de la casa.

Mi cerebro se pone alerta. Esas normas son diferentes de las que me han explicado en orientación.

Seguro que Emm te las dice también. Es la líder del grupo.

No sé quién es Emm, todavía, pero supongo que lo sabré pronto.

Sigo leyendo con curiosidad. El manifiesto empieza así:

Todas las chicas tienen que ser buenas con las demás.
Ninguna chica se queda sola a la mesa,
porque todas estamos en esto juntas.
Hay que mantener la compostura delante de cualquiera que esté de visita en la casa.
Todas las mañanas, durante el desayuno, leemos los horóscopos y nos los tomamos muy en serio.
A esa hora también se distribuyen los crucigramas diarios. El grupo tiene todo el día para resolverlos. Las respuestas se dan durante la recena.
Nos gusta escribirnos notitas y pasárnoslas. Pero ninguna debe caer en manos de la supervisora de Atención Directa.
Compartimos todos los libros, la música, el papel de cartas, los sellos o las flores que recibimos.
Después hay una regla extraña:
Todos los martes disfrutamos especialmente del requesón...

porque supongo que, en un sitio como este, cualquier nimiedad es motivo de celebración.

… igual que disfrutamos de las galletitas de animales, los paseos matinales y las excursiones de los sábados.

Termina con un tono más serio:

Nadie debe juzgar, reprender ni causar ningún tipo de sufrimiento a las demás.

Y esto último es algo personal, espero que no te importe: a mí me gusta ocupar el extremo del sofá.

Sonrío. *Está bien, Valerie. Ese sitio es tuyo.*

Hay más normas, pero se me han olvidado. Si necesitas más información, pregunta a Emm.

El pánico ha remitido, por ahora. Quiero darle las gracias a Valerie, pero al mirarla me doy cuenta de que no es un buen momento; el ojo le tiembla y tiene los puños apretados. Unos minutos después entiendo por qué. La supervisora de Atención Directa entra y anuncia:

Son casi las seis y media, chicas. Poneos todas en pie.

Es la hora de la cena.

15

Matthias y Anna eran los únicos adultos de la cola cuya presencia allí no se veía legitimada porque fueran acompañados de niños. Pero no les importaba. Se rieron, como si los niños fueran ellos. ¿Qué otra forma había de pasar ese precioso domingo de abril?

Habían ido allí en una de sus primeras citas: a un parque temático. La noria, helados, por supuesto, y varios viajes en la montaña rusa. Y aprendieron una valiosa lección: no hacerlo nunca más en ese orden.

Esta vez tenían más años y más sabiduría, y ya llevaban casados un año. Les escanearon las entradas y les permitieron el acceso al reino mágico. Se miraron, traviesos, y echaron a correr hacia su primer viaje. Una encrucijada en su camino de baldosas amarillas: ¿qué montaña rusa primero? ¿La Batman o la Superman?

Batman, obviamente.

Hacía un poco de frío, pero Anna se había llevado la sudadera de Matthias, por si acaso. Se la puso, agradecida, mientras esperaban su turno para subir.

Anna, ¿cómo es posible que tengas frío?

Matthias sudaba a mares. Y cuantas personas había al alrededor de ellos también.

Pero Anna tenía frío; aunque tal vez no era frío en realidad, solo que aquella brisa suave le resultaba desagradable. Incluso había notado fría la mano de Matthias y se había apartado. La sudadera ayudaba, y de todas formas no le importaba lo que pensara la gente que los rodeaba.

La cola avanzó.

¡Batman, cariño!

Batman, cariño,

repitió ella.

Aun así, tenía un nudo en el estómago y sentía palpitaciones en el pecho. Anna no tenía miedo a las montañas rusas. Anna no tenía miedo a nada. Anna era la chica que se subía a todas las atracciones y probaba cualquier cosa nueva por lo menos una vez. Había hecho paracaidismo, espeleología, escalada, barranquismo y snowboard *con Matthias. Anna era la chica que iba a hacer* snowboard *con su marido, se recordó de nuevo. Pero el nudo seguía en su estómago. Y ya había llegado su turno para subir. Demasiado tarde.*

Todo comenzó mal. Con el brusco impulso inicial, el cuello se le fue hacia atrás y la cabeza le impactó contra el asiento. Luego, como si fuera la de un gato de la fortuna chino, se le descontroló y empezó a golpearse con todo.

Se detuvieron en lo más alto durante un segundo antes de descender en picado a una velocidad vertiginosa. Matthias gritó y Anna también. Pero no fue el mismo tipo de grito. Ella sentía como si se hubiera dejado los órganos atrás, en la parte más alta de la montaña rusa, y sus vértebras se sacudían como locas. En una curva cerrada su cadera impactó contra la parte derecha del asiento. Y el viento, aquel viento horrible…

¡Anna! Las manos arriba, ¿a que no te atreves?

Pero Anna no compartió la propuesta de su marido; si se soltaba de manos, a semejante velocidad los dos brazos se le arrancarían de cuajo del tronco.

Pararon de sopetón. Gracias a Dios. Le costó salir del asiento. Todos los que estaban a su alrededor reían y aplaudían. Matthias brincaba de emoción. La cogió del brazo y tiró de ella mientras seguía dando saltitos como un niño. Estaba haciéndole daño.

¿Subimos otra vez? ¿O vamos a la Superman? ¡Ha sido increíble! Vamos… Anna, ¿estás bien?

No, todo le dolía. Todo le hacía sentir mareada. Todo estaba demasiado duro y frío. Ese viaje había sido una verdadera tortura. ¿Cómo habían podido gustarle las montañas rusas alguna vez?

¡Estoy bien!

Pero hasta ella se dio cuenta de que no sonaba sincero.

Solo me siento un poco mareada por la montaña rusa.

Y probablemente por no haber comido nada desde la noche anterior. Se vio obligada a ello porque sabía que Matthias querría tomar un helado ese día. Y patatas fritas. Matthias y Anna subían a la montaña rusa juntos y compartían el helado y las patatas fritas.

Ve a la otra sin mí. Necesito descansar un poco.

¿Qué? ¡Por supuesto que no! Esperaré. Sentémonos aquí un rato hasta que te encuentres mejor antes de subir a la siguiente.

Matthias…

Ni hablar. No iré sin ti. No te preocupes, tenemos tiempo de sobra. Créeme, antes de la hora de cerrar habremos podido subir en todas las atracciones por lo menos dos veces.

El pánico se sumó a sus náuseas: ¿cómo sobreviviría a ese día? No era más que mediodía y el parque cerraba a las nueve. Y estaba segura de que la siguiente montaña rusa le rompería las costillas.

A Matthias y a Anna les encantaban las montañas rusas.

Me encantan las montañas rusas, se recordó. Y le dijo a Matthias:

Vale, a por la Superman. ¡Estoy lista! Vamos.

Ninguna de las otras personas que había en la cola ese domingo soleado parecía angustiada. Anna se obligó a exhibir la mejor de sus sonrisas, y cuando llegó la vagoneta se sentó y se pegó cuanto pudo al pecho la barra de protección metálica.

Me encantan las montañas rusas. Me encantan las montañas rusas.

Impulso inicial. Propulsión. Abajo, giro, bucle, golpe, golpe.

Me encantan las montañas rusas.

Un dolor intenso en la pelvis. Estaba llorando.

¡Que pare ya!

Matthias subió al resto de las atracciones solo y ese día no comieron helado. Anna dijo que era por las náuseas. Matthias no dijo nada. Después se fueron a casa.

A la mañana siguiente tenía unos moratones enormes, negruzcos y azulados, en los muslos, los brazos y el trasero. Matthias tampoco dijo nada, aparte de que llegaba tarde al trabajo.

A Matthias y a Anna les encantaban las montañas rusas, pero después de ese domingo de abril Anna anunció que había demasiada gente en los parques temáticos para su gusto. Y que la música estaba demasiado alta. Y que las montañas rusas eran siempre lo mismo. Y que incluso costaba encontrar un buen helado. Matthias pudo haber dicho algo entonces, pero no lo hizo. ¿Habría servido para algo?

Los dos se habían instalado cómodamente en el reino mágico del fingimiento. Ella fingía que era feliz y que todo estaba bien y él fingía que era cierto. Era menos doloroso que el enfrentamiento. El enfrentamiento solo llevaba a las peleas.

Y así, para mantener la paz, durante tres años de matrimonio ella no comió nada y los dos se tragaron sus mentiras. Por el camino perdieron las montañas rusas y los helados y las patatas fritas compartidas.

16

Nos ponemos en fila, de dos en dos, para el breve trayecto hasta la casa de al lado. Ahí es donde van a servir la cena, mi primera comida aquí. Mis pies no quieren moverse. Miro al resto de las chicas; la mayoría de ellas no parecen estar pasándolo mucho mejor que yo. Debemos de ofrecer una imagen muy cómica: siete mujeres adultas en una fila doble como niñas de colegio, esperando a que las lleven a cenar. No, la imagen que ofrecemos es triste: siete mujeres adultas en una fila doble, esperando a que las lleven a cenar.

Doblo la carta de Valerie y me aferro a ella. Las chicas que tengo delante echan a andar. Ya no hay vuelta atrás. Tengo miedo, aunque ni siquiera sé qué me aguarda.

Cruzamos el césped del 17 de Swann Street hasta la casa amarilla que hay al lado. La chica de la sudadera turquesa va la primera. Deduzco que ella debe de ser Emm.

Nos conduce hasta el comedor. Tengo los ojos y la confianza puestos en ella. Parece extrañamente tranquila para ser una anoréxica que se enfrenta a una cena. Ese turquesa suyo me calma.

Me centro en su pelo: espectacular, una melena que le cae en cascada. Una rareza en una anoréxica. Unos ojos enormes y una belleza fiera. Postura atlética, aunque no tiene esa complexión. Debía de ser nadadora o gimnasta, supongo. Pero ya no; tiene las piernas como dos cerillas.

Las demás se acercan a mí y ella me habla. Presentaciones:

Hola, soy Emily. Pero aquí todas me llaman Emm.

Su amabilidad es profesional y muy medida, como la de un empleado de atención al cliente.

Me alegro de que estés aquí. Pídeme cualquier ayuda que necesites.

Si ella no estuviera tan dolorosamente delgada bajo esa sudadera enorme, habría pensado que formaba parte del personal. Si su cara no se viera tan dolorosamente falta de emociones, habría creído que era sincera. «Me alegro de que estés aquí.» Como mucho, parece indiferente. Y cansada, como Valerie. Veintimuchos, le calculo. Otra vez esa divergencia: cara de mujer mayor, cuerpo de niña.

El reloj de la pared anuncia: las seis y media. La supervisora de Atención Directa anuncia:

¡A comer!

La anticipación que ha estado reconcomiéndome se ha transformado en dolor de estómago. El miedo acre ahora me roe las entrañas; el resultado es corrosivo y caliente.

Hay dos mesas redondas en el comedor; nuestros nombres están en una de ambas. Todas las chicas localizan el suyo y se sientan.

Ya tenemos los platos delante, una amenaza envuelta en film plástico. No estoy preparada; sé que si miro el mío entraré en pánico. Mi dolor de estómago se ha convertido en una úlcera… o eso creo. Distracción, necesito una distracción. Miro a las otras chicas.

Primero a Valerie, pero no está en condiciones de ofrecerme sosiego; la cocinera le da algo que parece una naranja congelada. Ella la coge, con brusquedad y sin decir palabra, y le clava las uñas con fuerza; la primera vez que veo una técnica de conexión. No suelta la naranja durante el resto de la comida y come con la otra mano.

En pocos minutos surgen otros comportamientos extraños. Una chica no deja de dar golpecitos en el suelo con el pie, nerviosa. Eso hace que la inestable mesa se tambalee y nos pone a las demás aún más susceptibles. Otra chica empieza a cortar un trozo de patata en rodajas finas como el papel. Me remuevo en el asiento; el gesto me resulta demasiado conocido para calmarme. Yo también hago eso con la comida.

Demasiado pequeños, Katerina. Ya lo sabes,

advierte la supervisora de Atención Directa, que nos vigila como un halcón.

Emm no ha empezado. Todavía está examinando todos los cubiertos, para después limpiarlos metódicamente con una servilleta de papel y finalmente volver a colocarlos en la mesa.

Haz lo que quieras, Emm, pero que no se te olvide: esa es la única servilleta que vas a tener.

Imperturbable, retira poco a poco el film plástico que cubre su primer plato, lo dobla cuidadosamente y lo coloca a su derecha. ¿Tranquila? ¿U obsesivo-compulsiva? ¿O solo está intentando retrasar el momento de empezar a comer?

Cuarenta y cinco minutos y ni uno más, chicas.

La respuesta a esa advertencia de la supervisora de Atención Directa es un silencio tenso.

Julia, ¡no es posible que hayas acabado ya!

Julia protesta:

¡Jo! ¡Tenía hambre!

Me quedo mirando a la chica y a su plato vacío, alucinada. El mío sigue intacto delante de mí.

Ella se vuelve hacia la cocina y le grita a la cocinera:

¡Muy bueno todo, Rita! ¡Vaya, me moría de hambre! Repetiría, si pudiera,

una mirada mordaz a la supervisora de Atención Directa,

pero no me dejan.

Tras un período de aclimatación a ese extraño ambiente de la cena, la conversación va surgiendo lenta y dolorosamente. Pero, para mi sorpresa, va ganando intensidad. Pasa de forma casi natural del tiempo, a acontecimientos de actualidad aleatorios y después a un breve intercambio de historias personales, intereses e incluso fotografías de hijos y mascotas. Se comparten historias de trabajos, viajes y de una vida anterior a ese lugar. Empiezo a relajarme. Pero cada pocos minutos la supervisora de Atención Directa interrumpe la farsa:

Deja de esparcir la salsa por el plato, Chloe. Tendrás que rebañarla, de todos modos. No, Julia, no puedes ayudarla a acabarse el arroz. ¡Y no, tampoco puedes probarlo!

Y una o dos veces:

Todo el queso y el aliño de la ensalada, chicas. Vamos, ya conocéis las normas.

Después cuesta recuperar el hilo de la conversación y el grupo se sume en un silencio triste.

El postre derribará aún más muros, estoy segura, pero no lo han servido todavía.

Treinta minutos, Anna,

me recuerda la supervisora de Atención Directa. ¡Ni siquiera he empezado!

No puedo seguir retrasándolo. Miro el plato: el envoltorio de plástico cubre medio *bagel* y un poco de hummus con zanahorias, yogur y fruta. Algunas de esas cosas hace años que no las pruebo. *¡No puedo comerme todo esto!* No puedo comerme nada de esto. ¿Protesto? ¿Me niego? ¿Monto una escena? ¿Me largo del comedor? ¿Y adónde voy a ir? La supervisora de Atención Directa está mirándome. No tengo elección. Los ojos fijos en el plato, la mente muy lejos. Voy a coger una zanahoria, pero no puedo evitar que el pánico y la bilis obturen mi garganta.

Ha llegado el momento: *Tienes que comerte todo lo que te pongan en el plato*, me han dicho. Pero no puedo. No quiero rendirme tan pronto, pero no puedo hacerlo. No puedo respirar. No puedo respirar.

Anna, ¿ves series en la tele?

Es la voz de Emm, que está sentada enfrente de mí, con la pared del comedor a su espalda. Corta su comida, da un bocado cada vez y mastica pensativa y minuciosamente. Esa pregunta tan frívola disipa el ruido de mi cabeza. No puedo comerme esta comida, pero puedo responder a la pregunta.

Muy pocas, la verdad, pero me crie en los noventa, así que soy una fan incondicional de Friends.

¡Esa es mi serie favorita de todos los tiempos! Mi otra pasión son las olimpiadas.

Entiendo lo que está haciendo por mí, sin borrar de su

cara esa sonrisa de directora de crucero. Esta chica no es de las que cuenta cosas de su vida personal en la mesa. No ha mencionado ni un perro, ni su carrera ni su familia, pero sí habla, y mucho, de *Friends*. Mientras lo hace, coge una zanahoria en miniatura y la unta con el hummus, y yo la imito.

La cena sigue su curso. *Céntrate en Emm*. Morder, masticar, tragar. Emm. Ella continúa hablando, y me pregunto cómo puede hablar y comer a la vez. Consigo comerme las zanahorias, el hummus e incluso, con ayuda de mucha agua, el *bagel*. No pienso, solo mastico y recuerdo, uno tras otro, varios episodios de *Friends*.

Con la fruta no hay problema, pero el yogur es un gran escollo. No ingiero productos lácteos. *Por favor, supervisora de Atención Directa…* Me vuelvo hacia ella, dispuesta a suplicar, pero antes de que pueda hacerlo Emm interviene:

¿Te gustan los juegos de palabras?

Supongo que sí.

Aquí repartimos crucigramas todos los días, durante el desayuno.

Pero, como es la hora de la cena, tiene otros juegos a mano.

Vamos a ver qué tal se te dan, Anna. Considéralo un rito de iniciación. Prepárate.

Julia se ríe entre dientes, pero Emm no deja de ponerme a prueba con una seriedad absoluta. Todavía tengo la mente atascada con el yogur, así que me salen fatal los dos primeros juegos.

¡Vamos, Anna! Concéntrate,

me reprende Emm mientras coge una cucharada de su

yogur. *Vamos, Anna.* Imito de nuevo su gesto y me centro en las pistas del juego.

Resuelvo el tercero y toda la mesa me aplaude. También mi mente. Tomo unas cucharadas más. Emm aparenta no darse cuenta y sigue planteándome juegos hasta que termino el resto.

La comida que Emm tiene asignada es abundante y me preocupa que no le dé tiempo a terminarla. Pero si está agobiada, no lo demuestra; solo mira el reloj de vez en cuando. Para cuando se pasan los cuarenta y cinco minutos, he acabado mi comida. Y Emm también. Las dos dejamos la cuchara. La cena ha acabado. Y Emm, como si tuviera un interruptor, se queda callada.

Parece casi tranquila. Y yo casi me lo creo. Entonces la supervisora de Atención Directa dice:

¡Chicas! Dos filas.

17

Cuando llegamos a la casa, las chicas se dispersan. El ambiente es de duelo silencioso. Excepto en el caso de Julia, quien, con su bulimia y sus auriculares al máximo, nos informa de que sigue teniendo hambre.

Valerie está en su sitio del sofá, llorando bajito. Nadie la molesta. Todas las chicas están centradas en sí mismas ahora, luchando con sus propios demonios, esperando que la culpa se desvanezca.

Emm coge un libro y se sienta en la escalera, lejos del resto del grupo. Es evidente que quiere que la dejen sola, pero me acerco de todos modos.

Gracias,

le digo plantándome a su lado, incómoda, deseando haber ido mejor preparada.

Lo has hecho bien en el comedor. Te irá bien,

contesta.

Su tono de voz es formal y distante.

El tratamiento de la anorexia es doloroso, pero no imposible de seguir. Si de verdad quieres recuperarte, lo harás.

En ese instante solo quiero coger mi anorexia y largarme de aquí. Pero no le digo eso a Emm, tampoco ninguna otra cosa, porque sigo siendo incapaz de expresar nada inteligente.

Emm vuelve a hablar:

De verdad, si tienes alguna pregunta, no dudes en hacérmela.

Claramente es un intento de dar por terminada la conversación y volver a su lectura. Pero, por fin, tengo una pregunta:

¿Cómo sabes que me irá bien?

Levanta la vista del libro y esta vez su mirada no es imperturbable. Lo que viene a continuación son la sonrisa y la respuesta más tristes del mundo:

Porque he visto mejorar a muchas chicas como tú.
Llevo aquí cuatro años.

18

Estoy otra vez en la sala comunitaria y me duele el estómago.

Hace mucho tiempo yo comía. Incluso me gustaba comer. Hacía una *tarte aux pêches* buenísima, la mejor. Mojaba galletas en la leche con cacao caliente o en el té y cocinaba unos crepes esponjosos y deliciosos que podía voltear en la sartén con los ojos cerrados. Tenía una receta secreta para la tarta Sacher. Y disfrutaba con Matthias de cruasanes calientes y recién hechos los domingos por la mañana.

Antes comía. Y me gustaba comer, pero después comer empezó a darme miedo y dejé de comer. Ahora me duele el estómago; llevo tanto tiempo siendo anoréxica que se me ha olvidado cómo comer.

La cena ha terminado y ha sido mi primera comida de verdad en años. Pero la ansiedad solo acaba de empezar. Son las 7.28. El día se acaba, y sin embargo siento que tengo los pies, el corazón y la mente a mil por hora.

La supervisora de Atención Directa dice:

Anna, siéntate, por favor. Deja de pasear arriba y abajo. Incomodas a todas.

Pero no puedo. Voy a vomitar.

Necesito ir afuera.

No puedes.

No, no puedo respirar. No puedo quedarme dentro, ni sentarme ni dejar de caminar. Ni hacer esto. ¡Quiero que vuelva mi anorexia! ¡Quiero irme!

El reloj marca las siete y media. Suena el timbre.

19

Matthias está en la puerta, recién afeitado, bien peinado, con una rosa roja en la mano y pinta de sentirse muy incómodo. Lleva una camisa azul impecable que adoro; se la planché la semana pasada. La semana pasada. Otro mundo, otra época... y ninguno de los dos me parece real.

Durante un instante permanezco quieta, alucinada, esperando que desaparezca cuando parpadee. Pero no. Vuelvo a parpadear, por si acaso. Y después me abalanzo hacia sus brazos.

Estoy tocando a Matthias, abrazando a Matthias, como si llevara media vida sin verlo. Es como si hubiera pasado media vida desde que me dejó aquí, cuando solo han transcurrido unas cuantas horas. El calor de su pecho. Había olvidado el sonido de los latidos de su corazón. Mi marido me abraza tenso, penosamente consciente de que nos miran.

A mi lado hay un curioso grupo de seis chicas pálidas y también está la supervisora de Atención Directa. Pero no les presto atención, estoy demasiado ocupada colmándolo de besos y de preguntas:

¿Qué haces aquí? ¡No me lo pudo creer! ¿Te dejan venir?

Cuando por fin le concedo un poco de espacio me da la rosa, que ahora está menos roja que su cara, y dice con voz cohibida:

Me dijeron que el horario de visita empezaba a las siete y media.

El horario de visita. ¡El horario de visita! ¿Cómo ha podido pasárseme por alto ese dato? No habré registrado esa información en concreto de entre la mucha que me han proporcionado durante la charla de orientación. Le pregunto a la supervisora de Atención Directa:

¿Cuánto tiempo tengo?

Noventa minutos,

dice,

hasta que vaya a llamarte para la recena. No podéis salir sin supervisión, pero podéis ir a tu habitación.

Estoy tan feliz que ni siquiera me rebelo contra las normas de la casa; tengo veintiséis años y acaban de decirme que «puedo» llevar a mi marido a mi habitación. Las reglas del mundo real no se aplican aquí, en el 17 de Swann Street. Lo acepto, por ahora; solo me quedan ochenta y nueve minutos con Matthias.

Entonces me doy cuenta de un detalle importante: son más de las siete y media. Miro la puerta de entrada y después a las otras chicas. No hay más visitas. De repente siento que he sido muy desconsiderada al ponerme a besar a Matthias delante de todas. Lo aparto suavemente y, esforzándome mucho por mostrar *retenue*, lo llevo arriba, a mi habitación.

Nuestra compostura aguanta hasta que él cierra la

puerta de la habitación Van Gogh... Entonces nos quitamos los zapatos y nos acercamos corriendo a la cama. Nos besamos hasta que estamos los dos sin aliento.

Me has comprado una rosa,
consigo decir por fin.

Te echaba de menos,
responde.

Yo también te echaba de menos,
digo, y de pronto soy consciente de que ya no me duele el estómago.

Me toca los dedos. Están fríos. Me los frota, y también las manos y los pies. Me masajea los hombros y el cuello, presionándome los puntos que sé que siempre tengo tensos. Ambas cosas me resultan delicada y dolorosamente familiares. Antes hacíamos esto muy a menudo; nos pasábamos horas besándonos, tocándonos, dibujando mapas sobre la piel del otro.

No estoy segura de cuándo dejamos de hacerlo. Tal vez el año pasado, antes de Navidad. Sucedió de manera gradual. Cada vez menos tiempo besándonos, tocándonos. Matthias culpaba al cansancio posterior al trabajo, al clima, a veces a la gripe. Y yo lo creí porque me convenía. No tenía interés ni energía para el sexo.

¿Qué tal ha ido tu primer día?,
pregunta.

Cuéntamelo todo.
Frunzo la nariz y digo:

Tú primero.
Pero replica:

Por turnos. Tú primero.
Así que empiezo a hablar y comienzo por la cena, el

único logro concreto que puedo contar. Le digo que me he comido el hummus, un *bagel*, zanahorias y yogur. Matthias se me queda mirando, sin poder creérselo:

¿Te has comido todo eso, Anna?

Me da un beso y decido, tal vez un poco prematuramente, que haberme comido la cena ha merecido la pena.

Te toca.

Me cuenta que se ha pasado la tarde buscando el café por todas partes. A lo que respondo:

Armario de la izquierda. Segundo estante. La lata tiene la tapa roja.

Le explico lo de la charla de orientación, le hablo de las otras chicas y de mi primera consulta con la terapeuta. Él me describe el trayecto hasta casa tras dejarme aquí. El vacío en el apartamento a las seis de la tarde, que ha empeorado porque no encontraba el café. Televisión y cereales para cenar, directamente de la caja. Le pregunto qué ha visto. No se acuerda. No importa. Después simplemente nos cogemos de la mano.

Él es el primero en romper el silencio:

¿Cómo sé dónde acaba mi lado de la cama y dónde empieza el tuyo?

Oigo la pregunta que no está formulando. Y la respuesta es: *No lo sé.* No sé si todo saldrá bien para nosotros. Quiero decirle que sí. Quiero tranquilizar y confortar a ese hombre, a ese chico que está sentado en mi cama. Le respondo empleando el mismo código:

Te he dejado un táper de espaguetis con champiñones en la nevera.

El problema de las horas de visita, de la felicidad, es que el tiempo pasa y las dos se terminan. Nuestros traicioneros noventa minutos se nos han ido volando mientras estábamos sentados en la cama. Matthias echa un vistazo a su reloj y empieza a atarse el primer zapato. Se detiene un momento para mirarme.

Esto me recuerda a cuando empezamos a salir.

Nos recuerdo entonces. La habitación en la que vivíamos, tan pequeña como un armario, el dinero de la beca de estudiante con el que nos manteníamos. La novedad de su olor. La primera vez que me puso el brazo sobre el pecho y se durmió; su peso reconfortante.

Se vuelve para seguir con el segundo zapato y miro la fotografía de esa primera mañana que tengo en el tablón.

Estás igual que en esa foto. ¿Te acuerdas de esa mañana?

La mira y luego me mira a mí, a nosotros, y ninguno de los dos dice, al menos en voz alta, que la vida ha cambiado, que los dos hemos cambiado desde esa fotografía.

Se muestra valiente y callado, y sé que va a volver a una casa vacía. A los cereales que quedan en la caja y a un táper de espaguetis. Por mi culpa esta noche, por primera vez en años, los dos vamos a dormir solos.

Interrumpo su tarea con los zapatos y lo beso en los labios, la nariz, las mejillas, los huecos de las clavículas, los párpados y las pestañas y el pecho. Lo beso lo bastante para que le dure, espero, hasta la hora de visita de mañana.

Durante un segundo no estamos en la Habitación 5 de la casa del 17 de Swann Street. Durante un segundo estamos en esa fotografía. Después Matthias se aparta y los dos regresamos.

¿Tenemos una cita mañana por la noche?

Aquí estaré.

¿Y la siguiente noche, y la siguiente?

Aquí estaré.

Matthias se va a las nueve.

En la charla de orientación me dijeron que no debía abrir la ventana del dormitorio. *Prevención de fugas y suicidios*, me explicó la supervisora de Atención Directa. Bueno, no pienso irme a ninguna parte, sobre todo si Matthias viene mañana. Cometo el acto rebelde de abrir la ventana para ver cómo se aleja su coche azul.

Pienso en Matthias en nuestro apartamento, con nuestra cama y nuestra vida en pausa. Pienso en Van Gogh en mi habitación Van Gogh. Ventanas abiertas en el manicomio de Saint-Paul. Noches estrelladas y floristerías. Entonces viene la supervisora de Atención Directa:

Hora de la recena. Las otras chicas ya han empezado.

Y cierra la ventana, Anna.

20

Siempre se sabe cuando Matthias y Anna están cerca.
Risas generales.
Ah bon?
Oui, solo hay que escuchar atentamente y seguir el so-
nido de los besos.

Anna se puso como un tomate, pero tanto Matthias
como ella se echaron a reír. Debían admitir que Frédéric
tenía cierta razón. Siempre estaban haciendo ese sonido.

¿Somos una de esas parejas?,
preguntó Anna.

Lo somos,
respondió Matthias muy serio.

Anna, somos una de esas parejas irritantes que pro-
vocan que cuantos los rodean hagan muecas.

Eran Matthias y Anna, Anna y Matthias, que muchas
veces estaban tan ocupados besándose que se les olvida-
ban las llaves en casa y las bolsas en el supermercado. A
menudo se pasaban la parada cuando iban en el Métro y
provocaban que señoras de cierta edad y viejas costum-
bres chascaran la lengua con disgusto cuando pasaban por
su lado en la acera.

Afortunadamente a sus amigos les parecía divertido. Estaban tomando apéritifs, *poniéndose a tono para la última fiesta antes de que Matthias se fuera al día siguiente a* «l'Amérique».

Tú nunca me besas a mí como él la besa a ella,

dijo Marianne mirando a Frédéric con un mohín, a lo que él respondió inmediatamente dándole un sonoro beso burlón en los labios. Marianne lo apartó con el ceño fruncido; eso no contaba. Pero Frédéric, siempre de buen humor, replicó:

> *Chérie, nadie besa así siempre. Son recién casados todavía. ¡Tú y yo llevamos juntos diez años! Espera y verás, ya terminará su luna de miel. Madurarán y se acabarán esos besos.*

Y dirigiéndose a Matthias y a Anna continuó:

> *Deberíais aprender de Marianne y de mí. Ya no nos besamos, ¡discutimos! Eso hace que las cosas sigan siendo interesantes, como veis. Deberíais probarlo.*

Todos rieron. Frédéric se sirvió más vino. Después se sentó al lado de Marianne en el sofá e intentó engatusarla para que lo perdonara. Necesitó otra copa de vino y unos besos más sentidos y más largos, pero al final lo consiguió.

Matthias rellenó su copa y rozó con ella la de Anna. Acto seguido fueron sus labios los que rozaron los de ella. Los dos notaron el sabor a alcohol con notas dulces de madera.

> *No creo que me canse nunca de besarte.*
> *Yo tampoco.*
> *No nos volvamos como Frédéric y Marianne.*
> *No. Vámonos a casa a hacer el amor.*

Matthias miró a Anna, sorprendido. No solía ser tan

lanzada. Ella interpretó mal su expresión y, avergonzada, se corrigió:

Bueno… No tenemos que…

Matthias se echó a reír.

No, no tenemos. Queremos. Yo quiero. No sé por qué seguimos aquí. Coge el abrigo.

Se quedaron unos minutos, cuanto pudieron aguantar, y después se escabulleron mientras los demás se servían más vino. No los echarían en falta.

Y si lo hacen,
añadió Matthias,
Frédéric tendrá algo sobre lo que bromear la próxima vez.

21

A las ocho en punto de la mañana nos sentamos en nuestros sitios en la zona del desayuno del piso de abajo. Una larga mesa de madera, mi primer desayuno, mi segundo día aquí. Estoy en pie desde las cinco.

Intentando mantener la calma, rezo para que haya café. Lo hay. Puedo hacerlo. Creo que lo he dicho demasiado pronto; veo aterrizar delante de mí el desayuno: medio *bagel* con queso crema envuelto en film plástico.

Esto tiene que ser una broma. Pero no le veo la gracia. Anoche, cuando me sirvieron el yogur en la cena, no quise ponerme difícil, pero en mi historial se especifica claramente que soy vegana. Tengo que decir algo.

Creo que hay un error. Yo no ingiero productos lácteos,

informo a la supervisora de Atención Directa con toda la educación del mundo. No sé si esperaba, inocentemente, que entrara un camarero en la habitación, se disculpara por el malentendido y se llevara mi plato.

Valerie deja la cuchara y pone la mano en el borde de la mesa.

Tienes que comerte lo que la nutricionista ha establecido,

responde la supervisora de Atención Directa. Y punto.

El desayuno de los martes es bagel *con queso crema. No se hacen excepciones con el menú.*

Y vuelve a centrarse en las otras chicas. Mi nombre, escrito claramente con grueso rotulador negro en el envoltorio de plástico, se enfrenta a mi cara de horror. No hay ningún error y tampoco es una broma. Nadie se ríe, mucho menos yo.

Todo lo contrario. Ahora estoy enfadada. He intentado cooperar. Me comí la cena anoche como todas las demás chicas y no monté una escena. He entrado en el juego del equipo de tratamiento, pero lo han llevado demasiado lejos. Aparto el plato con todo el frío desdén que soy capaz de transmitir.

No comeré bagel *con queso crema, gracias.* Quiero hablar con el encargado.

Me gustaría hablar con la nutricionista, por favor.

La supervisora de Atención Directa no se inmuta.

Vamos a ver, tienes dos opciones: terminarte el desayuno o negarte a comerlo. En cuanto a lo de hablar con la nutricionista, podrás hacerlo el día y la hora en que tengas asignada tu consulta con ella.

Oficialmente estoy furiosa. Pero secretamente lo que estoy es aterrorizada. Espero que por fuera parezca tranquila; por dentro, en cambio, estoy a punto de estallar. Intento mantener la calma, aunque he sobrepasado el límite de mis veinticuatro horas de buena conducta. Siento que todas las chicas que están alrededor de la mesa se ponen tensas, pero a esas alturas ya no me importa.

Quiero hablar con la nutricionista ahora.

Mantener la calma. Inspirar. Exhalar.

¿Te niegas a comerte todo el desayuno?

Sí, eso es exactamente lo que estoy haciendo. Soy adulta. Estoy aquí por decisión propia. Puedo irme si quiero. Para demostrarlo me levanto, con todo el aplomo que me permiten mis rodillas temblorosas, y me alejo de la mesa.

Pasan muchas cosas a la vez.

Julia intenta robar unos cuantos sobres de edulcorante de la mesa. La enfermera la sorprende in fraganti. Todas las chicas se sobresaltan, una derrama el café. La callada Valerie rompe a llorar.

Y yo, que soy la causa de todo este caos, no llego muy lejos. De hecho, no consigo salir de la zona del desayuno antes de que la supervisora de Atención Directa me agarre del brazo. Considero llevar el conflicto más allá y ella parece hacer lo mismo. Tras unos segundos de tira y afloja, la supervisora toma la decisión por las dos.

Te quedan dos negativas; después viene la sonda de alimentación. Si quieres ver a la nutricionista, regresa a tu sitio e iré a ver si está en su consulta.

Solo pensar en una sonda de alimentación amarilla entrando por mi nariz y bajando por mi garganta, para bombear una comida líquida, densa y beis en mi estómago, me recorre un escalofrío. Sonda de alimentación, ¡ni en broma! Sonda de alimentación no, *por favor*. He visto en los hospitales esos tubos amarillos que se pegan a la mejilla y van directos al estómago del paciente. Lucho contra esa imagen mental y también por controlar una fuerte arcada.

Sí, por favor,

respondo con calma y bajo la barbilla, que me delata con su temblor.

Me acompañan de nuevo a mi asiento, donde me enfrento a una vista panorámica del daño que he causado. He alterado el desayuno, he metido a Julia en un lío y, como poco, he hecho que todo el mundo se sienta incómodo. A Valerie le dan su naranja congelada para que se aferre a ella. Solo Emm sigue con los crucigramas.

Me siento fatal. Quiero disculparme con las chicas, pero ya he hecho bastante por ahora. Las ocho y media llegan y pasan. Los platos se quedan vacíos. Las chicas se levantan y se van.

A mí me dicen que me quede, con mi medio *bagel* con queso intacto delante. Siento ese tipo de terror aprensivo que se da en las salas de espera. La supervisora de Atención Directa me informa de que ha hablado con mi nutricionista y que me verá a las nueve.

A las nueve me llevan a su consulta y me dicen que espere sentada en el sofá. Este es mullido y rojo. Demasiado cómodo. No me relajo.

La mujer corpulenta que entra en la habitación me cae mal al instante. Demasiado maquillaje, demasiadas joyas y demasiado perfume. Demasiada piel. Todo en ella es demasiado.

Va directa al grano:

Soy Allison, tu nutricionista. ¿Para qué querías verme?

Ni se ha molestado en sonreír. No vamos a llevarnos bien.

Así que esa mujer tan desagradable y sus cejas fruncidas son las responsables de las comidas que he tomado hasta ahora. Su trabajo es conseguir que aumente de peso. Bueno, pues nuestros objetivos son opuestos. Miro con determinación a Allison, que será quien en el futuro tome la decisión sobre todas las calorías que entren en mi estómago. Intento no parecer aterrada.

Sé educada, elegante y profesional, me digo mentalmente.

Me gustaría hablar con usted de mi menú. No puedo comer la comida que me están sirviendo.

Por fin sonríe, pero no es una sonrisa que pinte bien para mí. Tengo un nudo en el estómago, aunque procuro no acobardarme.

Soy vegana; no como queso. Y tampoco creo que un bagel sea un desayuno nutritivo. No me importaría comer muesli, que es una alternativa de desayuno más saludable, si está abierta a esa opción. La fruta está bien. Y en cuanto a la comida…

Perdona que te interrumpa,

me corta. Y toda mi falsa valentía desaparece.

No me interesan tus opiniones sobre nutrición. Ya he ido a la universidad para aprender esas cosas. Estoy aquí para conseguir que aumentes de peso y rápido. Tendrás que comer lo que te sirvan.

Me quedo mirándola con total incredulidad. Nadie me ha hablado así nunca. Pero no tengo tiempo de reaccionar porque continúa:

Vas a seguir un plan de comidas para recuperar peso. El objetivo es conseguir que engordes entre uno y dos kilos a la semana. Las porciones y el número de calorías irán incrementándose gradualmente. Vendrás a verme cada dos semanas para que yo decida cuándo se producirá ese incremento y entre las consultas se te hará un seguimiento para descartar que presentes síntomas del síndrome de realimentación.

Síndrome de realimentación. Una alteración potencialmente mortal de los fluidos y los electrolitos, como, por ejemplo, una reducción repentina del fosfato en la sangre, que se produce cuando se empieza a alimentar de nuevo a un paciente desnutrido. Los cuerpos escuálidos que llevan demasiado tiempo pasando hambre pueden entrar en *shock* con la comida. Y entonces sobreviene la debilidad muscular, el coma y posiblemente la muerte.

Ella sabe que ha conseguido llamar mi atención.

La nutricionista continúa:

Podrás elegir todas tus comidas una vez a la semana. Por lo general, ofrecemos a las pacientes dos opciones, pero dado que eres vegetariana...

Vegana,

insisto.

No tenemos opciones veganas. Pero, como decía, dado que eres vegetariana, solo tendrás una opción sin carne que elegir.

¿Y si no me gusta la opción sin carne?

Para esos casos están las comidas de sustitución, que son como la que tomaste para cenar ayer.

¿Y si no me gusta la de sustitución?

Estoy poniéndola de mal humor, pero considero importantísimo mantener mi postura. Ella suspira, cierra los ojos, los abre de nuevo y me habla con una voz desagradablemente dulce, que reconozco de inmediato como una amenaza potencial:

Tú no sabes lo que te gusta o lo que no te gusta, aunque en este momento tampoco importa.

¿Cómo?

Esa sonrisa otra vez. Con la misma voz desagradable, pero con una ceja enarcada, me pregunta:

¿Cómo tomas el café?

Solo. Sin azúcar.

¿Y cómo tomas el té?

Caliente. Verde o de jengibre.

¿Con azúcar?

Claro que no.

¿Cómo te gustan los huevos?

No me gustan los huevos.

¿Qué mantequilla te pones en las tostadas?

No les pongo mantequilla.

No como mantequilla, tampoco tostadas. Nada de grasas ni carbohidratos simples.

¿Chocolate con leche o negro?

Ninguno de los dos, gracias.

¿Qué te gusta comer?

«*¿Qué comes?*» habría sido una pregunta más sencilla de responder. Como fruta, casi siempre manzanas. A veces con un poco de zumo de limón. Cuando quiero algo salado, como lechuga o col. Y si me apetece darme un capricho: palomitas de microondas.

¿Qué te gusta comer?

No he respondido. Manzanas y palomitas, supongo. Hace tiempo mi respuesta a esa pregunta habría sido muy diferente. Hace tiempo también le habría dicho que me gustan los huevos revueltos, el chocolate negro y las tostadas calientes, doradas y crujientes. Sin mantequilla, pero con un poco de sal.

Pero ahora no me gusta comer nada. Como por necesidad, para saciar el hambre y funcionar un poco más.

Manzanas y palomitas,

es mi respuesta. No necesito, ni quiero, nada más, y mucho menos sus horribles *bagels* con queso crema.

Me gustaría revisar el menú, por favor. Que tenga algo saludable y natural, algo como...

¿Las palomitas?,

me interrumpe. Su paciencia, e incluso su sonrisa falsa de labios apretados, están desapareciendo.

Tendrías que comer treinta y cinco bolsas de palomitas al día o cuarenta y seis coma sesenta y seis manzanas de tamaño medio para alcanzar las calorías que necesitas.

Ha vuelto a conseguir dejarme sin palabras por culpa del *shock*. No entiendo lo que quiere decir. O, más bien, no quiero entender a lo que se refiere con «las calorías que necesitas».

Deja que te explique cómo es el proceso de realimentación, ya que pareces saber tanto de nutrición: un cuerpo normal, en reposo, necesita mil calorías para sobrevivir. Solo para lo básico: el latido del corazón, la respiración, la circulación sanguínea y la temperatura corporal.

Ya he hecho una mueca de dolor al oír lo de las mil calorías.

Una mujer normal de tu altura y tu edad necesita entre mil y mil quinientas calorías más para realizar las funciones básicas de la actividad de un día normal: salir de la cama, ir a trabajar, conducir, hablar por teléfono, cargar con la compra, pasear al perro, colgar el abrigo, incluso mirar la tele... Pero tú necesitas incluso más que eso.

¿Más? ¡¿Más?! ¿Más de dos mil calorías...? ¡¿Más de dos mil quinientas?!

Como has estado matándote de hambre y a la vez

haciendo demasiado ejercicio, has estado alimentándote de tus órganos. No tienes reservas de grasa, ni la regla ni calcio en los huesos. Ni estradiol en el torrente sanguíneo. De hecho, ahora mismo eres menos mujer que una niña de dos años.

Está tratándome como a una niña de dos años, algo que ocurre recurrentemente en este lugar. Pero no alcanzo a enfadarme porque la nutricionista suelta la siguiente bomba:

Para reparar el daño que te has hecho, tu cuerpo necesita más energía. Más energía significa más calorías: quinientas más, por lo menos.

Hago las cuentas mentalmente, con dificultades. Siento la proximidad de un ataque de pánico:

¿Dos mil quinientas calorías?,

pregunto con voz chillona.

Por lo menos. Probablemente mas. He tenido pacientes que han necesitado ingerir tres mil quinientas para obtener resultados.

¡Tres mil quinientas calorías! ¡Al día! ¡Eso es más comida de la que como en cuatro días! Está loca, completamente loca.

Necesitas alimentos con bajo volumen, muchas grasas y muchas calorías. Créeme, no te cabrían en el estómago treinta y cinco bolsas de palomitas.

Ni me molesto en tratar de contener las lágrimas. Ya hace mucho que pasó el momento del fingimiento. Lloro como una niña de dos años, aterrorizada y atrapada en un cuerpo que ya no tiene utilidad para mí.

No grito. Sollozo y gimoteo. Le digo que se vaya al infierno, que yo me largo. Agarro mi anorexia y las dos nos volvemos a casa.

Si te vas, te morirás,

dice sin inmutarse, y con eso termina la conversación. Pasa por delante del mullido sofá rojo y abre la puerta. Nuestra primera consulta ha terminado.

Y que no se te olvide que solo te quedan dos negativas para la sonda.

22

Plan de comidas - 24 de mayo de 2016

Índice de masa corporal de la paciente: 15,1
Rango de IMC normal: 18,5 - 24,9

Otros síntomas: Bradicardia, arritmias, osteopenia, constantes vitales inestables.

Objetivo del tratamiento: Aumento de peso y recuperación de un IMC que se sitúe dentro de los parámetros normales.

Plan de comidas:
La paciente deberá ingerir diariamente tres comidas completas, además de un almuerzo, una merienda y una recena, a intervalos de dos o tres horas.

El valor calórico inicial será de 2.100 calorías al día y se irá aumentando en 250-300 calorías cada cuarenta y ocho o setenta y dos horas.

Se hará un seguimiento a la paciente para descartar que presenta síntomas del síndrome de realimentación o cualquier otra complicación de salud, entre las que se incluyen: fallo cardíaco, arritmias, fallo respiratorio, fallo muscular, muerte súbita.

Tabla de calorías (se revisará según las necesidades)

Desayuno: 400 calorías (irán aumentándose hasta las 800)
Comida: 550 calorías (irán aumentándose hasta las 800-1.000)
Cena: 550 calorías (irán aumentándose hasta las 800-1.000)
Tentempié de media mañana: 200 calorías (irán aumentándose hasta las 400).
Merienda: 200 calorías (irán aumentándose hasta las 400).
Recena: 200 calorías (irán aumentándose hasta las 400).

El plan de comidas se complementará con un suplemento nutricional líquido para aumentar la densidad calórica. Valores: 350 calorías por cada cuarto de litro. El suplemento líquido se administrará inmediatamente en caso de que la paciente se salte una comida, se niegue a ingerirla o no la termine.

23

Regreso a la sala comunitaria antes de las diez. Intento respirar con tranquilidad para calmar la tormenta que se desata en mi pecho; ya he llorado bastante por hoy, por toda la semana más bien, y únicamente es martes.

Solo dos días y ya siento que me asfixio en este sitio, porque me dicen a todas horas cuándo y qué comer, cuándo ir al cuarto de baño o acostarme. Hace dos días era una mujer adulta. Ahora solo me quedan dos negativas. En alguno de los formularios que firmé debí de cederles mi independencia.

Todas las mujeres que vienen aquí la pierden, junto con las llaves, los teléfonos y las pinzas de depilar que tienen que entregar. También acceden a perder sus vidas, sus carreras, sus familias, sus armarios de vestidos y sus tacones. Desposeídas de la energía para procesar cualquier cosa que no sea el latido de su corazón, la respiración y cierto calor corporal, pasan a ser niñas que tienen rabietas en la mesa durante el desayuno.

Menudo lío he causado esta mañana y vaya primera impresión he debido de producirles a las otras chicas. Muchas ni siquiera saben aún cómo me llamo. Ahora han salido a dar su paseo matinal.

Tengo que pedirles disculpas en cuanto vuelvan. La puerta principal se abre y todas entran.

Emm viene directa hacia mí y, con su tono profesional, me pide que hablemos un momento.

La sigo hasta el hueco que hay debajo de la escalera. Ella se encarama, se sienta en el suelo y con un gesto me indica que haga lo mismo. Su forma de actuar es tan natural que sé que ya ha tenido reuniones como esta antes.

Comprendo lo difícil que ha sido esta mañana para ti, empieza a decir antes de que me dé tiempo a hablar, *pero has creado una conmoción en el desayuno. Todas las que vivimos aquí estamos sufriendo y ya tenemos bastante con lo nuestro.*

Habla en voz baja y en un tono amable. Eso me conmueve más que si estuviera enfadada. La naranja congelada, el edulcorante, el silencio en la mesa. Una de las normas de la casa: *ser buenas.*

Abro la boca para disculparme, pero Emm no me deja: *No pasa nada, y hablo por todas cuando lo digo. Aquí no guardamos rencor. Todas hemos pasado nuestras primeras cuarenta y ocho horas aquí. Tú céntrate en sobrevivir a las tuyas.*

Hace una pausa.

Todo te resultará más fácil pasado ese plazo. Al menos entonces podrás salir a dar el paseo matinal.

Sí, recuerdo que la supervisora de Atención Directa me lo dijo. Después de cuarenta y ocho horas y únicamente si tenía una buena conducta. Solo me quedaban otras veinticuatro.

Lo siento,

digo muy bajito mientras Emm sale del hueco.

No tienes que sentir nada,

me dice sin volverse.

Otras veinticuatro horas. Puedo centrarme en sobrevivir aquí hasta entonces.

Entonces me fijo en que la supervisora de Atención Directa está poniendo la mesa: ya es la hora del almuerzo.

Todavía no estoy preparada. Pero no tengo elección. Todas nos congregamos alrededor de la mesa. Mantengo la mirada fija en el suelo, avergonzada aún por mi comportamiento durante el desayuno. Colocan delante de mí dos cuencos y un plato. Los tres están envueltos en film plástico y tienen mi nombre.

El primero contiene yogur. De vainilla. En el segundo hay galletitas con forma de animales.

A pesar de todo, de lo horrible de la situación, de repente tengo ganas de reír. En mi cabeza resuenan los primeros versos de un poema que aprendí y que me encantaba:

Galletitas de animales y cacao para beber,
una de las mejores cenas que voy a ver.

Es la voz de mi madre la que recita esas palabras. Tengo cinco años y estoy en la cocina con ella. La leche con cacao humea en un gran cuenco blanco, y sirve para calentarme a la vuelta del colegio una noche lluviosa. Mis galletitas de animales esperan pacientemente su turno para que las sumerja hasta que se queden blandas. No me daban miedo entonces. Ese es un recuerdo feliz.

Después miro el plato, confundida. No lo comprendo, hasta que por fin me entra en la cabeza: el medio *bagel* con queso crema que no me he comido, el desayuno que me he negado a probar siquiera.

Se me hace un nudo en la garganta; tengo que comérmelo ahora, además del almuerzo. Todas las chicas que me rodean, y también la supervisora de Atención Directa, están muy calladas, esperando mi reacción.

Yogur, galletas y el *bagel* con queso. Intento controlar mi respiración...

Y empiezo a hiperventilar.

Mi cuerpo grita: *¡Todo a la vez no, por favor!* Y responde la voz de la nutricionista: «Solo te quedan dos negativas». Y la de Emm, que está sentada enfrente de mí: «Ya tenemos bastante con lo nuestro».

«Todas las chicas tienen que ser buenas con las demás.» No puedo montar una escena. Pero ¡soy incapaz de hacerlo! *Por favor...*

Las galletitas de animales en el cuenco. Oigo el poema de nuevo. No sé cómo, pero la voz sosegada de mi madre logra acallar todas las demás que hay en mi cabeza. Se repite rítmicamente y, poco a poco, va reduciendo el ritmo de mis inspiraciones y exhalaciones:

Galletitas de animales y cacao para beber,
una de las mejores cenas que voy a ver.

Esto es ridículo. Tengo veintiséis años y estoy recitando un poema infantil. Pero me ayuda, al menos con la respiración. Así que continúo mentalmente:

Siempre querré tomar esto cuando crezca
y pueda tomar lo que me apetezca.

No puedo negarme a ingerir esta comida. Ojalá *maman* estuviera aquí. Ojalá yo estuviera en cualquier otra parte, donde fuera menos aquí. ¿Cómo seguía el poema?

Céntrate en el siguiente verso. Y desenvuelvo el *bagel*. Y después el queso. Lo unto. Le doy un mordisco. Y después otro. Mastico. *No pienses, mantén la mente centrada en el poema.*

¿Qué elegirás cuando algo te vayan a ofrecer?
Cuando tu madre diga: «¿Qué es lo que más te gusta
    comer?».

Trago. Bebo agua. Y vuelta a empezar. Otro mordisco. Y otro, y otro después.

¿Serán gofres con sirope o tostadas con canela?

Continúo masticando hasta el final de la estrofa. Trago el último mordisco de *bagel* y recito:

El cacao y los animales es lo que voy a elegir.

Nadie habla y no sé si alguien me mira. Pero soy incapaz de alzar la mirada para averiguarlo. No puedo detenerme. Y ahora el almuerzo.

El yogur es más suave y más fácil de tragar. Pero sigo recitando.

Masticar. Tragar. Otra cucharada. Pienso en el siguiente verso, en las chicas, en el paseo matinal. Otra cucharada. Respiro. Bien, ahora solo me quedan las galletitas de animales.

Las pongo en fila, como hacía entonces, y observo sus formas tan infantiles. *Maman*, tengo veintiséis años y le tengo miedo a estos animalitos.

Pero me como uno, después otro y recito los últimos versos. Termino el poema y la comida a la vez.

Y ya son las diez y media. Recogen la mesa y todo lo que tengo delante. La habitación y mi cerebro se quedan en silencio.

24

No estoy muerta. Estoy exhausta, pero no muerta. Tan exhausta que apenas puedo caminar. Tal vez sea algo bueno. No puedo ni pensar en lo que acabo de obligarme a hacer.

Ninguna de las chicas me habla. Eso también está bien; no confío lo bastante en mí para hablar ahora. Necesito estar a solas y llorar. Necesito procesar esta comida. Esta comida iba en contra de todo lo que mi cerebro ha creído firmemente durante muchos años. Necesito tiempo para que se asienten el yogur, el *bagel*, el queso, las galletitas y la ansiedad.

Quiero ir al baño, por favor...

Pero no me permiten ese lujo:

Podrás ir después de la terapia de grupo, Anna. Ahora ve con las otras chicas.

No tengo elección. Sigo a las demás a la parte trasera de la casa, a una galería acristalada, para mi primera sesión de grupo en el 17 de Swann Street. En el centro hay unas cuantas sillas formando un círculo.

Todas las chicas se sientan maquinalmente. Ahí también todas tienen su sitio. Yo dudo: *¿dónde está el mío?* Tres voces se elevan a la vez:

Este sitio está libre, si quieres.

¡Me han hablado!

Emm tenía razón: «Aquí no guardamos rencor». Me dejo caer en la silla más cercana, agradecida. Me percato de que Emm, que está unas sillas más allá, me mira. *Gracias*, pronuncio en silencio. Ella asiente.

Valerie, que está enfrente de mí, obviamente sigue alterada por el incidente del desayuno y por el almuerzo, pero tiene los dedos relajados e incluso me parece que tal vez me sonríe, o eso me figuro.

Julia está sentada a mi derecha, con los auriculares colgados del cuello. Me estrecha la mano, alegre:

Ah, la rebelde francesa. ¡Encantada de conocerte, vecina! Soy Julia, de la Habitación 4.

Hola, Julia, siento haberte metido en un lío durante el desayuno…

Pero ella le resta importancia:

¡Bah, no me pidas disculpas! No te preocupes, tenía que intentarlo. No me darán un manotazo muy fuerte en las muñecas por robar unas bolsitas de edulcorante.

Hablando de muñecas, mis huesos osteopénicos crujen por su jovial apretón de manos. Le miro la suya y veo callosidades recientes en sus nudillos: el signo de Russell, provocado por el vómito autoinducido. La piel está arañada donde le roza contra los dientes cuando se provoca las arcadas. No quiero imaginarme cómo debe de tener el interior de la boca.

Tiene ojeras, pero se la ve bastante animada.

Es el café, todavía es por la mañana,

responde con un guiño a la pregunta que no he llegado a formularle.

Durante el día lo llevo bien. Me gusta la comida de aquí y mastico chicle durante las sesiones. Son las noches las que me resultan duras. Pero, oye, compartimos una pared. Avísame si pongo la música demasiado alta.

Bulimia nerviosa. Julia no parece demasiado delgada ni frágil. Es agradable y engañosamente alegre, pero, como acaba de decir, todavía es por la mañana.

Se mete un chicle en la boca. Será que lo permiten.

¿Quieres? Siempre tengo de sobra.

No, gracias,

pero está bien saberlo. Yo también masticaba chicle todo el tiempo, para mantener a raya el hambre y la ansiedad.

Aparto la vista de Julia cuando la terapeuta entra. No he visto antes a esa mujer: pelo muy decolorado, sonrisa igual de desvaída. Se sienta en la única silla vacía, cerrando el círculo de pacientes silenciosas. Después, mostrando toda la simpatía igualmente descolorida que logra reunir, pregunta:

¿Cómo estáis todas hoy?

No recibe respuesta alguna, pero en mi defensa tengo que decir que ignoro qué espera oír. Ha formulado la pregunta en un tono tan agudo que solo podía ser retórica. En medio de la melancolía que inunda la sala, su tono chirría tanto como su pelo. Todas las chicas que me rodean parecen demasiado cansadas para fingir. Excepto Julia, que estalla un globo de chicle.

Por fin Emm rompe el silencio en nombre de todas las demás, que se lo agradecemos:

Todas estamos bien.

Animada por esa respuesta, por cualquier respuesta, la terapeuta sonríe un poco más. Sus dientes blancos están antinaturalmente rectos. Centra la mirada en mí:

¿Cómo estás tú hoy?

Bueno, ahora soy el centro de atención; me coge desprevenida y me siento muy incómoda. Acabo de pasar por una comida horrible. Me duele el estómago y quiero llorar, pero dudo que sea eso lo que quiere oír.

No tengo que responder, por suerte. Es ella la que habla:

Bienvenida a la terapia de grupo. Estas sesiones son un lugar seguro donde puedes compartir lo que quieras y recibir respuestas de las demás.

Asiento educadamente y susurro un *gracias* que espero haber pronunciado lo bastante alto para que lo haya oído. Después bajo la vista y la fijo en mis zapatillas de deporte rosas, un modo de indicarle que ya puede seguir adelante.

Pero no.

Como es la primera vez que estás con nosotras, ¿te gustaría presentarte y hablarnos un poco de tu pasado?

Oh, no, claro que no, pero ya voy aprendiendo que en el 17 de Swann Street la mayoría de las preguntas no son más que instrucciones envueltas en un disfraz gentil y atractivo.

Bueno, podría presentarme...

Hola, me llamo Anna.

Pero mi pasado no es asunto suyo. En lo que a ella respecta, yo no soy más que otra paciente en un centro de tratamiento para personas con trastornos alimentarios. Mi enfermedad no es más que una variación de la que tienen las demás chicas de la habitación. Y sospecho que todas ellas ya han oído muchas más historias tristes de anorexia de las que querrían.

Eso es todo.

La terapeuta abre mucho los ojos, echa un vistazo fugaz al reloj y después vuelve a mirarme para trasmitirme un mensaje muy claro: tengo que dejar de malgastar el tiempo y compartir algo. Me miro los pies otra vez, preguntándome cómo o por dónde empezar. *Que alguien me ayude...*

Y la ayuda llega por parte de las chicas. Para mi sorpresa, Valerie es la primera en hablar:

¿Dónde pasaste tu infancia? ¿Tienes hermanos? ¿Mascotas?

Otra paciente interviene:

¿Estás casada? ¿Tienes hijos? ¿A qué te dedicas en la vida real?

Emm pregunta por qué vine a Estados Unidos. Julia quiere saber si me gusta el jazz. Otra paciente (la de las patatas en trocitos pequeños, recuerdo de la cena de anoche) me pregunta con una sonrisa traviesa:

¿Vendrá a verte otra vez ese chico tan guapo que vino ayer?

La irritada terapeuta intenta redirigir la conversación para que tome un rumbo más terapéutico:

O, mejor, podrías hablarnos sobre cómo se desarrolló tu trastorno alimentario.

Mejor no. Así que me centro en las preguntas que me han hecho las otras chicas.

Me crie en París. Tengo una hermana y un hermano, respondo primero a Valerie.

Yo soy la mayor. Mi hermana y yo somos muy diferentes, pero estamos muy unidas. Ella se dedica a la banca y es muy sofisticada, una de esas personas que toman martinis con vodka y esas cosas. Mi hermano...

murió atropellado por un coche cuando tenía siete años. Se llamaba Camil. Pero no quiero hablar de él, ni de *maman.*

Cambio de tema, esperando que nadie se dé cuenta:

Sí que tengo una mascota: un perro cojo que se llama Leopold. Vive en París, con mi padre.

Si lo han notado, nadie dice nada. Me siento agradecida con las chicas otra vez.

Sí, estoy casada. Con el chico guapo que vino ayer, añado para la chica de las patatas en trocitos pequeños.

Se llama Matthias. Es un hombre bueno y mi mejor amigo. Llevamos tres años casados.

Una pausa y después,

No tenemos hijos.

¿Y a qué me dedico en la vida real? Mi respuesta sincera sería: *No me acuerdo.* Hace años que no tengo vida real. En esta he pasado la mayor parte de los días evitando comer. Hay que invertir mucho tiempo en eso. Y energía. Y concentración. Mi cerebro va lento y muy pocas veces llega más allá de anticipar el momento en que surja el siguiente ataque de hambre. O de culpa, por lo último que he comido. Por las noches está agotado. Y duermo.

En la vida real me mato a hambre y duermo, pero sé

que esa no es la respuesta correcta para este grupo. Así que rebusco entre mis recuerdos anteriores a la anorexia:

Fui bailarina de ballet un tiempo. No era muy buena. Y además me lesioné una rodilla... Y después nos mudamos a este país y...

Ya lo recuerdo:

Ahora trabajo de cajera en un supermercado. O eso hacía antes de ingresar aquí. Lo odiaba. Se suponía que solo era algo temporal, pero al menos me reportaba un sueldo.

Y ese comentario me lleva a divagar:

En un mundo ideal, iría a la universidad. Después del instituto me dediqué de lleno al ballet. Creo que estudiaría Historia del Arte o Filología Italiana. O tal vez enseñaría a bailar a niños...

Caigo en la cuenta de que nadie me ha preguntado por eso, así que, avergonzada, sigo con las demás preguntas.

A Emm le contesto:

A Matthias le ofrecieron un puesto aquí, en un laboratorio de investigación. Es físico y muy listo. Aunque es posible que yo no sea objetiva, no sé.

La oferta era generosa y en París nos costaba sobrevivir, sobre todo desde que dejé de bailar.

Era una oportunidad estupenda para Matthias
y necesitábamos el dinero.

Y ahora necesito pasar a algo menos serio. La pregunta de Julia me viene al pelo:

No entiendo gran cosa de jazz, pero lo que entiendo me gusta mucho. Me encanta la música que me conmueve. El saxofón. Me gusta Billie Holiday.

Y para terminar:

¡Y sí, Matthias va a venir esta noche!

Y solo para mí añado, con timidez: *A ver si puedo ponerme un poco de maquillaje y perfume antes de que llegue.*

Y con eso dejo la pregunta de la terapeuta sin respuesta. Espero que no se dé cuenta.

Pero sí que lo hace:

¿Y qué te hizo buscar tratamiento para tu trastorno alimentario?

«Buscar tratamiento para mi trastorno alimentario», como en un caso de un manual de medicina. La pregunta es tan fría e impersonal como todo lo que hay tras esa fachada.

Pienso en todas las respuestas posibles que puedo dar a esta terapeuta tan insistente. Abro la boca, a punto de soltar algo sarcástico, pero, para mi sorpresa, lo que sale es la verdad:

Estoy aquí porque Matthias y yo fuimos a casa, a París, la Navidad pasada. Llevaba tres años sin ver a mi familia. Mi padre nos esperaba en el aeropuerto. Al principio no me reconoció, y cuando lo hizo... se echó a llorar.

No me dio ni un abrazo; temía que me rompiera si no tenía cuidado.

Se suponía que debía ser un reencuentro feliz. Mi padre, mi hermana..., estábamos por fin todos allí. Pero yo no podía comer y hacía demasiado frío para salir a la calle. Estaban asustados y me lo dijeron. Me suplicaron que buscara ayuda. Discutimos, y me fui enfadada.

Fue tremendamente triste.

Entonces decidí que no era asunto suyo y se lo dejé muy claro. Si quería morirme, era cosa mía. Ellos no estaban conmigo, ni Matthias tampoco. No tenían derecho a inmiscuirse.

Hago un gesto de dolor al recordar las duras palabras que les dije, las llamadas que dejé de responder.

Regresamos a Saint Louis y Matthias volvió a trabajar. Después todo estalló. Muy rápido.

Me doy cuenta de que otra vez estoy hablando demasiado y contando cosas muy íntimas. Titubeo, pero ya no hay vuelta atrás; están todas expectantes, incluso la terapeuta, que ha dejado a un lado su sonrisa artificial.

Intento terminar la historia de forma limpia:

No ocurrió nada dramático. Solo me desmayé en el cuarto de baño una noche. Y unas cuantas veces más. Matthias me encontró.

Y cuando recuperé la consciencia, él estaba llorando.

No tenía elección. Supe que estaba haciéndole daño... pero nunca antes lo había hecho llorar.

Así que vine aquí.

Miro a la terapeuta.

Eso es todo. ¿Puedo ir al baño ahora, por favor?

25

Era el fin del mundo.

No lo era, se dijo una vez más. Solo se lo parecía. Solo era el fin de otro mundo. Solo era un trabajo de cajera, para ayudar a pagar las facturas.

Seguía siendo Anna. Todavía era bailarina. Aún le encantaba la poesía y el vino espumoso, pero Matthias trabajaba muchas horas y, en esa ciudad y sola, se le hacían muy largas. Los turnos del supermercado le venían muy bien y le ocuparían el tiempo, se dijo con el uniforme puesto.

Estaba donde necesitaba estar. Echar de menos su casa era un mal menor. Regresarían en Navidad o en primavera. Sus turnos en el supermercado les permitirían ahorrar para el viaje y para comprar regalos a la familia.

Así que ayudaba a ancianos a contar centavos para pagar sus dos lonchas de jamón y el pan. Y a señoras con las uñas pintadas y bolsos de Chanel, muertas de vergüenza, con los cupones de descuento.

Evitaba establecer contacto visual con las sonrisas pícaras y los carnets falsos que compraban demasiado alco-

hol los viernes por la noche. Charlaba con el cliente que el domingo por la noche acudía a hacer su compra semanal de siete raciones individuales de macarrones con pollo y salsa de champiñones congelados.

Veía las miradas gachas y los billetes que le entregaban furtivamente para pagar la píldora del día después. Y como todas las noches se tiraban sacos con pasteles, quesos y carnes con la fecha caducada. A algunas manos con guantes se les caían monedas al suelo y no se molestaban en agacharse para recogerlas; otras, moradas y agrietadas a causa del frío, mendigaban fuera esas mismas monedas. Seguro que tampoco les habría puesto pegas a unos pasteles un poco rancios.

Y una noche, en la parada del autobús, vio a un indigente debajo de un banco, muerto de frío o de hambre. Esa noche no pudo comer ni dormir.

No era el fin del mundo, solo el fin de otro mundo, trató de pensar mientras lloraba Esa noche terminó. La primavera llegó y pasó, y no fueron a París.

Intentó recordar la Sorbona, los cafés, los rincones ocultos de las bibliotecas donde se pasaban horas besándose y leyendo a Verlaine, Camus, Stendhal, Sagan y Pushkin. En vez de eso, ahora veía hombres muertos en la parada del autobús y carritos de la compra a rebosar. La glotonería, la inanición, la disparidad entre ambas. Era el fin de otro mundo.

26

¿Cuál dirías que es tu estado de ánimo esta mañana?
Pongo los ojos en blanco.

Tras la terapia de grupo, la supervisora de Atención Directa me lleva a toda prisa, tras pasar por el cuarto de baño, a la consulta del psiquiatra.

No entiendo por qué necesito un psiquiatra. Mi estado de ánimo está todo lo bien que puede estar, dadas las circunstancias.

Me encuentro bien, gracias. ¿Y usted?

El hombre, bajo y corpulento, encaramado en su silla me mira por encima de las gafas. No le gusta mi humor, por lo que veo.

¿Y cómo describirías tu estado de ánimo, en general?
Estoy feliz.

Exultante, eufórica, dichosa.

La enfermera dice que te has despertado muy pronto esta mañana.

A las cinco, exactamente.

Sí.

¿Te ocurre siempre?

Sí.

¿Por qué?

Porque la ansiedad aparece temprano.

Porque todo está muy tranquilo por las mañanas.

¿Tienes antecedentes de insomnio?

No.

¿Y de enfermedad mental?

Tampoco.

Aparte de lo de no poder comer.

¿Depresión, ansiedad, angustia?

No hace falta ponerse dramático.

¿Bebes?

Con moderación.

¿Fumas?

No.

¿Abusas de algún otro tipo de sustancias?

No.

¿Ejercicio compulsivo?

Prefiero no responder. Escribe: «Ejercicio compulsivo».

¿Hay algún trauma en tu pasado?

Mi primera respuesta es:

No.

No, mi familia y yo compartíamos juegos de mesa y pícnics los domingos. Hacíamos senderismo cuando el sol lucía e íbamos a los museos si llovía. Nos encantaba viajar, cuando podíamos, y cuando no, teníamos montones de libros para leer y otras aventuras en las que embarcarnos.

¿Ningún trauma?

Una caja en mi dormitorio del piso de arriba. Los dibujos de Camil, su osito de peluche blanco. Yo era quien le ataba los cordones, daba la vuelta a sus crepes y le encontraba los guantes perdidos. La protectora autodesignada que no pudo protegerlo de aquel coche que aceleraba.

Mi historia está llena de higos en verano en Toulouse y de regalos las mañanas de Navidad. Hasta que en cierto momento perdimos a Camil y todo se hizo añicos. Sophie no quería hablar de él. *Papa* tampoco. Y una tarde, encerrada en el cuarto de baño, *maman* eligió ir a reunirse con su hijo.

Pero está todo en esa caja, debajo de la cama de la habitación Van Gogh. Miro al psiquiatra a los ojos y respondo a su pregunta:

No.

¿Piensas alguna vez en autolesionarte o en hacer daño a otras personas?

Una pregunta difícil; recuerdo el formulario. Sé que puedo llegar a perder todos mis derechos «si la institución o Matthias consideran que no estoy en pleno uso de mis facultades mentales».

Así que sonrío tranquilamente al psiquiatra, como voy a hacer todo el tiempo que pase aquí, y le doy la respuesta correcta:

No, estoy bien. Gracias por su tiempo.

27

¡*Tarta Sacher! ¡Tarta Sacher!*

Lo que coreaban todos estaba muy claro: tarta Sacher
de postre. Por supuesto: era la especialidad de Anna.

*¿Por qué nunca había oído hablar de ese famoso pos-
tre tuyo?*,

preguntó Matthias, un verdadero amante del chocolate.

Anna se sonrojó hasta las orejas.

Se me había olvidado.

Y era verdad.

La receta de la tarta Sacher y el recuerdo de ella hacién-
dola se habían perdido en algún momento de los últimos
años, desdibujados en su mente anoréxica, junto con muchas otras cosas. Como, por ejemplo, nombres, direcciones
y caras conocidas. Horas, días y meses completos de su vida.
Como mañanas que empezaban sin el despertador, noches
ininterrumpidas. Un armario que en algún momento estuvo
lleno de vestidos de verano que podía ponerse. Inviernos que
no eran tan dolorosamente fríos y días de veranos que eran
cálidos de verdad. Como el sabor del chocolate negro, del
expreso intenso y del brandy que ponía en la tarta Sacher.

Y era todo para bien, o eso pensaba cada vez que se daba cuenta de que estaba olvidando cosas. No podía echar de menos lo que no recordaba.

Pero ahora necesitaba la receta. Tenía que estar por ahí, en alguna parte. La encontró en el dorso de una postal en blanco y negro en uno de los libros de cocina de maman.

¿De verdad llevaba tantos huevos? Decidió poner la mitad. Y también la mitad de la mantequilla y el chocolate negro... Mejor no agregaría mantequilla y cambiaría el azúcar por edulcorante.

Antes hacía nata montada y cubría con ella la tarta, pero era innecesaria y muy poco saludable...

¡Anna! ¡No te olvides de la nata montada!

Vale, pondría la nata. Pero a un lado.

Mientras iba de acá para allá en aquel diminuto cubículo que era la versión parisina de una cocina, su padre, su marido y su hermana susurraban en la otra habitación:

¡No podemos ir al mercadillo navideño! ¡Se congelará! ¿Has visto cuántas capas de ropa lleva ya aquí dentro?

Pero siempre vamos, y después a la misa del gallo.

Bueno, ¡pues este año no lo haremos!, exclamó Sophie.

Creo que deberíamos limitar las salidas que hacemos por las noches también. Olvidaos de los restaurantes, podemos cenar en casa. Ella estará más cómoda aquí.

Eso me recuerda que tengo que escaparme un momento antes de que cierre la tienda, porque de lo contrario no tendremos nada que ella pueda comer.

¿Y una baguette?

¿La has visto comer pan en algún momento?

Matthias, ¿come pan?

Matthias no tenía ni idea. Últimamente nunca la veía comer nada.

El estómago de alguien rugió. Y todos los demás se hicieron eco.

Tengo hambre, ¿vosotros no?

Yo estoy muerta de hambre,

confirmó Sophie,

pero ¡es difícil comer cuando está ella! ¡Me hace sentir como una cerdita! Ha tomado consomé y lechuga a mediodía...

Creía que había tomado un poco de tu guiso de lentejas, respondió Matthias, *un poco a la defensiva.*

Y una macedonia de frutas con coulis de postre.

Mira, Matthias, solo ha aceptado la sopa, y porque quería complacerme... Pero luego la ha tirado por el fregadero mientras hablábamos. Y cuando ha visto el coulis ha dicho que no le apetecía la macedonia y se ha comido una manzana.

Sophie seguía susurrando, pero su tono era duro.

Papa, deberías ir a por manzanas antes de que cierre la tienda.

Miró a Matthias, con aire esperanzado:

¿Tal vez unas peras y unos plátanos también?

Pero él negó con la cabeza.

Pues entonces solo manzanas. Oh, papa, y trae café también.

¿Cómo puede ser que se nos haya acabado ya?

Nadie respondió. Y entonces la voz de Anna llegó desde la cocina:

¿Podría venir alguien y echar un vistazo a esto? Creo que algo falla en la receta.

28

Odio a los médicos.
¿A todos los médicos?
Sí, a todos. Y a los nutricionistas.

Matthias y yo estamos fuera, en el porche. El tiempo es agradable esta noche. Pero no puede decirse lo mismo de mí; este segundo día me ha resultado doloroso y difícil. Y la cena aún peor.

Deduzco que has asistido a tus primeras consultas con el equipo.

Sonrisa amarga, que apenas me molesto en ocultar. No me ha gustado esa respuesta tan frívola de Matthias, pero...

Sí, y a mi primera sesión de terapia de grupo.
¿Y qué tal te han ido?
No muy bien.

Aunque no sé cómo deberían ser; nunca antes había ido a la consulta de un terapeuta, ni a la de un psiquiatra o un nutricionista.

¡Me tratan como si fuera una niña, Matthias! Como a una paciente de un manicomio.

Las palabras «no estoy en pleno uso de mis facultades mentales» resuenan en mi cabeza.

Eres una paciente, Anna.

Sí, pero no soy tonta ni estoy loca. He venido aquí por decisión propia. ¡Tendrías que oír lo condescendientes que suenan cuando me dicen lo que tengo que comer y lo que tengo que pensar!

Es su trabajo. Solo quieren ayudarte. Estás enferma…

¡No estoy enferma! Tengo un problema.

Tienes una enfermedad que está matándote.

Quiero mantener un tono de voz bajo, pero soy consciente de que estoy elevándolo porque estoy molesta. Se me tensa la espalda y replico airada:

¡No te pongas tan dramático!

El semblante de Matthias se ensombrece al oír mi respuesta. Espera a que mi arrebato toque a su fin, porque sabe que hay más.

¡He dicho que tengo un problema! ¡Y estoy poniéndole solución! Lo solucionaré. Lo que ocurre es que…

Pero se me quiebra la voz y noto un nudo en la garganta. *Lo que ocurre es que…* Me cuesta acabar la frase.

La termino derrotada:

Es muy duro.

No, es agotador. Hoy ha sido agotador. Las comidas, las sesiones con las chicas y con mi equipo. ¿Cómo he llegado hasta aquí? ¿Cómo se ha vuelto todo tan difícil?

¿Cómo se le olvida a alguien comer? ¿Cómo se le olvida a alguien respirar? Peor: ¿cómo lo recuerda? ¿Cómo es la felicidad?

Me hundo en la silla de mimbre. Matthias cubre mi mano con la suya. No, no necesito su lástima. Me siento erguida otra vez antes de que lleguen las lágrimas.

No te preocupes, voy a solucionar esto,

le aseguro a Matthias.

Encontraré la manera. Puedo hacerlo sola, no necesito...

Pero Matthias me interrumpe:

No.

Silencio. ¿De qué lado está?

No, no puedes hacerlo sola. Ya lo has intentado, ¿te acuerdas, Anna? Me prometiste que comerías. A mí, a tu padre y a tu familia...

El enfrentamiento, las horas de súplicas, de excusas y de discusiones en el salón el día de Navidad. Las promesas que les hice para que dejaran de llorar, de preocuparse por mí.

Y no funcionó, Anna.

¡Lo intenté!,

repongo.

Todavía estoy intentándolo, ¿vale? ¡Hago cuanto puedo!

Solo yo grito. Matthias me coge la mano otra vez.

Y dice en voz baja:

Anna, pesas cuarenta kilos.

El nudo en mi garganta otra vez. No puedo responder porque no confío en mi voz, y estoy demasiado cansada para apartar la mano. Las lágrimas resbalan libremente por mi cara, sin permiso, traicioneras.

Al final le dejo abrazarme y lloro en silencio sobre su camisa.

Sé que lo has intentado, Anna. Sé que lo has intentado con todas tus fuerzas y sé que lo habrías solucionado ya... de haber podido. Si esto fuera «solo» un problema, tú y yo no estaríamos sentados aquí.

29

Por fin de vuelta en el apartamento (maravillosa y mila-
grosamente) vacío. El Métro se había parado, dos veces,
para su inmensa frustración. Interruptions sur la ligne
quatre. La carrera para subir los seis tramos de escalones
de la escalera también se había visto interrumpida con
algunas paradas para darse unos besos apasionados, fal-
tos de aliento, con la espalda de Anna contra la pared fría
y los dedos de Matthias enredados en su pelo.

Ahora estaban solos. Sin amigos, sin compañeros de
piso, solo con los pocos muebles que quedaban en el dormitorio. La maleta de Matthias ya estaba hecha y coloca-
da fuera, junto a la puerta. La cerraron dando un portazo.
Pero ninguno de los dos lo notó. Los tablones del suelo
crujieron bajo sus pies precipitados. Un sendero formado
por tacones negros, delicadas medias negras y zapatos
tipo Oxford de cuero marrón. Pies descalzos.

Sus dedos fríos, entumecidos y ansiosos desabrocharon
torpemente los botones de la camisa de él. Notó sus manos sobre la espalda, heladas. Se estremeció, pero lo acercó más a ella.

El vestido negro cayó al suelo y luego la ropa interior de satén negro. Y los dos aterrizaron sobre el viejo colchón. Apenas se combó bajo su peso; para entonces ya había memorizado la forma de sus cuerpos.

Ella se apoderó de la protuberancia de su clavícula y del lunar que sabía que había al final. Él siguió la línea de su columna vertebral y le rodeó el extremo del hueso de la cadera. Sin ropa, sin cortinas, pero con la abundante luz de la luna que entraba a raudales en la chambre de bonne. Sin mantas, no las necesitaban. El tiempo se quedó en suspenso y ellos se dejaron mecer por olas de silencio y calor.

Tarde, mucho más tarde, él la rodeó con sus brazos. Ella tenía la cara pegada a su pecho y respiraba tranquilamente sobre su corazón. Se quedaron dormidos desnudos. Siempre lo hacían así, pierna sobre pierna, piel sobre piel.

A la mañana siguiente las ventanas estaban empañadas. Se echaron agua fría en las caras heladas. El cepillo de dientes que casi se le olvida y una sudadera que metió apresuradamente en la maleta. Pasando de puntillas sobre los traicioneros tablones del suelo, intentaron salir sin hacer ruido; sus compañeros de piso ya habían regresado y dormían aún tras las puertas cerradas de los dormitorios.

Bajar la maleta los seis tramos de escalones de la estrecha escalera curva fue una aventura. Después la arrastraron juntos hasta la estación y al tren.

Ya de camino al aeropuerto, por fin, se besaron.

Bonjour.

Bonjour,

contestó ella sonriendo.

30

Tercer día en la casa de color melocotón a la sombra del magnolio. Muebles blancos de mimbre en el porche delantero, hortensias creciendo en la parte de atrás. Emm está de pie bajo el sol al principio del estrecho y trillado camino que las chicas del 17 de Swann Street siguen todos los días para dar el mismo paseo matinal.

Pero hoy yo iré con ella, y con Julia... y con la supervisora de Atención Directa. Y con Chloe, que esta mañana he sabido que tiene hijas, y con Katerina, la fan de Matthias. Valerie no viene, y tampoco lo hace la séptima chica, cuyo nombre aún no sé. No habla mucho y todo indica que no le gustan los paseos. Me pregunto cuánto tiempo llevará aquí.

A estas alturas ya conozco la rutina, que empieza con la toma de las constantes vitales y el control del peso y sigue con la ducha, el café y los crucigramas diarios a la hora del desayuno. De algún modo, he encontrado cierta seguridad y comodidad en esa repetición constante. Todos los demás aspectos de mi vida son inestables; al menos la rutina es algo seguro.

Empezamos a caminar. Emm me informa de que el itinerario no cambia. A la derecha una vez pasada la segunda puerta roja. Izquierda, izquierda, derecha. Vuelta en la rotonda con las hortensias azules y blancas. Izquierda, derecha, derecha, izquierda.

Damos el paseo en dos filas rectas. Debemos de resultar un grupo muy extraño. Unas chicas etéreas con camisetas sueltas flotando detrás de la supervisora de Atención Directa y de Emm, con su sudadera turquesa. Nos cruzamos con varias personas que siguen sus propias rutinas matutinas seguras: los jubilados, los lectores del periódico en el porche delantero a tiempo completo, la mamá practicante de yoga que empuja un cochecito, el paseador de perros que escucha música, la pareja de ancianos que camina de la mano despacito. Todos nos saludan, ninguno se nos queda mirando; deben de saber lo de las chicas del 17 de Swann Street.

Hay niños en la casa de la segunda esquina jugando en el jardín. Cuando pasamos por delante, nos saludan con un *buenos días*, muy educados. También hay pájaros y ardillas, y un jardinero que tararea. Casi al final adelantamos a un San Bernardo. Emm me dice que se llama Gerald.

Demasiado pronto abandonamos el aire fresco y el cielo azul y lo sustituimos por una jornada completa en el interior, pero ahí surge otra constante en la que se puede confiar: a las diez menos diez llega el cartero.

Igual que ayer, recoge el correo para enviar y nos reparte cartas, postales y paquetes, trocitos del mundo que el mundo nos ha enviado.

Todos los días menos el domingo,
dice.

A las diez tenemos el almuerzo, pero el correo hace que sea pasable. Todos los días menos el domingo compartimos las buenas noticias y las cosas que recibimos.

Después dos horas de sesiones, no siempre de terapia de grupo. A veces son de nutrición, psicología o estrategias para gestionar las emociones. A diferentes horas nos van llamando a todas para ir a ver a varios miembros de nuestros equipos.

A las doce y media nos dan la señal para levantarnos y formar dos filas. Así vamos hasta la casa amarilla de al lado para jugar otra vez a nuestra particular ruleta rusa: la comida.

Alguien, en algún momento, sufrirá y llorará, pero al menos estará allí Rita, la cocinera italoamericana que nos sirve la comida con todo su amor y sus cotilleos. Y no importa lo que pase o lo difícil que nos resulte ingerirla, a Rita le diremos que estaba buenísima. Ella sonreirá y, para bien o para mal, todo acabará a la una y cuarto.

Los lunes y los viernes por la tarde estamos deseando que llegue la clase de yoga. Los martes, como decía la carta de Valerie, todas tenemos requesón. Los miércoles, clases de dibujo con Lucy. Baile los sábados, también con Lucy. ¡Baile! Los domingos, clases de música después de comer. Y una infusión de manzana y canela tras las comidas. Y yo, que soy la chica más afortunada de la casa, tengo una cita con Matthias todas las noches.

Cada paciente tiene una habitación, un diario, un cubículo y una botella de agua con su nombre. Y su sitio fijo en la sala comunitaria. Yo he elegido una vieja y desgastada butaca.

Al volver de mi primer paseo me dejo caer en ella, serena. Valerie está escribiendo en su sitio. Emm hace punto en el suyo. *¿De verdad hace punto?* La chica callada está dormida.

Julia, a mi lado, está totalmente enfrascada en el último crucigrama. Yo también estoy atascada con él. Me pongo a mirarlo con ella.

Justo entonces entra la supervisora de Atención Directa con una paciente que hasta ahora no hemos visto. Parece helada y agotada, y tiene que apoyarse en la supervisora de Atención Directa para sostenerse.

Le hacemos hueco en el sofá. Ella se tumba, envuelta en una gruesa manta de lana que asocio al momento con el interior de una ambulancia. Se acurruca y cierra los ojos. Sin decir nada, la supervisora de Atención Directa se va.

Las otras chicas, inalterables, vuelven a su punto, su escritura, su sueñecito o su crucigrama. Quiero levantarme de la butaca y dar la bienvenida a la nueva paciente, pero Julia me pone la mano en el brazo:

A esta no.

¿Por qué a esta no?

A las pacientes como ella las llamamos «temporales».

¿Pacientes como ella?

¿Qué significa «pacientes temporales»?

Sonrisa triste y amarga. El crucigrama se queda a un lado. Julia se inclina hacia mí. Yo hacia ella. Susurra:

Las «temporales» son pacientes que suelen irse antes de que te hayas dado cuenta de que estaban aquí. Ingresos obligatorios, la mayoría de las veces, y por lo general queda muy claro que así es. O están tristes o enfadadas, o lo único que hacen es dormitar en el sofá. Véase la Muestra A.

Su desapasionada descripción encaja perfectamente con la chica sin nombre que no deja de temblar.

Procuro mantenerme alejada de ellas. No son personas muy alegres. Se trata de chicas muy, muy enfermas.

¿Y por qué se van tan pronto entonces?

Porque están demasiado enfermas para estar aquí. Necesitan hospitalización. Demasiado delgadas, demasiado tristes, demasiadas complicaciones médicas. Con la mente demasiado desconectada.

Qué horror.

Ya verás a lo que me refiero cuando esta se despierte. Se quedará mirando por la ventana durante horas.

No me gusta que la llame «esta». Ojalá supiera su nombre.

En ese caso, ¿por qué traen a estas pacientes aquí?

Julia se encoge de hombros.

La última esperanza principalmente. Supongo que sus familias no son conscientes de lo grave que es su situación. O eso quieren creer.

Continúa con su reflexión:

A veces vienen aquí porque su seguro no les ha aprobado otro tipo de tratamiento. En ocasiones sí, pero no hay camas disponibles en la unidad de psiquiatría del hospital. De ser este el caso, mañana quedará libre una cama y trasladarán a la chica nueva.

¿Cómo sabes que quedará una cama libre?

Alguien morirá o recibirá el alta,

es su simple y pragmática respuesta.

¡Con cuánta tranquilidad lo ha dicho! Me aparto, horrorizada. Julia se da cuenta, pero no se ofende. Sonríe tristemente ante mi indignación y vuelve a hablar, esta vez en un tono de voz más bajo:

Anna, mírate y mira a tu alrededor. Aquí todas tenemos nuestra tragedia. Es patético, lo sé, pero somos demasiadas para ponerme a llorar por todas.

Lo comprendo. Julia no está harta de todo, solo intenta protegerse. Procura elegir sabiamente dónde pone su corazón. Se obliga a sonreír y bromea:

Mierda, si hay que llorar por alguien, ¡debería empezar por mí!

No me río, pero me acerco otra vez a ella. Las dos nos quedamos en silencio un momento. Cuando vuelve a hablar, ya no bromea:

Aunque la verdad es que empezaría por Emm.

¿Emm?

¿Y eso?

Porque Emm está en el otro extremo del espectro.

La miramos hacer punto frente a nosotras.

La relación entre Emm y el 17 de Swann Street viene de mucho tiempo atrás,

dice Julia en voz aún más baja.

Sí, lo recuerdo: de hace cuatro años. Julia continúa:

Es una habitual. Se conoce este sitio de memoria: los horarios, las normas, las habitaciones con las mejores vistas, los menús semanales, a todo el personal… ya se han hecho sus amigos.

¿Y eso es malo?

¿A ti qué te parece, chica? ¿Es malo que sepa que los batidos se preparan con polvos? ¿O que sepa qué enfermera te dará un antiácido o, si se lo pides bien, una pastilla para dormir?

Veo adónde quiere llegar Julia.

Emm lleva tanto tiempo en el 17 de Swann Street que ya forma parte de esto. Las pacientes como ella, las habituales... se sienten cómodas aquí.

Eso tiene mucho sentido y es aterrador.

Cuatro años en el 17 de Swann Street... o en cualquier parte, y el lugar se convierte en tu casa. El personal es como tu familia. El tratamiento se vuelve conocido. Los horarios, incluso los menús, son algo seguro.

La mayoría de las habituales no reciben nunca el alta, y las que la consiguen saben que regresarán.

Asiento. El mundo real es peligroso, tiene trabajos poco gratificantes y relaciones dolorosas. Facturas que hay que pagar todos los meses, comida que hay que ingerir todos los días. Al menos aquí, en tratamiento, la cocinera hace las comidas y el personal se hace cargo de los platos. El seguro se hace cargo de la estancia y alguien cambia las bombillas y corta el césped. El mundo real es solitario, pero aquí los médicos tienen pastillas y los terapeutas siempre disponen de tiempo para escuchar. Para mi sorpresa, comprendo a Emm, en cierto modo.

Emm sigue con su punto. El movimiento es predecible, el patrón se repite. Esto no es la vida real, pero tal vez no le interesa en absoluto tener una. Tal vez la supervivencia con todo incluido a este lado de los muros le basta.

En cuanto a ti...

Julia interrumpe mis pensamientos.

Tú eres otro tipo de paciente, Anna. Creo que eres una de las afortunadas.

¿Y cuáles son esas?

Las que están aquí por otra persona.

Otra persona, fuera de aquí, esperándome en el 45 de Furstenberg Street.

Tienes una razón para sobrevivir,

dice Julia como sin darle importancia mientras mete la mano en el bolsillo para coger un chicle.

La vida de Emm está aquí, no fuera de estos muros. Y la chica del sofá no quiere ninguna vida. Tú, con un poco de ayuda y comida en el estómago… Mierda, no tengo chicles.

«Una razón para sobrevivir.»

¡Oh, no me hagas caso! ¡Falsa alarma!

Se mete dos chicles en la boca a la vez y me ofrece otro. Niego con la cabeza despacio.

No, gracias, Julia.

Otro momento de silencio y después me atrevo a preguntar:

¿Y tú?

¿Qué pasa conmigo?

Globo que explota.

¿Qué tipo de paciente eres tú, Julia?

No responde. Y no vuelvo a preguntárselo.

31

El día ha terminado, y la cena también, fuera lo que fuese. Son las siete y veinte. Corro hasta mi habitación, me cepillo los dientes y el pelo, me pongo un poco de colorete en las mejillas, un par de pulverizaciones de perfume y, acto seguido, bajo a toda velocidad la escalera justo cuando Matthias está aparcando en la entrada su coche azul.

Sale del vehículo a las 7.28 y pulsa el timbre dos minutos después. Las siete y media. Eso marca el principio de la cuenta atrás: nos quedan noventa minutos.

Está bien vestido y huele bien. Conozco ese olor: tabaco y almizcle. Él conoce el mío: manzana y jazmín. Me da un beso en la puerta. Dentífrico.

Pido a la supervisora de Atención Directa permiso para sentarme fuera con mi marido. Y me lo concede riendo:

¡Con la única condición de que te devuelva aquí para la recena!

Pregunto a Matthias cómo le ha ido el día. Dice que el trabajo ha estado bien y que la pequeña orquídea que tenemos en casa también lo está. Pero añade que está un poco preocupado porque no ha florecido desde el año pasado. Intento no sonreír: aun así...

Veo que te tiembla la comisura de los labios, Anna, pero ¡ni te imaginas lo preocupado que he estado! Tú tienes la culpa, ¿sabes? Porque has comprado una orquídea y luego te has ido de casa para tratarte. ¿Te haces una idea de la cantidad de cuidados que las orquídeas necesitan?

¿Habrías preferido un cactus?

¡Un cactus! ¡Sí, un cactus! Has de esforzarte para que se te muera un cactus. Cuando todo esto termine, te compraré un cactus.

Ja, ja. Vale.

Me pregunta por mí día. Le cuento cómo ha ido sin darle importancia, como él. Le hablo de un libro que estoy leyendo. Lo encontré en la sala comunitaria.

Rilke. Su poesía es mágica. Me transporta muy lejos de aquí.

¿Tienes tiempo para leer?

Leo por las mañanas, después de la toma de las constantes y el control de peso, hasta el momento del desayuno, que es a las ocho. Me encanta. Todo está muy tranquilo, amanece poco a poco y empieza a entrar luz en la habitación Van Gogh.

Siempre te han gustado las mañanas.

Me encantaban. Me encantan.

¡Oh, no te lo he contado! He salido a dar un paseo esta mañana.

¿Y qué tal ha sido?

Demasiado corto, pero liberador.

¿Estás haciendo amigas?

Me echo a reír.

Lo intento. La mayoría de las chicas no se relacionan

mucho... *y en cualquier caso estamos todas bastante ocupadas.*

¿Ocupadas? ¿Con qué? ¿Con las comidas?

Una vez más me llama la atención lo poco que Matthias, o cualquier persona normal, capta. Lo poco de los trastornos alimentarios que se ve a simple vista. ¿Ocupadas?

Sí, ocupadas,

hasta la extenuación, de hecho. Cada bocado y cada pensamiento son agotadores. Pero a nadie más se lo parece; tal vez nos consideran chicas con malos hábitos alimentarios, simplemente.

Seis veces al día, Matthias.

¡Y lo estás consiguiendo! Estoy orgulloso de ti, Anna. No te rindas.

Me sonríe y de repente me atenaza el miedo: *¿Y si me rindo?*

¿Y si te decepciono, Matthias?

Sin embargo, no lo digo en voz alta. Lo que digo es:

Esta tarde he elegido los cereales para el desayuno de mañana.

Intento que mi voz suene despreocupada, pero no lo consigo. Matthias se da cuenta y me coge la mano. Olvidado el tono desenfado, dice:

Eres la chica más valiente del mundo.

Él lo entiende. Oye los gritos constantes de mi cabeza. Pero no quiere demostrarme lástima, así que me pregunta:

¿Y has escogido Frosties?

Sorprendida, respondo:

No, Matthias. Cheerios sin nada.

¿Cómo has podido elegir Cheerios? ¡Los dos sabe-

mos que saben a cartón! Los Frosties, en cambio, ¡son genialeees!

Y sus favoritos. Y, casualmente, están cubiertos de unos brillantes y aterradores cristales de azúcar.

Pues a mí me gustan los Cheerios,

lo contradigo, un poco irritada.

A pesar de todo, Matthias ve que voy de farol.

No, no te gustan. Te gustan los Frosties. O al menos te gustaban. Y también los Lucky Charms.

¡De eso nada!,

protesto sacando las uñas en defensa de mi mentira anoréxica. Me preparo para responder con argumentos sobre colorantes alimentarios y alto contenido en azúcares... Pero Matthias habla antes:

Lo más importante es que a los Frosties los respalda el Tigre Tony.

No puedo creer lo que acabo de oír.

¿Y...?

Y el tigre puede a la abeja, obviamente. Si tienes dudas, escoge siempre los cereales del tigre. Los Frosties, vamos... Y con eso está todo dicho.

Me río con ganas ante el enfoque poco convencional de la terapia de mi marido: *Escoge los Frosties. No tengas miedo. El tigre puede a la abeja y a la anorexia.* Así de fácil.

Ojalá lo fuera, ojalá pudiera serlo. Ojalá pudiera creerlo.

Aun así, esta noche quiero creérmelo. Hace una noche muy bonita aquí fuera. Y Matthias está guapo. Huele bien. Me quiere. Y sonríe travieso.

De modo que le sigo el juego, aunque solo sea por esa noche. *Vale, Matthias...*

La próxima vez elegiré los Frosties,

porque lo dice un tigre que habla.

32

Ella se iba a morir.

¿Qué quiere decir con que «la máquina está fuera de servicio»?

Eran las siete de la tarde de un miércoles. Estaban en el cine. Matthias y Anna iban al cine los miércoles por la noche. Anna empezaba a ayunar los miércoles por la mañana (los martes por la noche se comía una manzana, a veces) para que a las siete de la tarde del miércoles su cerebro le permitiera tomar palomitas de maíz. Una ración pequeña.

Anna tomaba palomitas en el cine una vez a la semana, los miércoles. Y compensaba la grasa ingerida saltándose el desayuno y corriendo diez minutos más los jueves. Pero ese miércoles en concreto eran las siete de la tarde y ya habían comprado las entradas, pero la máquina de palomitas estaba fuera de servicio y ella se iba a morir.

¿No quieren otra cosa? ¿No les apetece nada más?

Hacía mucho que ya no sentía hambre y lo que tenía eran náuseas por la inanición. Su visión se volvió borrosa cuando miró lo que tenía delante.

¿Un pretzel? Imposible.

¿Caramelos? ¿Es que el mundo se había vuelto loco?

¿Nachos? No era capaz de valorar el número de calorías que tenía eso.

No, no les apetecía nada, porque no había ninguna otra cosa que ella pudiera comer.

Bueno, da igual,

dijo Matthias,

comeremos algo cuando volvamos a casa.

Y se alejó del mostrador de las chucherías.

No, imposible, estuvo a punto de gritar ella. Su casa estaba lejos, a dos horas de película más un trayecto en coche. Ya estaría muerta para entonces.

33

La recena se ve interrumpida por el sonido de la sirena y las luces parpadeantes de una ambulancia que se cuelan a través de las ventanas.

La supervisora de Atención Directa no parece sorprendida; mira su reloj y asiente. Se levanta y dice:

Chicas, voy a salir unos minutos. Confío en que...

Pero se da cuenta de que no confía. Llama al puesto de enfermeras:

¿Mary?

Mary nos vigila muy seria mientras la supervisora de Atención Directa se dirige hacia la puerta principal.

Entran unos hombres con unos monos grises y una camilla. Me fijo en que las puertas tienen la anchura necesaria. En menos de un minuto levantan del sofá a la paciente temporal y su manta, la suben a la camilla y se van. Las sirenas y las luces se desvanecen. Julia tenía razón: no había llegado a levantarse del sofá. Y nos quedamos sin saber cómo se llamaba.

Siento náuseas. Miro a Julia en busca de ayuda. Se encoge de hombros. Ya me lo dijo. El resto de las chicas, incluida Valerie, siguen comiendo con la vista fija en sus cuencos.

Tarde, mucho más tarde, no puedo dormir pensando en la cama que hoy ha quedado libre en la unidad de psiquiatría de algún hospital. Julia tampoco puede dormir; oigo su música a través de la pared. Y sus pasos, caminando arriba y abajo, o dando golpecitos siguiendo el ritmo.

Julia solo finge indiferencia.

Se ha comido dos paquetes de chicles y ha subido a su habitación inmediatamente después de la recena. Yo lo he hecho un poco más tarde, para escapar del fúnebre estado de ánimo que reinaba en la sala comunitaria.

Ahora, horas después, la casa está en silencio, solo se oye la música de Julia. Y está llorando. Tal vez se siente sola, asustada, atrapada, triste o le duele algo. Tal vez siente lástima por la paciente temporal, quizá la siente por sí misma. Doy unos golpecitos en la pared que compartimos.

Hola.

Silencio. Y después:

Hola.

No hace falta decir nada más.

Odio las noches. La oscuridad, irónicamente, hace que muchas cosas se vean mucho más claras. Odio las camas vacías en los centros de tratamiento o las unidades de psiquiatría. Y que Matthias esté solo en la nuestra.

No puedo dormir, y me pregunto durante cuánto tiempo seguirá viniendo Matthias. ¿Cuántas horas de visita harán falta para que se canse y deje de venir? Y si así fuera, ¿yo lo entendería? ¿Sería capaz de dejarlo ir? ¿Lo quiero lo suficiente? Lo quiero más que a nada.

¿Y qué me pasaría a mí?

Julia dice que las chicas como yo tenemos suerte, porque «tenemos una razón para sobrevivir». Al otro lado de la pared pone a Billie Holiday, en mi honor.

34

Jueves por la mañana. Las once. Algo diferente ocurre. En vez de una terapeuta, entra en la galería la nutricionista y anuncia:

Planificación de las comidas semanales.

Y las chicas responden con un gruñido general.

Indiferente, coloca tres pilas de formularios en el suelo. Las pacientes parecen saber qué hacer; se ponen en fila, cada chica coge uno de cada pila y regresa a su sitio.

Soy la última en ir y luego, ya con los formularios en la mano, miro incómoda a mi alrededor suplicando ayuda. La nutricionista se esfuerza por ignorarme y se dedica a examinarse el esmalte de las uñas.

Los jueves podemos escoger todas las comidas de la semana siguiente, de lunes a domingo.

Emm. Acerca su silla a la mía. La abrazaría. Pero no me atrevo.

Profesional, como siempre, me ofrece un bolígrafo antes de que me dé tiempo a pedírselo. Ella tiene dos, por si acaso. ¡Cómo no!

Vale, deberías tener tres juegos de siete: desayuno,

comida y cena. Bien. Tienes veinte minutos para re-
llenarlos. Empecemos por los fáciles: desayuno.

Miro la primera página: Desayuno 1 – Lunes. Dos opciones:

Rodea con un círculo la A o la B.

Las opciones son bastante simples:

¿Frosties o Cheerios el lunes?

¿Gachas de avena sin nada o con canela el miércoles?

¿Yogur de vainilla o de fresa?

No rodear ninguna también se considera una elección,

me explica Emm.

Sustitutivo nutricional líquido.

Incluso en el caso del denso suplemento alto en calorías puedo elegir entre tres sabores:

Vainilla, chocolate o nueces pacanas.

Emm y yo rellenamos los formularios de los desayunos con rapidez. Los de las comidas y las cenas nos resultan más complicados.

Todos los menús de las comidas y las cenas tienes tres platos: un entrante, un plato principal y un postre. Y hay dos opciones para cada uno.

Aquí también hay que rodear la A o la B,

dice Emm, y empieza a rellenar el suyo. Pero me quedo atrás, petrificada en la primera línea: el primer entrante del lunes.

Ensalada césar con aliño y queso parmesano
o
ración de patatas fritas.

¿Queso parmesano? ¿Aliño...? ¡¿Patatas fritas?!
Me salto los entrantes por ahora.
Tal vez los primeros platos...

Filete de pescado

o

macarrones con queso.

Estoy a punto de llorar.
Sé que dan miedo. Pero no permitas que te agobien.
Empecemos con el primero,
me aconseja Emm.
Le estoy muy agradecida. La miro temblorosa:
No hace falta que hagas esto.
Lo sé.
Sustituye su habitual cara de póquer por una sonrisa.
Aunque solo durante un segundo.
¿Acaso Valerie no te ha informado de las normas? Es
lo que hacemos aquí.
E inmediatamente vuelve a su modo profesional y al
menú:
¿Ensalada césar o patatas?
Ensalada, supongo, pero aún no he rodeado esa opción
cuando Emm dice:
Antes de nada, unas cuantas normas.
Número uno: conócete a ti misma. Sé que la ensalada
parece una elección más segura, pero si no vas a ser
capaz de tragarte un montón de mayonesa y todos los
trocitos de queso, elige las patatas.
Dudo. Pero rodeo las patatas.
Después el plato principal:

Ten claras tus prioridades, Anna: si rodeas el pesca-
do, deberás comértelo. ¿Hasta qué punto estás com-
prometida con lo de ser vegetariana? Si estás decidi-
da, mala suerte; tendrán que ser los macarrones con
queso.

Pero ¡la nata! Y el queso...

Se me quiebra la voz. Estoy al borde del pánico, pero
Emm es firme:

Prioridades.

Tragándome las lágrimas, rodeo los macarrones con
queso.

Ahora el postre:

Yogur con muesli azucarado
o
batido de chocolate.

Qué demonios, si ya he llegado hasta aquí... Batido de
chocolate.

Norma número tres: no te hagas la heroína,

dice Emm. La miro sin comprender. Me responde enarcando una ceja:

Si pudieras comerte las patatas fritas, los macarrones
con queso y un batido de chocolate en una sola comi-
da, no estarías en un centro de tratamiento, ¿a que
no? No muerdas más de lo que puedes tragar.

Literalmente.

Los retos, uno por uno. Empieza por las patatas. La
semana que viene, atrévete con el batido. Sé buena
contigo misma; tienes seis comidas al día y hay que
completar siete días.

Seis comidas al día para siete días. Y estoy agotada solo con la primera. Pero Emm me anima a seguir y vamos avanzando las dos juntas.

Voy rodeando una opción cada vez. Otro consejo:

Sé realista. No hay una opción «más ligera» en un sitio como este. Las comidas están planificadas y las porciones medidas para que todas las opciones sean equivalentes en número de calorías. Todo va a darte miedo y te parecerá demasiado grande. Todo hará que aumentes de peso. Así que entre las judías verdes y el helado, elige lo que te costará menos tragar y, tal vez, incluso llegue a gustarte.

Lo que nos lleva a la norma número cinco:

Utiliza los recursos que tienes, como conocer la planificación. No escojas una comida muy copiosa el día que desayunes gachas de avena. O nada de platos con salsas antes del yoga; no querrás tener reflujo ácido cuando estés haciendo la postura del perro boca abajo.

Y entonces comparte conmigo el mayor secreto de todos:

Y si alguna vez lo ves realmente imposible, siempre puedes pasar de la comida o la cena y elegir la comida de sustitución.

¡La comida de sustitución! ¡Es verdad! Para todas las comidas tenemos tres opciones de comida de sustitución:

COMIDA DE SUSTITUCIÓN A:
Sándwich de jamón y queso con *pretzels*, yogur y fruta.

COMIDA DE SUSTITUCIÓN B:
Sándwich de mantequilla de cacahuete y gelatina con *pretzels*, yogur y fruta.

Y la comida de sustitución C, que descubro que es lo que me dieron en la primera cena que tomé aquí:

Bagel integral con hummus, zanahorias, yogur y fruta.

No olvides que solo tienes siete comidas de sustitución por semana, así que utilízalas bien,
me advierte Emm. Pero ya no la escucho, sino que me aferro a la comida de sustitución C con lo que me queda de cordura.

Fue una primera comida paralizante. Una experiencia terrorífica y demoledora. Me pareció imposible entonces. Pero no lo fue. Ahora me parece un sueño.

La opción vegetariana para la comida del martes es hamburguesa de judías negras. Comida de sustitución C.

Para cenar: patata asada con queso y crema agria. Comida de sustitución C. El miércoles la opción sin carne es un *panino* con tomate y albahaca. Creo que podría comerme eso. Pero en la cena hay espaguetis con salsa marinara... Lo que me lleva a optar por mi tercera comida de sustitución C.

Para cuando llego a la comida del viernes, me he quedado sin comidas de sustitución.

Reconsidera lo que has elegido. No está equilibrado,
me aconseja Emm.

¿Por qué no?, protesto.

La voz que oigo en mi cabeza responde, desesperada: *¡La comida de sustitución C es una comida equilibrada!* Contiene grasa, carbohidratos, hortalizas y proteínas. Familiar e insulsa hasta el punto de resultar cómoda. Si el propósito de la comida es la nutrición para la supervivencia, ¡puedo sobrevivir con eso!

¡Ya está! Me he curado la anorexia el cuarto día de estancia en el 17 de Swann Street. Pero hasta yo me doy cuenta de que no puede ser tan sencillo. Me vuelvo hacia Emm en busca de ayuda. *¿Emm?*

Pero Emm está eligiendo sus opciones, dejándome deliberadamente con lo mío. Las normas son claras: *Solo siete comidas de sustitución.* Intento no dejarme llevar por el pánico.

La mayoría de las chicas ya han terminado y entregado sus formularios. Las pocas que quedan casi los tienen listos. Miro el reloj: me quedan cuatro minutos.

Galletitas de animales y cacao para beber. Si ellas pueden hacer esto, yo también. Vuelvo al menú del martes y rodeo la hamburguesa de judías para comer. Paso de la patata asada esa noche, pero elijo los espaguetis de la cena del miércoles. Acelero para evitar la ansiedad creciente. Llego al domingo. La ansiedad está en su apogeo.

De repente se disipa, sin embargo. Estoy a punto de echarme a reír al ver el último postre. Las opciones son:

Crumble de manzana

o

natillas de chocolate... con galletitas de animales.

Sé reconocer una señal. Elijo y entrego el menú inmediatamente. Rápido, antes de que mi cerebro reflexione y se acobarde.

La nutricionista se va con los formularios y yo me doy cuenta de lo que acabo de hacer. Esta semana comeré comida. Y no cualquier comida: macarrones con queso. Y patatas fritas, una hamburguesa, espaguetis, natillas de chocolate. Puede ser un auténtico drama.

Demasiado tarde para rectificar; la nutricionista se ha ido y se ha llevado los formularios. Las chicas vuelven a la sala comunitaria. Quiero dar las gracias a Emm por su ayuda, pero su sitio está vacío.

35

Llegaron temprano. Matthias hizo el embarque. Vieron cómo su maleta se alejaba por la cinta; la recogería en Estados Unidos.

Se volvió hacia Anna:

¿Desayunamos?

Sí, desayunar. El desayuno siempre había sido su comida favorita del día. Su última comida juntos hasta que ella fuera a reunirse con él a Estados Unidos, al cabo de unas semanas.

Tenía que haber una cafetería Paul en alguna parte. Siempre había una Paul en alguna parte. La encontraron, y ella se sentó a una mesa mientras él sacaba sus últimas monedas. No tenía que preguntarle qué quería: pain au chocolat. *Para él también.* Y deux *cafés:* alongé *para ella y* crème *con dos sobrecitos de azúcar para él.*

Tomaron su último desayuno juntos en el Chez Paul de la Terminal 2E del aeropuerto Charles de Gaulle. Espuma en el labio de él y su mano sobre la rodilla de ella. Ella le dio un beso en ambos y se comió las últimas miguitas.

36

Me acuerdo de ese desayuno,
dice Matthias con la mano en mi rodilla.

Jueves por la noche, hora de visita. Esta vez estamos en mi habitación.

Yo también me acuerdo de ese desayuno, pero no de cómo sabía. Me veo comiendo, lamiendo y disfrutando del *pain au chocolat* como si me viera en una película.

La anorexia no está presente en ese recuerdo; entonces todavía podía comer y disfrutar de la comida. Todavía podía reconocer con la lengua la textura del ligero y sutil hojaldre. Todavía podía saborear el rico relleno de chocolate. Ahora ese recuerdo tiene un sabor agridulce… Aunque lo que debería decir es que no tiene ningún sabor. Ya no tengo papilas gustativas.

Después de años de restricciones, mi cerebro, si hace un gran esfuerzo, es capaz de identificar tres sabores: salado, dulce y algodón. Los tres son desagradables, pero el algodón es el que menos miedo me da. Así que lo elijo siempre, por defecto, para dar un respiro a mi mente atenazada por la ansiedad. Consomés, ensaladas verdes, palomitas y manzanas. No me producen ningún placer, pero tampoco ningún dolor, al menos.

Me han dicho que el gusto se recupera en parte tras años de ingerir comida saludable y variada. Pero hacen falta esos años de comida saludable y variada.

Bueno, ya he pasado mi primera semana de eso. Le cuento a Matthias lo de la planificación del menú. Me mira, sin poder creérselo:

No lo dices en serio…

Tengo la misma sensación.

Aun así, esta noche también me siento confiada, aunque tal vez es un poco prematuro. Anuncio a Matthias:

Cuando todo esto acabe, volveremos a desayunar en Chez Paul. Pains au chocolat y café.

Sin embargo, él no participa de mi fantasía. Solo mira el magnolio.

Matthias, ¿ocurre algo?

Sin dejar de mirar afuera, dice:

No, Anna, no pasa nada. Estoy contento de que escucharas a Emm.

Pero…

Su mano se aparta de mi rodilla y vuelve a hablar, de repente enfadado:

Pero yo te compré hamburguesas de judías, ¿te acuerdas? ¡Hace meses! Están en el congelador, justo al lado de las comidas congeladas que no contienen lácteos ni carne.

¡Te supliqué que te las comieras! Incluso las sacaba antes de irme a trabajar y te las dejaba en la encimera. Lo único que tenías que hacer era ponerlas en el microondas y pulsar el botón, Anna.

156

Lo hice…

¡No me mientas! Sé que no lo hiciste. Yo soy quien saca la basura todas las noches, ¿te acuerdas? Lo tirabas todo.

Matthias nunca se ha enfadado así conmigo. No sé qué decir.

Y todas las veces que salíamos pedía una ración de patatas, por si te comías alguna. ¡Una patata, Anna! ¡O uno de los bordes de mi pizza!

La voz se le pone ronca.

¡Y tenemos la nevera llena de yogur! ¡Y también hay cereales, harina de avena y tostadas! ¡Te suplicaba que comieras! ¡Discutía contigo para que comieras! Pero ¡dejamos de discutir!

¡Sí! Porque me rendí.

Se cubre la cara con las manos. Al cabo de unos segundos se las pasa por el pelo castaño. Yo antes hacía eso. Exhala el aire de forma entrecortada. Se calma y por fin levanta la vista.

Ahora su voz suena tranquila:

Lo siento, no importa. Me alegro de que escucharas a Emm. Y aunque es un gran paso para ti, creo que puedes hacerlo. Tendrás mucho apoyo la semana que viene. Solo que…

Mira de nuevo por la ventana. Quiero que termine la frase. Acerco la mano para cogerle la suya:

Vamos, puedes decirlo.

Me mira, pero no me ve.

Solo que… ¿por qué yo no era suficiente para ti?

No lo sé.

¿Por qué Emm y no yo, Anna? ¿Por qué has tenido

que acabar aquí? ¿Por qué hemos tenido que llegar a esto para que empieces a comer?

No sé por qué nunca toqué sus patatas ni por qué tiraba la comida. No sé por qué mentía cada vez que me preguntaba por la comida. No sé por qué intenté matarme de hambre ni por qué como ahora.

Aquí no tengo más opción que comer; me han quitado mi libertad. Tú me querías demasiado para hacerme eso...

Y casi te mato,

me interrumpe Matthias.

Tiene la mandíbula tensa, una vena le late como loca en la base del cuello. Las manos convertidas en puños. Dudo antes de tocarlo suavemente:

Oye...

Sollozos. Suyos y míos. En la Habitación 5 de un lugar horrible en el 17 de Swann Street.

Tú me trajiste aquí. Me salvaste la vida,

le digo sin dejar de llorar. Lo siento...

Lo siento mucho. No sé por qué ni cómo las cosas han llegado a esto.

Yo tampoco sé por qué,

susurra.

Pero estoy aquí, Anna.

Yo también estoy aquí,

le prometo. Y también que voy a seguir luchando contra ello.

Oímos los pesados pasos y los jadeos de la supervisora de Atención Directa mientras sube la escalera. Casi se ha acabado la hora de visitas. Matthias se levanta.

Nos sonamos la nariz y nos secamos los ojos, y él pregunta:

Cuando todo esto termine… ¿Chez Paul?

Trago saliva y miedo:

Pains au chocolat *y café.*

Matthias me deja en el 17 de Swann Street con la recena y conmigo misma. Y con la comida de toda una semana por tragar, comida que no he probado en años. No tengo que recordarla y no tiene que gustarme, solo tengo que comerla. Solo masticar y tragar, masticar y tragar, un bocado de algodón tras otro.

37

Domingo. Ya llevo aquí una semana y, para mi sorpresa, no estoy muerta. Me quedo tumbada en la cama, disfrutando de esos primeros minutos y de los rayos del sol de la mañana.

Reflexiono sobre mi primera semana en el 17 de Swann Street. El psiquiatra dijo que estaba deprimida y que mi cerebro era irracional y estaba muerto de hambre. *Síndrome del cerebro hambriento*: la razón de que siempre tuviera frío y estuviera triste, cansada, paranoica y enfadada.

La nutricionista dijo que estaba desnutrida y que tenía que comer. Lácteos, grasas, cereales, legumbres, tofu, frutos secos, muesli azucarado y huevos. Incluso sugirió introducir comida basura. Menuda loca.

La terapeuta dijo que reprimía mis sentimientos. Le repliqué que no tenía… a menos que contaran como «sentimientos» las sensaciones de frío, de cansancio, de vacío y de tristeza. Le expliqué que no tengo energía para cosas superfluas como los sentimientos. La poca comida que ingiero la utilizo para sobrevivir; no me queda nada para las hormonas o las glándulas lagrimales.

¿Estás feliz?

me preguntó.

Y me encogí de hombros.

¿Enfadada?

Otro encogimiento de hombros.

¿Estás triste?

Encogimiento.

¿Qué te apetece hacer?

¿Cuándo?

Hoy, mañana, con tu vida...

Las preguntas me resultaron tediosas e irrelevantes.

¿Te sientes angustiada?

Y me eché a llorar.

Mi diagnóstico fue: anorexia nerviosa. Mi seguro aceptó y autorizó mi estancia allí hasta que recuperara un peso saludable. La médica de cabecera examinó los resultados de los análisis y se preocupó por el corazón, el cerebro, el estómago, el riñón, el páncreas, el hígado y los huesos. Nada más. No dijo nada acerca de mis ovarios inactivos, así que yo saqué el tema.

Le dije que no me acordaba de la última vez que había tenido la regla. Hacía unos meses, tal vez un año. Pero quería tener un bebé, así que quise saber si ella podía decirme:

¿Cuándo recuperaré la regla?

La médica no me respondió.

Todos los días de esta semana he conseguido terminar tres comidas y el almuerzo, la merienda y la recena. Y ninguna consistió en palomitas o fruta. Me pongo boca abajo en mi cama individual y respiro con la cara apretada contra la almohada. Hola, domingo.

No soy especialmente religiosa, pero pedí permiso para ir a la iglesia. Mi equipo de tratamiento accedió de inmediato a ese suplemento espiritual para complementar mi alimentación. Lo único que tenía que hacer, según me informaron, era tomarme el desayuno y el almuerzo, y después la supervisora de Atención Directa me llevaría en coche a la misa de las diez y media de la mañana. Podía hacerlo.

Así que, tras el almuerzo, la supervisora de Atención Directa me da mi teléfono. Después ella, una de las otras chicas y yo salimos al aparcamiento.

Esa chica se llama Sarah. Llegó el viernes, excepcionalmente; las pacientes suelen llegar los lunes, pero como me explicó Emm,

la cama de la paciente temporal estaba libre.

El día que Sarah llegó al 17 de Swann Street en lo primero que me fijé fue en su pelo. Rojo fuego, a juego con el pintalabios, observé con envidia. Yo tengo tres pintalabios rojos, pero estoy demasiado amarillenta para usarlos. Así que admiro a Sarah por lucir su pintalabios, su pelo y su acento sureño con una confianza envidiable.

Hoy lleva un vestido largo con estampado de flores y unas gafas de sol de Marilyn. Se acerca a la furgoneta contoneándose de una forma muy sensual. Mis vaqueros azules y mi pelo recogido en un moño la siguen. Subimos a la parte de atrás. La puerta se cierra.

La supervisora de Atención Directa arranca y nos vamos a la iglesia. No me esperaba la oleada de emociones que vino después.

Me inunda los pulmones de repente cuando la furgoneta da marcha atrás y gira a la derecha para salir a la carretera. Desde la ventana de mi dormitorio en el lado este de la casa, donde ya llevo una semana, solo veo hasta la acera. Ahora queda atrás. Veo pasar las casas y los jardines; no me había dado cuenta de lo atrapada que me sentía hasta que el nudo de mi garganta se disuelve.

El trayecto es corto. La iglesia es un edificio sin nada reseñable que está a cinco minutos. Hay un amplio aparcamiento a la derecha y un campo verde a su izquierda, tan verde con el cielo azul inmaculado de fondo que me dan ganas de tumbarme sobre la hierba. Nos bajamos allí y la supervisora de Atención Directa nos dice que nos recogerá dentro de una hora en ese mismo sitio. Después la furgoneta nos deja en la acera, perplejas, libres y un poco desconcertadas.

Durante un momento Sarah y yo nos miramos la una a la otra. No sabemos qué hacer. Tenemos una hora para mezclarnos con la gente como feligresas normales y corrientes, pero ¿cómo se hace eso? Seguro que alguien nos reconoce: fugadas de esa casa…, esa en la que tienen a las chicas que no pueden comer. Vamos hasta la entrada, dubitativas.

Por el momento todo bien, hasta que… nos para una anciana con buenas intenciones y una bandeja hasta los topes de café caliente y donuts. Sarah y yo nos quedamos petrificadas, pero solo un segundo. Enseguida lo rechazamos con amabilidad y seguimos adelante, sonriéndonos furtivamente. Mezclándonos, intentando pasar desapercibidas.

La gran nave está flanqueada por vidrieras, y una luz de colores entra por ellas. El techo es tan alto que podrían colgar de él un trapecio. Nos sentamos en silencio en el último banco justo cuando el coro empieza a cantar. Es glorioso. Música. Eso lo acalla todo: al psiquiatra, a la nutricionista, a la terapeuta, a la supervisora de Atención Directa, a mi familia, a Matthias, la tristeza, la ansiedad, el miedo. Parece que todos los músculos de mi cuerpo se destensan poco a poco. Puedo respirar. Y lo hago. Daría igual que estuviese en una mezquita, una sinagoga o un templo. O en la cumbre de una montaña.

No sé si alguien escucha las oraciones. Pero decido rezar de todas formas. Dejo que se me hundan los hombros, que se me arquee la espalda, que mis tobillos pierdan su ángulo y a mí me dejo ser totalmente sincera.

No estoy deprimida. Estoy triste porque me encuentro lejos de las personas a las que quiero y cada día sin ellas es un día perdido. Porque perdí a un hermano y a una madre y sé lo que significa un día perdido.

No estoy desnutrida. Estoy deseando comer una comida que no tenga que tomar sola. Estoy deseando tener a alguien que me ame y que me diga que me quiere y que le gusto como soy.

No soy anoréxica. Estoy fuera de control. Lo sé, pero no está en mis manos recuperarlo. Soy una niña en un cuerpo que ha crecido demasiado pronto, que ha descubierto que la vida adulta y real es un fraude y ahora intenta perder suficiente peso para elevarse del suelo y volar lejos.

En cuanto a mi cuerpo, creo que está bien. Lo que pasa es que el mundo y mi cuerpo no están de acuerdo. Si al menos mis ovarios…

Veo a una personita que pasa gateando por el suelo junto al banco. Deditos y piececitos en zapatitos azules. Levanta la vista para mirarme.

Está claro que su madre le ha puesto su ropa de domingo esta mañana: una camisa de cuadros azules claros y blancos y una corbata con clip. Para que no se le caigan los pantalones lleva unos tirantes marrones en los que veo pastar a unas pequeñas jirafas. Parece contento de ir de acá para allá por el suelo, examinando con curiosidad zapatos y bolsos, buscando cosas que meterse en la boca.

Me agacho hasta quedar a su nivel. Él interpreta mi movimiento como una invitación a jugar. Tiende hacia mí sus brazos abiertos y sonríe como solo saben hacerlo en este mundo los bebés. ¿Cómo puedo decirle que no a estas manitas? Me siento, cruzo las piernas y jugamos al cucútras mientras la fiel congregación sigue rezando.

38

Hagamos un bebé,
dijo Matthias.
Claro,
respondió ella.
Hagámoslo.

Llovía en París en junio. Estaban mirando por la ventana mientras se tomaban el café. Anna rio al ver la sorpresa en su cara.

   ¿En serio?
   En serio.
   Fue un sí muy fácil. Por supuesto que quería hacer un bebé con él.
   Después de lo de Camil decidió que no quería tener hijos. Había visto lo que su muerte le había hecho a maman. *Así que no. Nada de hijos, ni cuentos para dormir, ni nanas ni búsquedas del tesoro. Nada de consolarlo tras las pesadillas, ni tartas de cumpleaños ni dibujos los domingos por la mañana. Era un lío demasiado grande, dolía demasiado.*

Hasta que conoció a Matthias.

Hagamos un bebé.

Sí.

¿Cuántos bebés quieres?

Dos. Dos niños. O dos niñas. O uno de cada. Me da igual.

Sean del sexo que sean, les enseñaremos a esquiar. ¡Oh, y a jugar al tenis! ¡Y a tocar el piano!

Y clases de ballet para las niñas, como su madre, añadió Matthias.

Claro, y unas zapatillas de deporte pequeñitas, a juego con las tuyas.

Hablarán muchos idiomas y serán muy inteligentes.

¡Y se les darán muy bien las matemáticas!

Esperaba que los genes de su padre ayudaran con eso.

Hagamos un bebé entonces, le dijo a Matthias.

Empezaremos en Saint Louis, contestó él sonriendo.

Ni Anna ni Matthias habían oído hablar de la amenorrea entonces. Pero pronto la conocieron: la ausencia de menstruación durante como mínimo tres meses.

Si no más.

Los dos fingieron que no entendían el motivo que tenían justo delante de las narices, en el plato de ella: un cuerpo que apenas puede mantenerse a sí mismo no está en condiciones de albergar otro.

La importante restricción de calorías y el bajo peso provocan que los niveles hormonales caigan en picado. Nada de cortisol, ni leptina, ni hormona luteinizante ni hormona foliculoestimulante. Sin ellas no hay estrógenos.

167

Sin estrógenos no hay óvulo y no hace falta recubrimiento uterino. ¿Para qué?

Sin reglas durante más de tres meses. O doce. O veinticuatro.

Siguieron intentándolo a pesar de todo, pero cuanto más peso perdía Anna, menos mencionaba Matthias lo del bebé. De hecho, parecía demostrar cada vez menos ganas de tenerlo… o de buscarlo con ella.

Estaba enfadada. Podría haber culpado a la desaparición de sus curvas, sus pechos, sus labios y sus muslos. A la comida insuficiente o a la ausencia de grasas y proteínas de las palomitas y las manzanas. Podría culpar a todo o, simplemente, a la anorexia. Pero habría significado reconocer la anorexia. En vez de eso, culpó a Matthias.

En el fondo, se culpaba a sí misma. Por no ser suficiente. Suficientemente guapa, sensual o buena para ser madre. No obstante, luchó contra esa idea horrible mediante la negación y también diciéndose que algunas mujeres con anorexia, aunque poquísimas, podían y llegaban a concebir…

Y se aferraba a esa fantasía tan desesperadamente que se hacía un test de embarazo todos los meses.

39

La furgoneta ya nos espera cuando salimos. Sarah y yo entramos sin decir nada. Tampoco dice nada la supervisora de Atención Directa, por suerte. Una vez fui una persona extrovertida. Me reía, hacía preguntas, flirteaba. Pero en los últimos tiempos me muestro tímida con la gente, me siento fuera de lugar e incómoda.

Miro a Sarah, a mi lado en el asiento de atrás. Parece una estrella de cine y nadie diría por su apariencia que sufre un trastorno alimentario. Que sufre nada, en realidad. Pero llevo ya una semana en el 17 de Swann Street, tiempo suficiente para saber que todas las que estamos allí tenemos demonios, a pesar del pintalabios.

Aparcamos y me detengo un momento antes de entrar en la casa para calentarme con los rayos del sol. Sarah se dirige a la supervisora de Atención Directa:

Como todavía falta un rato para la hora de comer, ¿podemos quedarnos sentadas aquí fuera mientras tanto?

Sus vocales suenan dulces como la miel; me fascina. Nunca he oído a nadie hablar como lo hace ella. Al sol, su cabello y sus labios se ven de un rojo rubí. Me arreglo el pelo.

Nos tomamos el encogimiento de hombros de la supervisora de Atención Directa como un sí. Nos sentamos en un banco junto a la pared de atrás. Esta mujer tan sensual hace que me sienta incómoda y avergonzada, pero la sensación del sol en mi piel merece la pena.

Cierro los ojos.

Sarah habla:

Veo que te gustan los niños. ¿Quieres tener hijos?

Abro los ojos. El sol ha desaparecido.

Ahora mismo no puedo.

Demasiado directa. Solo quiere ser amable. Control de daños:

¿Y a ti te gustan los niños?

Tengo un hijo de dos años.

Me quedo perpleja. La miro otra vez. Reconsidero el pintalabios de estrella de cine y su edad. Aparenta ser muy joven. Intento responder con normalidad:

Supongo que lo echas mucho de menos.

Terriblemente, guapa.

No sé qué decir, así que no digo nada. Entonces Sarah empieza a hablar sin parar, un torrente de palabras.

Fue un error, ¿sabes? Me refiero a mi Charlie. Le puse ese nombre por Bukowski. No tenía ningún interés en la maternidad ni en casarme con el idiota de su padre. Me imaginaba que sería actriz. Sabía que tenía talento. Pero nací en el lugar equivocado y tenía el cuerpo equivocado para ser una estrella.

El cuerpo equivocado. La miro de nuevo y me pregunto qué verá en el espejo.

¿Y eso dónde fue?

Oh, chica, en una granja en el Sur más profundo que puedas imaginar. Tenía tres hermanos y dos hermanas, y una madre descontenta de todo que hacía mermelada y pasteles con mucha nata. Tenía una preciosa melena pelirroja que yo no heredé, aunque me ocupé de arreglar eso en cuanto cumplí diecisiete años.

Mueve el pelo con coquetería para evidenciarlo.

Creo que es la única cosa que le he envidiado en mi vida.

Me la imagino perfectamente, con su pelo rojo y las curvas exuberantes, dominando cualquier escenario. Pero no está en un escenario. Está aquí, en el 17 de Swann Street.

Mi novio se llamaba Sam. Sam... Corto, dulce e insulso, justo como él. Una noche estábamos bebiendo cerveza robada en su coche. Le dije que iba a fugarme. Quería convertirme en una estrella. Y en lo que me convertí fue en una chica embarazada.

Así que me casé con él y me mudé de casa de mi madre a la suya.

Ríe amargamente.

Quería ser cualquier cosa que no fuera ella. Pero me convertí justo en ella. Gracias a Dios, me llevé la mermelada y los pasteles conmigo. Me hacían compañía.

Su granja, entiendo, es mi cubículo del 45 de Furstenberg Street. Puedo identificarme con su soledad, solo que yo, en vez de llenar mi vacío con comida, lo llené con aire.

Pero después tuviste a Charlie.

Después tuve a Charlie.

Yo no tuve a Charlie. No tenía un Charlie. Me mira con sus ojos de largas pestañas:

¿Por qué quieres un bebé?

Fuera de lugar e incómoda otra vez. La mejor respuesta es la más simple, decido.

Porque quiero a Matthias. Y quiero una familia con él.

Tienes suerte.

Es cierto. La tengo.

No dejes escapar a tu Matthias. Estés aquí por la razón que estés…, anorexia, supongo, piensa en lo que estás pagando por ella.

No me gusta que asuma que he elegido esta enfermedad, tampoco que me dé consejos que nadie le ha pedido. El ambiente entre nosotras se enrarece. Debe de notarlo, porque rápida e inocentemente añade:

Te aseguro que no quiero darte un sermón, guapa. Créeme, no estoy en situación de juzgar a nadie. Mírame: debería estar pasando el domingo con mi hijo. En vez de eso, estoy aquí sentada.

¿Y por qué estás aquí sentada?

Porque en las horas que me pasé sola con Charlie bebí, comí pasteles y hogazas enteras de pan con mantequilla y mermelada.

Lo cuenta como si fuera una historia ajena, sin emociones. La vida de otra persona.

Intenté pintar, leer, dar grandes paseos, pero siempre acababa en la cocina. Me pasé dos años rodeada de azúcar y alcohol y, cuando podía conseguirlo, Xanax.

Se queda un rato pensando en esos dos años. No la interrumpo. Después concluye:

Solo hay unos cuantos días entre nuestros cumplea-
ños, el de Charlie y el mío. En mi decimonoveno
cumpleaños me tomé whisky y Benadryl mientras él
dormía. Cuando me desperté, Charlie estaba lloran-
do en su cuna. Sam estaba inclinado sobre mí, paté-
ticamente muerto de miedo.

La semana pasada cumplí veinte años y Charlie dos,
y me tomé whisky y Benadryl otra vez. Sam me ame-
nazó con dejarme y llevárselo. Y después se decidió y
lo hizo, el cabrón.

Sarah tiene veinte años. Sarah tiene veinte años. Una
niña en el cuerpo de una mujer. Ni todo el maquillaje del
mundo puede cambiar eso. Aun así, se sube las gafas de
sol.

De modo que aquí estoy. No por Sam, sino por Char-
lie. Quiero recomponerme antes de su próximo cum-
pleaños. No puedo vivir sin mi bebé.

La frase resuena entre las dos. «No puedo vivir sin mi
bebé.» Y yo no puedo vivir sin Matthias. Matthias, quien,
a diferencia de Sam, no se ha ido.

Todavía. No se ha ido todavía.

«No dejes escapar a tu Matthias.» La puerta de atrás
se abre y la supervisora de Atención Directa asoma la cabeza:

¡Vamos, chicas! Es la hora de la comida.

40

¿De verdad te acuerdas?

De todos y cada uno de los detalles. Tu forma de sonreír, los pendientes y esa bufanda enorme que tanto te gusta. El corazón me latía como si tuviera en el pecho toda una orquesta.

Se me enrojecen las mejillas de vergüenza. Yo también recuerdo esa noche.

Hacía mucho frío, pero ¡las luces eran tan bonitas…! ¿Te acuerdas? Me acurruqué en tu abrigo.

Lo recuerdo,

dice Matthias con la mano enredada entre mi pelo. Y después:

Cuando todo esto acabe, volveremos a París y veremos las luces.

Silencio…

Pero él no lo nota; sigue pintando en el aire su cuadro esa noche de domingo en el dormitorio del piso de arriba de un centro de tratamiento de trastornos alimentarios.

Pasearemos por los mercadillos navideños, muertos de frío, pero yo te protegeré con mi abrigo, como la últi-

ma vez. Tomaremos vino especiado y compraremos castañas en cucuruchos de papel. Y sé que te encantan los escaparates de Printemps, así que iremos allí, y a… ¿Cómo se llama esa tienda? ¿Repetto? La de las zapatillas de ballet… Y a esa pâtisserie que hay junto a la place des Vosgues, con todas las galerías de arte… Pouchkine,

lo interrumpo sin emoción en mi voz.

¡Pouchkine! ¡Eso, sí!

Matthias sigue recorriendo las calles de París en su cabeza. Pero yo permanezco en el 17 de Swann Street. No puedo dejar la habitación Van Gogh. Al final se detiene y me mira, probablemente esperando una respuesta. Pero yo no estaba escuchándolo.

¿Anna? ¿Me estás escuchando?

Sí.

¿Y cómo se llamaba esa canción?

No sé, porque no tengo ni idea de lo que estaba diciendo.

¿Podemos hablar de otra cosa?

Se queda desconcertado, pero responde:

Claro. ¿De qué quieres hablar?

De cualquier cosa menos del futuro. Tampoco del pasado. No se me había ocurrido que mencionar cualquiera de ellos me causara estos intensos dolores en el pecho. Igual que el hecho de que Matthias me recuerde esa primera noche, cuando nos conocimos en Grands Boulevards, aunque yo no me recuerdo ni me reconozco, ni a mí ni a esos pendientes o esa bufanda.

«Cuando todo esto acabe…» La frase me irrita. ¿Cómo sabe que eso va a pasar? ¿Cómo puede ver luces navideñas en mayo, cuando yo no veo más allá de la recena? Yo no veo mañana. Tampoco me veo a mí cuando me miro en el espejo. No me veo en absoluto. Matthias sigue esperando una respuesta. Yo sigo sin saber qué decir.

Me atrae hacia él.

Oye, estoy aquí. Háblame. Dime qué pasa. ¿Te he puesto triste?

No, triste no estoy. Solo cansada.

Perdona, es que estoy fatigada.

¿Quieres que me vaya?

No sé lo que quiero, o más bien, ya no sé cómo es querer algo.

La anorexia nerviosa está encogiendo mi cerebro; se está canibalizando a sí mismo. Tiene que hacerlo; está muerto de hambre, pero necesita seguir funcionando. Se ve forzado a sacrificar la materia gris. Mi cerebro ha debido de comerse las áreas en las que estaban mis esperanzas, mis ambiciones y mis sueños. Pensamientos que incluyen palabras como «cuándo», «pronto» o «mañana» son fantasías que ni siquiera concibo.

Antes hacíamos planes. Yo los hacía.

No, no quiero que te vayas.

Quiero querer algo. Necesito querer algo. Un bebé, un trabajo, un futuro, una razón para salir de aquí.

Matthias, no me acuerdo. Tengo la mente muy confusa.

Intento evocar una imagen de Matthias y de mí en París, Matthias y yo sin la anorexia. Matthias y yo felices. Pero solo veo la fotografía del tablón de mi cuarto, en la que ni siquiera estoy yo; Matthias está despeinado y medio dormido, mirándome con los ojos entornados delante del objetivo.

Mantengo la voz firme cuando vuelvo a hablar, pero la barbilla me delata:

¿Y si esto no ha acabado para Navidad?

Entonces iremos a París la Navidad siguiente.

Su voz tiembla tanto como mi barbilla, pero su rostro refleja determinación. Me doy cuenta de que no solo lo dice para mí, sino también para sí mismo.

Te acordarás y te pondrás mejor y, después, iremos a París.

¿Y si no? ¿Y si esto es lo que hay?

Esto no es lo que hay. ¡No puede serlo!

Los dos queremos creerlo. Baja la voz:

No lo entiendes, Anna. Esa chica de Grands Boulevards... Ella lo es todo para mí. No puedes olvidarla. Necesito que exista.

También yo necesito que exista. Me apoyo en él y los dos nos quedamos muy quietos, en el presente y en la habitación Van Gogh.

Huele a almizcle. Tengo la cabeza en el hueco de su cuello. Un lunar. Habla, muy bajito ahora:

Sé que estás luchando mucho y que estás agotada. Sé que no ves el futuro. Pero yo lo necesito, Anna, o me volveré loco. Yo lo imaginaré por los dos, ¿vale?

Vale, Matthias.

Necesito algo a lo que aferrarme y creo que tú también. Ni siquiera tiene que ser Navidad. ¿Qué tal simplemente el mes que viene? ¿La semana que viene? ¿Mañana?

Unos segundos después asiento contra su cuello. Suspira, aliviado.

Bien.

Oigo los pasos pesados de la supervisora de Atención

Directa subiendo por la escalera. Matthias mira el reloj. Me vuelve hacia él y me besa con fuerza en los labios antes de que ella llegue.

Bien, Anna, tenemos un plan: tú te centras en tus comidas y los dos tenemos una cita mañana. ¿Qué te parece una partida de ajedrez? Traeré el tablero.

Asiento.

Lo del ajedrez suena genial.

Los dos sabemos que mañana por la noche él ganará y yo perderé estrepitosamente. Y hay cierta seguridad en esa certeza.

Lo acompaño por la escalera. No me besa delante de las chicas, pero al llegar a la puerta principal se vuelve hacia mí.

Sé que no quieres oírlo, pero necesito decirte esto, por mí: cuando todo esto acabe, saldrás de este lugar y tendremos una cita de verdad. Iremos a donde tú quieras: al cine, a un concierto, a una exposición de arte, a cenar. Después volveremos a casa y te haré el amor. Quién sabe, tal vez ese día hagamos un bebé. Y después iremos a París a pasar la Navidad.

Asiento.

Me apetece mucho.

Te echo de menos. Nos echo de menos a nosotros.

Yo también.

Matthias se va a casa y yo echo de menos irme a casa con él. Echo de menos acostarme con él, querer hacerlo.

Mi cerebro debe de haberse comido mi libido también, cuando apagó mis ovarios. «Resultado de la desnutrición», dijo el médico. Pero también dijo: «Según algunos estudios, es posible que el aumento de peso comporte también la recuperación parcial de la materia gris».

41

Plan de tratamiento - 30 de mayo de 2016

Peso: 40,5 kilos
IMC: 15,3

Síntomas fisiológicos:
Aumento de peso inapreciable a pesar de que la paciente cumple
con el plan de comidas. El equipo de tratamiento estima que no
es extraño en el caso de la exposición del cuerpo a una nutrición
normal tras una prolongada inanición. Es probable que el metabolismo de la paciente esté hiperactivo por el comienzo de la re-
paración de los órganos. El riesgo de síndrome de realimentación
es elevado.

Síntomas psicológicos/psiquiátricos:
La paciente cumple con su plan de comidas, pero sigue mante-
niendo rituales propios del trastorno alimentario: evita ciertos
grupos de alimentos, sobre todo las proteínas y las grasas, corta
la comida en porciones demasiado pequeñas y come muy despacio. La aterroriza aumentar de peso y continúa teniendo una ima-

gen corporal de sí misma negativa, pero está trabajando para modificar ciertos hábitos.

La paciente parece motivada para hacer progresos y conseguir la recuperación. Las interacciones con su marido durante sus visitas diarias y con las demás pacientes parecen saludables. Sigue resultando necesario el tratamiento en régimen interno.

Objetivos del tratamiento:
Incremento de la nutrición normal para la recuperación del peso. Control ante los potenciales síntomas del síndrome de realimentación. Control de las constantes y los resultados de los análisis clínicos. Seguimiento de los niveles de hormonas.

Actualización del plan de comidas:
Objetivo calórico: 2.400 calorías al día.

42

¿Qué tal ha ido el fin de semana, Anna?

No sé qué contestar a eso. La terapeuta sabe que me he pasado el fin de semana aquí y cómo es eso.

Bien.

Estoy tanteando el terreno. Recibo silencio. Así que concluyo que espera algo más.

No he hecho más que comer y dormir, y la cama está fría cuando estoy sola.

¿No te gusta estar sola?

No me gusta esa pregunta, tampoco este sofá, y no necesito esta sesión. Y me doy cuenta de que no tengo que responder a la terapeuta, así que no lo hago.

Ella lo intenta de nuevo:

¿Ha venido Matthias de visita todas las noches?

Sí.

Parece que estáis muy unidos.

Lo estamos.

Somos Matthias y Anna. Anna y Matthias. Él se come las aceitunas, que a mí no me gustan. Y yo los bordes de sus pizzas.

Has dejado Francia para venir aquí por él, ¿no?

Sí.

Él habría hecho lo mismo por mí.

Un gran cambio.

Él lo merecía.

Y aún lo merece. Nadie me ha querido como él. Ni me ha hecho sentir tan feliz y tan segura. Mentalmente me reafirmo en mi odio hacia las camas individuales.

Matthias es lo mejor que me ha pasado. Soy la chica más afortunada del mundo.

Él también es afortunado.

No. Es el hombre que tiene que conducir cuarenta y cinco minutos todos los días para ver a su mujer, que está en un centro de tratamiento para la anorexia mientras él vive en un apartamento vacío. El hombre que llega casa y se encuentra una nevera vacía, una cama vacía y come cereales directamente de la caja para cenar. El hombre que no tiene hijos y es probable que no los tenga nunca porque su mujer no puede concebir.

No, Matthias no es afortunado, pero no quiero discutir con la terapeuta. Es lunes por la mañana y mi segunda semana no está empezando bien.

Miro a través de la ventana. El magnolio sigue ahí. *Y yo también todavía*, pienso con amargura. Y la lluvia; no ha parado de llover desde esta mañana. Así que no ha habido paseo matinal. Tal vez por eso ahora estoy tan irritable con la dulce terapeuta.

Siento que esté lloviendo,

dice Katherine. Y me vuelvo hacia ella, sorprendida.

Seguro que estabas deseando salir a pasear.

Con todas mis fuerzas.

No tengo mucho más,
contesto, sorprendiéndome incluso a mí misma.
¿No deseas nada más?
insiste ella.
Pero me he cerrado otra vez. *Hoy no, Katherine.*
Capta el mensaje. Volvemos a hablar de la lluvia.
Mi padre y yo salíamos a pasear al perro todas las mañanas,
digo, y me sorprendo de nuevo por contarle eso.
¿Has hablado con él últimamente?
No desde que llegué aquí.
Tal vez deberías llamarlo.

Tal vez, pero no daré a la terapeuta la satisfacción de una respuesta. Además, es muy tarde ya; el personal ha guardado nuestros teléfonos. Quizá llame a *papa* mañana, durante el paseo matinal.

Calculo la diferencia horaria; será media tarde en París. Sí, puede que lo haga. Me cuesta un poco menos respirar. Y ajedrez con Matthias esta noche.

43

A las nueve y diez de la mañana de mi segundo martes aquí la supervisora de Atención Directa entra en la sala comunitaria.

¿Quién se viene a dar el paseo matinal?

Yo, teléfono en mano. Emm ya está delante de la puerta. También la mayoría de las chicas; Sarah con las gafas de sol puestas, Julia haciendo girar una pelota de baloncesto.

Valerie no; se queda en el sofá, con las piernecitas envueltas en una manta. Está escribiendo, otra vez. Me he dado cuenta de que muy pocas veces se viene a los paseos.

Pero no tengo tiempo para pensar mucho en ello.

Vamos, chicas. ¡A la calle!

Treinta minutos de libertad; no desperdiciaré ni uno. Emm y la supervisora de Atención Directa van delante.

En cuanto salimos de la casa llamo a mi padre, que está a siete husos horarios de distancia. Deseo mentalmente que el teléfono suene más rápido. *Allez, papa, allez.*

Lo coge al tercer tono:

Allo?

Papa?

Anna!

Y se oye un ladrido de fondo. Sonrío: Leopold.

¿Cómo estás, papa?

¡Creía que te habían quitado el teléfono!

Me lo quitan durante la mayor parte del día, pero me lo dejan por las mañanas y por las noches.

No menciona las docenas de llamadas suyas que tenía y he visto más tarde, pero que no he devuelto desde que empecé el tratamiento. Lo que hace es preguntar:

¿Qué tal estás? ¿Estás bien? ¿Qué tal el centro? ¿Los médicos son buenos? ¿Hay pacientes de tu edad?

Se detiene y después dice con voz ahogada:

Me alegro mucho de que me hayas llamado.

Siento una fuerte presión en el corazón.

Yo también, papa.

Te echo de menos más de lo que creía. Siento no haberte llamado. He sido tonta; estaba enfadada y avergonzada por estar aquí, aunque sé que todas esas excusas no cuentan.

Papa, ¿cómo estás tú? De verdad...

Mucho mejor ahora que has llamado. Cuéntamelo todo, Anna. ¿Dónde estás en este instante?

Sonrío. Va a gustarle:

De paseo. Salimos a pasear todas las mañanas.

Vaya, eres una chica con suerte. Leopold y yo también estamos dando un paseo corto. Acabo de llegar a casa de trabajar.

¿De qué color está el cielo ahí?

De ese gris violáceo que tanto te gusta. ¿Y ahí?

De un azul radiante tras la lluvia de ayer.

Paseo con él por delante de las casitas del vecindario con sus puertas de colores pastel. Me fijo en las plantas que florecen, las hojas que cambian de tonalidad, los progresos en el huerto. Saludo a los perros, a los conejos y a las madres que empujan los cochecitos con las que nos cruzamos. Finjo que estoy en otra parte, en la acera por la que *papa* va paseando con Leopold.

Después empiezo a contarle cómo ha sido mi primera semana en el 17 de Swann Street, pero no he hecho más que empezar cuando veo que la casa vuelve a aparecer.

Je dois raccrocher. *Lo siento*, papa. *Se me acaban los treinta minutos.*

No pasa nada, Anna.

Una pausa. Y después:

Anna?

Oui, papa?

Silencio al otro lado.

Yo también, *papa.*

Dice:

Que tengas un buen día. Y cuídate, d'accord? *Llámame mañana. ¿A la misma hora?*

Claro, papa.

Y colgamos.

44

Él nunca iba a despertarla, pero ella lo oía moverse torpemente por la habitación de al lado, tropezarse con la misma esquina de la cama todos los días, invariablemente, hacerse daño en el dedo y soltar una maldición entre dientes, procurando no despertar a su madre. Buscaba los zapatos y se ataba los cordones a oscuras. Después iba a echar un vistazo a su habitación. Anna ya estaba en pie.

Igual que Leopold, que los aguardaba ansioso delante de la puerta. Con los zapatos, y muchas veces también los abrigos, las bufandas y los mitones puestos, salían de casa de puntillas.

La ciudad y el tiempo eran suyos cuando paseaban por las mañanas. Los paseos solían empezar con un silencio que nunca habían acordado. Solo respiraciones tranquilas y pasos, los de su padre acompasados con los suyos. Ninguno hablaba antes de doblar la esquina de Vaugirard. A partir de ahí él era quien más hablaba, por lo general, y dirigía la conversación y el paseo. La mayor parte de las veces charlaban de cosas mundanas y cotidianas, y él le contaba historias de lo más variado.

Hoy, en el mercado, tienes que comprar dos alcacho-
fas y unos cuantos limones. No compres fresas. Te
apetecerán, lo sé, pero espera una semana más. Esta-
rán mucho más ricas entonces.

¿Has llegado a la parte en que Phileas Fogg va a
Bombay? Non? Estás leyendo muy despacio. Yo es-
tuve en Bombay..., Mumbai lo llaman ahora... Y en
Calcuta, una vez...

En sus paseos él le enseñaba el olor de la lluvia en el
aire, a caminar más despacio, a mirar arriba. Ella apren-
dió a reconocer los diferentes tipos de nubes, los árboles,
las elegantes fachadas que flanqueaban las calles de la ciudad que amaba, y se sabía todos los atajos.

A las seis y cuarto daban la vuelta y paraban en la boulangerie *que a él le gustaba, que ya estaba abierta. Una*
baguette *para desayunar, merci. Rápido, rápido, tenemos*
que darnos prisa. Los demás ya se habrán levantado y
estarán esperándonos muertos de hambre.

De todos modos, se detenía para saludar a la gardien-
ne, *que barría la entrada del edificio, y se sacaba del bol-*
sillo las migas del día anterior para que ella alimentara a
sus pájaros. Después los tres subían la escalera a la carre-
ra: perro, niña y hombre. El primero en llegar arriba se
llevaba el premio: el crujiente extremo de la baguette.

No sabía cómo, pero siempre ganaban Anna y
Leopold.

45

Siento un peso en el corazón cuando cuelgo. El paseo ha terminado y *papa* ya no está. En tanto que sirven el almuerzo, las chicas hacen tiempo en la sala comunitaria. Algunas duermen, otras leen, otras colorean o tejen, algunas ya han empezado a agobiarse. La supervisora de Atención Directa recoge todos los teléfonos para guardarlos durante el resto del día y ahora me siento muy sola.

Oigo un leve ruido fuera, en el porche. Miro el reloj: las diez menos diez. Me pongo de pie de un salto. ¿Cómo he podido olvidarlo?

¡Chicas! ¡Ha llegado el cartero!

Emm ya ha abierto la puerta y le ha cogido las cartas. Las trae, y empieza a repartirlas entre las chicas inquietas e impacientes. Para mi sorpresa, me da una a mí también. ¿Quién me habrá escrito? El sobre blanco no tiene sello ni remite, pero ahí, justo en el centro, ¡está mi nombre!

Me siento ridículamente contenta. ¡Alguien me ha escrito! Abro el sobre con mucho cuidado.

Querida A.:

No se me da bien hablar con la gente cara a cara. Me comunico mucho mejor con un bolígrafo. No sé por qué. Supongo que en la vida real me siento muy desconectada de todo el mundo.
He querido escribirte desde el día que llegaste. No puedo creer que haya pasado ya una semana. Quería darte tiempo para acostumbrarte y después me entró miedo. Pero todavía me gustaría que fuéramos amigas, si quieres. Si no, no pasa nada.
De todas formas, hoy es martes...

La carta es breve, solo una página. Valerie tiene una letra preciosa. Me pregunta por el paseo matinal. Qué tal me voy adaptando. Si me gusta leer y qué. Y dice que, si quiero, puede prestarme algunos libros.

Ni muy personal ni muy formal, lo preciso. Valerie firma: «V.». Me gusta. Firmaré mi respuesta: «A.».

No sé por qué ha elegido escribirme a mí de entre todas las chicas de aquí. Valerie, que vive en sus libros y sus cuadernos y no sale a dar los paseos. Que habla muy poco y muy bajito y, cuando lo hace, siempre resulta algo muy especial. Sean cuales sean sus razones, sí quiero que seamos amigas. Cojo un folio del montón comunitario y escribo:

Querida V.:

Hoy todavía es martes, y muchas gracias por tu carta. Entiendo a qué te refieres con lo de sentirte desconectada de las personas. Yo me siento igual.

¡A mí también me cuesta creer que haya pasado ya una semana! Tenías razón acerca de las chicas. Gracias por compartir conmigo las normas de la casa. Ahora estoy leyendo a Rilke. Encontré un libro suyo en la biblioteca. ¿Conoces a Rilke? ¿Te gusta la poesía?

Firmo:

Con cariño:
A.

Pongo mi carta en el buzón del porche. Me parece el lugar más apropiado. Así realizaremos nuestro intercambio secreto de cartas. Después de comer echo un vistazo al interior del buzón para comprobar si la carta sigue ahí.

¡No! En su lugar, para mi gran felicidad:

Querida A.:

Por lo general, no me gusta la poesía, pero creo que es porque no la entiendo. ¿Por qué no me explicas alguno de los poemas de Rilke?
No he leído mucho últimamente. Me cuesta mucho a causa de la medicación que me dan. Estoy teniendo problemas de concentración. Sin embargo, he estado escribiendo mucho, así que no está tan mal.
V.

Querida V.:

Lo de la dificultad para concentrarse debe de guardar relación con la anorexia, porque yo tengo el mismo

problema. Pero la poesía ayuda. Los poemas de Rilke
son breves y lo bastante sencillos para que pueda
leerlos sin dificultad.
¿Quieres que te pase alguno de sus poemas? ¿Tal vez
antes de cenar?
A.

Y después de cenar:

Querida A.:

Tienes razón. Es mágico.
La cena ha sido especialmente difícil. El poema me
ha ayudado mucho.
V.

Me alegro.

Estamos en la sala comunitaria otra vez, sentadas en la calma que sigue a la cena. Mientras espero a Matthias, charlo con las otras chicas. Valerie está en su sitio habitual. No participa en la conversación, pero no está aislada. De alguna manera logra formar parte del grupo. Todas las chicas que hay aquí tienen su lugar.

Alza la mirada de lo que está escribiendo y sus ojos se encuentran con los míos. Sonrío. Baja la mirada de nuevo.

El timbre. Y todas dicen:

¡Anna! ¡Matthias ha llegado!

46

Cuando bajamos la escalera noventa minutos después, en la casa hay un gran ajetreo. Ya es casi la hora de la recena, pero todavía no han puesto nada en la mesa.

¿Dónde está todo el mundo? En la sala comunitaria, sentadas en sofás, cojines y en el suelo. Están incluso las enfermeras y la supervisora de Atención Directa. El televisor está encendido.

¿Pero dónde estabais vosotros dos?,
pregunta Emm con voz aguda.

¡Os estáis perdiendo la ceremonia de inauguración!
¿Qué?

¡Las olimpiadas!

Pero ¡si no empiezan hasta agosto!,
contesta un perplejo Matthias.

¡Colega, eso ya lo sabemos!,
exclama Julia. Y estoy a punto de soltar una carcajada; por la expresión de su cara, adivino que nunca nadie ha llamado «colega» a Matthias.

Estas son las pasadas: ¡las Olimpiadas de 2012! Estamos mirándolas otra vez.

Qué cosa más rara.

¿Por qué?,

pregunto.

¡Para prepararnos para agosto!

Claro. ¿Por qué otra cosa iba a ser?

Ha sido idea de Emm,

explica Sarah,

y la supervisora de Atención Directa nos ha dejado.

Hay algo muy triste en esa frase, porque la pronuncia la madre de un niño de dos años. Pero está en el asiento de en medio del sofá, al lado de Emm, inclinada hacia delante y muy animada. A Emm no la he visto tan emocionada desde que entré aquí; no aparta la mirada de la gran pantalla de televisión de la sala, el mando a distancia en la mano. Sube el volumen para acallar nuestras voces y oír lo que dice el comentarista. Incluso Valerie, sentada al otro lado de Emm, ha levantado la vista de su cuaderno para mirar la pantalla.

¡Sentaos los dos!,

ordena Julia mientras se pasa la pelota de baloncesto de una mano a otra.

Ahora os contamos lo que os habéis perdido.

Me temo que se ha acabado la hora de visita,

dice Matthias mirando el reloj que tenemos encima de nuestras cabezas.

Así que voy a tener que dejaros aquí con vuestras olimpiadas, chicas, y hacer mutis por el foro.

Acompaño a mi marido hasta la puerta y le doy un beso de despedida hasta mañana.

¿Mañana me cuentas cómo termina?,

bromea.

Por supuesto. ¿Podrás soportar el suspense?

Regreso a la sala para unirme a esa extraña noche de televisión y me siento con las piernas cruzadas en el suelo. Las chicas están en el borde de sus asientos, charlando, señalando la pantalla. La sala, extrañamente, bulle de emoción. Incluso consiguen contagiármela un poco; hace mucho tiempo que no sentía algo así.

El plan es el siguiente, chicas,

dice la supervisora de Atención Directa con su cara seria.

Pondré la comida en la mesa, pararemos la ceremonia para comer, lo más rápido posible, y después volveremos a reunirnos aquí. ¿Qué os parece?

Divertido, vale. Engullimos la recena. Sí, incluso yo, e incluso Valerie. Pero ninguna tan rápido como Emm; ella es la primera en volver a la sala comunitaria. En diez minutos regresamos todas las demás y miramos el desfile en la pantalla, comentando y cotilleando como un grupo de adolescentes. Es agradable. Pero raro.

¿Por qué estamos actuando como un grupo de adolescentes en una fiesta de pijamas un viernes por la noche? ¿Por qué estamos mirando una ceremonia que ya vimos hace cuatro años? Miro a las mujeres que me rodean; mujeres enfermas en un centro de tratamiento. Me miro. Seguro que ninguna de ellas, tampoco yo, haría esto en la vida real.

Entonces, al fin, lo entiendo: la vida real. Por ahora es esto. Nuestra vida es la nutrición, la terapia y el sueño. Nuestra libertad queda limitada a la elección del tipo de cereales que vamos a comer. El perímetro de nuestro mundo se reduce al de la casa en la que vivimos. En este lugar la planificación semanal está en el tablón comunitario, inalterable. Lo más interesante es el requesón de los martes y alguna excursión ocasional el sábado, la infusión de manzana y canela, el paseo matinal y el yoga los lunes y los viernes.

Miro a Emm y veo los últimos cuatro años. «Mi otra pasión son las olimpiadas.» No me extraña que esté emocionada. Tampoco que lo estemos todas con la repetición del desfile.

Gimnastas, corredores y triatletas ondean banderas y rodean el estadio. Lanzan besos a la cámara, a nosotras que estamos al otro lado de la pantalla.

¡Me acuerdo de todos los detalles de este desfile!,
exclama Emm, incapaz de estarse quieta.

¡Atención, todas! Estados Unidos es el siguiente.
Y aparecen los estadounidenses desfilando.

¡Ese es Michael Phelps! Anna, ¿lo ves? ¡Michael Phelps!
Es guapísimo. Y lo digo.

Lo conocí ese año,
deja caer Emm, sin darle importancia,

en la clasificación. Fue muy majo.
De repente toda la sala se vuelve hacia ella. Aparecen signos de interrogación en el aire. Y empiezan a bombardearla a preguntas:

¿Conociste a Michael Phelps?

¿Estuviste en la clasificación para las Olimpiadas de 2012? ¿Y te clasificaste? ¿En qué deporte?

¿Qué le dijiste? ¿Es tan guapo como parece?
Y la directora de crucero Emm se pone muy roja.

Me dio mucha vergüenza y empecé a balbucear, pero

él fue agradable. Tengo una foto de los dos juntos. Si queréis, os la enseño.

Claro que queremos, ¡le suplicamos que nos la enseñe! Y que nos dé más detalles.

Me presenté a la clasificación de gimnasia, explica.

En realidad era mi tercer intento.

Se detiene un momento. Emm suspira, todas suspiramos a la vez, cuando ofrecen un primer plano de Phelps. Acto seguido volvemos a mirarla.

¿Y qué pasó? ¿Te clasificaste?

A Emm le cambia la expresión de la cara. Pregunta tonta y precipitada.

No. Terminé aquí.

Acabamos de mirar en silencio el desfile hasta el final, y la supervisora de Atención Directa apaga el televisor. Las chicas van yéndose a sus habitaciones. Durante un rato se nos había olvidado que vivimos aquí.

Yo me quedo, y también Emm, que todavía tiene la mente en 2012. Se la ve más menuda en su asiento, o tal vez las paredes de la sala parecen juntarse bajo esta luz indirecta. Comprendo por qué ha querido que miráramos el desfile con ella. Comprendo por qué ve *Friends* una y otra vez entre olimpiada y olimpiada.

Comprendo su anorexia más de lo que ella cree, alas que chocan con los barrotes de una jaula. Pero no digo nada; Emm no quiere mi comprensión. Quiere pasar su dolor en silencio.

Debería dejarla sola. Lo intento, pero he cometido un terrible error: me he sentado en el suelo y ahora mis huesos de anciana se niegan a que abandone esta postura.

Emm se da cuenta de que trato de ponerme en pie y que, sin embargo, el crujido de mis huesos dice: *Intento fallido.*

Emm abandona de un brinco el sofá y me tiende la mano. Entre las dos conseguimos levantarme, con un gesto de dolor de ambas.

¿Osteoporosis?

Casi... Osteopenia. ¿Y tú?

También.

Claro.

Las dos estamos entre la risa y el llanto. Entonces nos quedamos muy calladas; ambas queremos hablar, pero ninguna sabe cómo hacerlo.

Siento lo de la clasificación y la anorexia,
digo.

Yo era bailarina de ballet. Me lesioné. No era muy grave, pero supongo que estuve fuera demasiado tiempo. No podían esperarme: me sustituyeron.

Emm asiente y después dirige la mirada hacia la pantalla apagada de televisión:

Creía que este año estaría compitiendo. Me he pasado cuatro años convenciéndome de que lo haría. Que estaría en el desfile este agosto... o al menos que volvería a intentarlo. Pero sigo aquí. Cuatro años, Anna. Tendré que mirar los juegos en esta pantalla.

Pero los juegos no son hasta agosto. Es posible que te den el alta antes.

Sin querer, he pronunciado esa frase como una pregunta, a la que ella responde con una sonrisa amarga. La sonrisa de Emm. Esa sonrisa triste que me rompió el corazón la primera noche que pasé aquí.

*Es posible… Pero ¿quién preparará los crucigramas
y dirigirá el paseo matinal entonces?*

Una mujer vieja y triste ha reemplazado a la chica que,
hace solo unos minutos, miraba la pantalla con los ojos
brillantes, alardeando orgullosa de haber conocido al at-
leta de sus sueños. El crucigrama y los paseos matinales;
no lo dice en broma. *Friends*, las olimpiadas y las galletitas de animales. Y el requesón los martes.

Emm necesita todo eso para sobrevivir y también ser
la líder de nuestro grupo. Es la directora de facto de la
casa. No hay nada para ella fuera de estos muros.

No puedes rendirte, Emm.

No lo he hecho,

responde,

*todavía no me he suicidado. El crucigrama y los pa-
seos ayudan.*

Lo ha dicho en voz baja. Y después:

Estoy cansada. Buenas noches, Anna.

No espera empatía por mi parte. Ni consuelo. Tiene las
olimpiadas.

Y los crucigramas y los paseos, y a Gerald el San Bernardo. Me dirijo hacia la escalera.

Buenas noches, Emm.

47

Madre e hijas salieron a pasar una noche de chicas: el primer ballet de Anna y Sophie. Era una noche de junio, pero aún hacía frío. Maman se había puesto su abrigo de color salmón. Encima de sus vestidos nuevos, las niñas llevaban abrigos de princesa blancos a juego que cubrían su nerviosismo feliz.

Los dedos de maman habían desenredado la tupida melena rubia de Anna y se la habían recogido con horquillas en su primer moño. Fue la noche más mágica de su vida: El lago de los cisnes. Anna se enamoró.

El escenario, las luces, el público oculto en la oscuridad. Los violines resonando en el teatro, la música llenándole los pulmones. Pas de bourré, pirouette, glissade, grand jeté. Lo más cerca de volar que podía estar alguien.

Salió de allí pensando que las bailarinas de ballet existían solo en ese mundo encantado, iluminado por lámparas de araña, con asientos de terciopelo rojo oscuro y madera tallada pintada de un dorado cuyo brillo no había sido eclipsado por la sucia luz de la ciudad. Ese lugar, y las delicadas plumas blancas de los cisnes, colmaron la mente de esa niña de seis años a la que le gustaba soñar despierta. Así que maman *la llevó a clases de ballet, primero una vez a la semana, después dos y al final todos los días. Y a ensayos y audiciones. Y maman* et papa *aplaudían orgullosos cada vez que salía a escena.*

Anna se convirtió en una bailarina de ballet, como las de sus sueños, y descubrió que eran reales. También que, de cerca y una vez fuera del escenario, eran competitivas y extenuantemente delgadas. Sudaban y hacían estiramientos durante ocho horas al día, se iban a la cama con dolores y muertas de hambre, pero cuando el telón se levantaba a las ocho en punto de la noche se convertían en cisnes.

Descubrió asimismo que ella no tenía el cuerpo de la bailarina perfecta. Era un poco bajita y tenía los pies demasiado planos. Y a todas horas le recordaban que no le vendría mal perder un poco de peso. Pero era lo bastante buena y disciplinada para soñar que, si se esforzaba un poco más, si estiraba un poco más allá o giraba un poco más rápido, podría cambiar.

Hacía sus pliés y ponía *más energía en los saltos. Glissade, glissade, grand jeté. La espalda recta, los hombros atrás, los tobillos en ángulo. Siempre. Cuanto menos pesara, más fácil le resultaría elevarse sobre el suelo. Así que cuanto menos comían las otras chicas, menos comía ella. Si una bailarina hace algo, las demás también.*

Pero Anna no voló ni creció; fue menguando conforme su columna se contraía. Y una tarde en los ensayos le fallaron las rodillas. Cirugía a los veintitrés años, y reposo absoluto.

48

El miércoles empieza con una humedad pegajosa y un calor desconcertante. Desconcertante porque tengo anorexia y las anoréxicas nunca tenemos calor. Pero hoy lo tengo, por raro que parezca, y sudo, aunque mis manos y mis pies están fríos. Siempre los tengo fríos; mala circulación periférica. «Acrocianosis», lo llamó el médico.

También conocida como la incapacidad de sostener una copa de champán frío o de cogerle la mano a Matthias, porque no puedo permitirme perder el poco calor que siento. O la necesidad de llevar en verano dos pares de calcetines bajo varias capas de mantas y aun así pasarme horas temblando, sin poder dormir. Frío acral. Y es tan solitario como parece.

Según va progresando, el día no mejora; me sirven medio *bagel* y una montaña de queso crema para desayunar. Por todo eso, el paseo matinal es deprimente. La conversación con *papa* por teléfono es breve.

Me pongo ropa limpia y seca cuando volvemos. Me cuesta ocultar mi irritación. Pero justo entonces oigo la puerta y al cartero. Mi primera sonrisa del día.

Me pregunto si V. me habrá escrito.

¡Sí!

Querida A.:

Creo que me gusta tener una amiga por correspondencia. Anoche lo pasamos bien con todas las chicas. Era la primera vez que miraba unas olimpiadas, pero ¡no se lo digas a Emm!

Te he visto pasarlo mal esta mañana con el bagel *y el queso del desayuno. A mí también me cuesta. Pero lo conseguimos. Dicen que, con el tiempo, resulta más fácil...*

Valerie está enfrente de mí, sentada en su sitio, ¡cómo no!, leyendo una carta para ella. Tiene el pelo recogido en la coronilla en un moño diminuto, similar al mío. Pero parece más pequeño, y ella también, por la sudadera que lleva; yo diría que por lo menos es dos tallas más grande de lo que necesitaría y obviamente es de hombre. ¿Un novio? ¿Padre? ¿Hermano? Estamos en una fase demasiado temprana de nuestra amistad para preguntarle. *Tal vez cuando intercambiemos unas cuantas cartas más*, me digo mientras cojo un folio del montón comunitario justo cuando...

Un grito.

Todas alzamos la vista y miramos alrededor. Valerie, que mantiene la mano en alto: un corte con el papel. La carta que estaba leyendo y su sobre están en el suelo. Tiene el dedo índice rojo y sangra abundantemente.

Asteatosis: piel seca y escamosa. Otro síntoma de la anorexia.

Esa afección puede provocar hemorragias profusas y prolongadas como consecuencia de cualquier corte, incluso uno superficial. Lo sé por experiencia: unas tijeras, un cuchillo, un jersey demasiado áspero, aire un poco seco o frío, el borde de una carta o un sobre…

Hay sangre por todas partes: en sus manos, debajo de las mangas, en la sudadera. Emm es la primera en reaccionar. Corre al puesto de enfermeras en busca de ayuda y material.

Sarah se aparta, está mareada. Julia mira con curiosidad. Yo le cojo la mano a Valerie e intento detener la hemorragia con una bola de pañuelos de papel.

Sus manos.

Pelagra. Placas hiperpigmentadas y escamosas. Deficiencia de vitaminas o proteínas.

Lanugo. Vello suave y fino por todo el cuerpo, para conservar el calor corporal.

En circunstancias normales no lo habría notado; Valerie siempre lleva manga larga. La enfermera y la supervisora de Atención Directa llegan y se hacen cargo de la situación. Me apartó con mis pañuelos rojos.

Sacan a Valerie de la sala comunitaria antes de que se desmaye alguien. Emm, claro, va justo detrás de la supervisora de Atención Directa. El resto de nosotras esperamos.

Es solo un corte, cielo, pero hay que limpiarlo.

Todas oímos la voz de la enfermera.

Puede que necesites puntos. Déjame ver. Súbete la manga.

De repente se queda callada. Durante todo un minuto. Después:

Emm, gracias por tu ayuda, pero ahora regresa a la sala comunitaria.

Me sorprende que Emm no replique. Vuelve con una expresión en la cara que no le he visto nunca.

¿Estás bien, Emm?,

pregunto.

Asiente.

¿Y Valerie?

Duda. Y luego, como si estuviera dejando caer algo muy pesado, susurra:

Se corta.

Dermatitis artefacta. Lesiones en la piel, úlceras, hematomas, cicatrices. Valerie, la tranquila Valerie, se hace cortes. ¿Cómo no lo hemos adivinado ninguna de nosotras?

Sus pertenencias siguen en el suelo, pero tengo las manos manchadas de sangre. Emm las recoge antes de que se lo pida y las deja en el sitio de Valerie.

La carta que estaba leyendo está ahí, boca arriba, justo delante de mi cara. Mi curiosidad gana a mi habitual discreción. No la toco, pero desde donde estoy sentada veo:

Querida Valerie:

Feliz cumpleaños, cariño. Iré este fin de semana a la ciudad para verte y celebrarlo.

Aparto la vista. No debería estar leyendo esto. Valerie no ha mencionado su cumpleaños.

Vuelve enseguida, como nueva. Me dejan ir a lavarme las manos. De vuelta en la sala comunitaria me he quedado en blanco: ¿qué estaba haciendo antes de que pasara esto?

Mi carta para Valerie. La hoja de papel sin una sola línea. De repente no tengo nada que decir; las manos de

Valerie han dado una nueva perspectiva a las olimpiadas de ayer y al desayuno de esta mañana. Cualquier cosa que escriba resultará una nadería. Pero le prometí hacerlo. Pienso en lo feliz que su carta me ha hecho hace un rato.

Podría escribir a esa chica mil cartas superficiales, pero ahora la conozco. Sé que es su cumpleaños y que se hace cortes. Acerco el boli al papel:

Querida V.:

Ese corte del papel debe de escocerte mucho. Espero que se te cure pronto.

¿Puedo preguntarte de quién es la sudadera que llevas? ¿Tiene algún significado para ti?

No es necesario que me respondas. Sé que son preguntas personales. Pero me gustaría conocerte un poco mejor. Si tú quieres. A mí también me gusta tener una amiga por correspondencia.

A.

49

Se había cortado, otra vez. Maldita manzana, malditos dedos que siempre estaban en medio. Anna cogió un trozo de papel de cocina con el que detener la hemorragia. Sangraba mucho para haberse hecho un corte tan pequeñito, ¿no? Últimamente le costaba más tiempo curárselos.

Miró con frustración la manzana a medio trocear del plato. Estaba cubierta de sangre. Incomible. Tendría que volver a empezar.

Estaba muy orgullosa de lo bien que cortaba las manzanas en trozos diminutos. Cuanto más pequeños eran, más bocados tenía por manzana y más le duraba.

Cogió otro trozo de papel de cocina y se preguntó si le quedarían tiritas.

50

No tengo respuesta de Valerie en todo el día y ha llegado la hora de la cena. Creo que me he pasado de la raya. Formamos dos filas para ir hasta la casa de al lado siguiendo las instrucciones de la supervisora de Atención Directa.

Hago todo lo posible por no ponerme a su lado. Espacio. Es mi forma de decirle que tiene derecho a establecer sus límites y a que la dejen en paz.

Es ella la que se acerca a mí cuando llegamos al comedor y me da discretamente una notita. Me quedo atrás y la abro; no puedo esperar a después de la cena.

Querida A.:

Siento no haberte respondido. He estado todo el día en las nubes.
La sudadera es de mi padre. Vendrá a Saint Louis este fin de semana.

Valerie confía en mí. Me quedo mirando agradecida esas dos líneas tan breves.

¡Anna! ¡Todo el mundo te espera!

Entro rápidamente y me siento. Todas están en su sitio.

¡Por fin, Anna! La cena se enfría, y esta noche tenemos algo absolutamente delizioso.

«*Delizioso*» es, sin duda, un término discutible, pero Rita está de tan buen humor que no quiero contradecirla. Es más, espero que tenga razón.

Pero evidentemente esa esperanza se desvanece pronto, en cuanto se desvela en qué consiste la cena: un plato hasta arriba de espaguetis con salsa marinara, albahaca y *mozzarella*. Para acompañar, una ensalada verde oculta bajo una montaña de queso y nadando en aceite de oliva. Por supuesto. Lamento mi exceso de confianza del pasado jueves durante la planificación del menú, y ni siquiera intento recordar qué elegí de postre en medio de mi locura.

Valerie está en otra mesa. Me siento decepcionada. Tampoco es que hubiéramos podido hablar aunque hubiéramos estado sentadas juntas. Todas las chicas están a lo suyo esta noche, a la pasta. Ni siquiera Emm empieza con los juegos de palabras. Me centro en sobrevivir a la ensalada con su aliño primero. Después los espaguetis, el queso y la salsa. Un bocado cada vez. Mantengo firmemente la mente lejos de aquí. Terminado.

Y después, *spumone*.

Una de las chicas está llorando y Valerie necesita su naranja congelada. Julia y Sarah se las arreglan un poco mejor; no son anoréxicas, sus demonios son otros. Intentan levantar el ánimo general contando chistes. Las demás escuchamos agradecidas. Todas esperamos hasta que la última chica llega a la infusión de manzana y canela.

Nadie se muere y, sin saber cómo, las manecillas del

reloj ya marcan las siete y cuarto. Mentimos a Rita diciéndole que la cena ha sido fantástica y volvemos al calor abrasador.

En el camino de vuelta me encuentro casualmente al lado de Emm.

Estoy orgullosa de ti,

dice.

Solo eso, de sopetón. Me vuelvo hacia ella.

Gracias. Creía que no podría hacerlo.

Puedes. Lo único que tienes que hacer es no rendirte.

Quiero decirle: *Tú tampoco.* Pero llegamos a la casa, y considero que, por hoy, ya me he inmiscuido bastante en la privacidad de la gente.

De vuelta en la sala comunitaria meto la mano en el bolsillo y rozo la carta de Valerie. Me pregunto si debería escribirle una respuesta o simplemente hablar con ella. La busco con la mirada. Está delante de la ventana con sus ojos de ardilla fijos sin mirar. Me acerco a ella; ya le escribiré, si no me responde.

¿Estás bien?

No lo parece, tampoco me mira. La barbilla le tiembla; suficiente respuesta. Sigue en silencio, y dudo. Tal vez quiere estar sola.

Me doy la vuelta, pero en ese momento suelta:

Él no sabe que estoy en tratamiento.

Me siento. Suspiro. Claro que no lo sabe; las anoréxicas son maestras en pintar mentiras de color de rosa para satisfacer a los demás, como una amante abnegada.

Cree que he venido aquí por un trabajo.

Me enseña su carta, que ahora tiene manchitas de sangre en la esquina superior. Él la ha firmado:

Siempre orgulloso de ti, Valerie.
Te quiero,
Papá

Le devuelvo la carta sin saber qué decir. Más bien, sin saber qué quiere oír. Pero por fin lo sé:

Se merece que se lo expliques y creo que ahora lo necesitas a tu lado.

La miro. Consumida y terriblemente pálida. No ha tenido ninguna visita ni ha salido de la casa desde que llegué.

Valerie se queda callada. Ojalá me dijera algo.

Cuéntale dónde estás, por favor. Él lo entenderá.

Metedura de pata. He cruzado un límite.

No todos los padres lo entienden,

dice.

No, no todos los padres lo hacen.

Valerie no parece enfadada conmigo por mi transgresión. Solo parece cansada y triste.

Siempre he sido una estudiante de sobresalientes. Me saqué una carrera en una universidad de la Liga Ivy. Soy la perfecta hija única de mi padre. ¿Qué crees que dirá cuando se entere de esto?

«Esto» es la anorexia y el 17 de Swann Street, pero también se levanta la manga solo lo justo para que vea el inicio de una gruesa, llamativa y roja cicatriz. Tiene toda la piel del brazo destrozada. Se lo tapa y susurra entrecortadamente:

Su hija perfecta miente, se corta y es incapaz de comer. ¿Por qué demonios iba a estar orgulloso de mí?

Lo entiendo. Pienso en los hombres por los que me he

esforzado tanto en ser perfecta. Philippe, que en público, con su guapísima mujer del brazo, fingió no conocerme. Matthias, que me cogía de la mano y me presentaba, orgulloso:

¿Conoces a Anna, el amor de mi vida?

Valerie ya no me mira. Su mente está lejos, más allá de la ventana.

51

Estaban casados. ¡Estaban casados! Qué día más frío y más feliz. Atajaron por el parque helado y subieron corriendo los seis tramos de escalones hasta el piso. Se pasaron la noche hablando, escuchando música, haciendo el amor. Haciendo planes para el café que se tomarían a la mañana siguiente. Iban a tomárselo en la cama. Después desayunarían: huevos, fritos para él y revueltos para ella, con albahaca, tomate y orégano. Ella los prepararía mientras él bajaba a comprar una baguette.

Se durmió, sintiéndose feliz durante una noche entera. Pero se despertó a las cinco de la madrugada con un terrible dolor de estómago.

El chico con el que se había casado dormía a su lado. En su dedo llevaba el delicado anillo. ¿Y si él se despertaba y se daba cuenta de que había cometido un error? ¿Que se merecía algo mejor? ¿Que ella no era lo que él creía? La luz arrancaba destellos arcoíris al anillo.

La sudadera de él sobre una silla, las zapatillas de deporte rosas de ella junto a la puerta. Se puso ambas cosas y salió sin hacer ruido. Empezó a caminar con energía en alguna dirección, cualquiera, cruzando el parque, más allá del parque.

La mujer de Matthias no podía ser más que perfecta: inteligente, guapa, delgada. Anna llevaba zapatillas de deporte, nada de maquillaje, grandes gafas de amante de los libros y tenía el pelo recogido en un moño desaliñado. Ahora todo eso a él le encantaba, pero ¿seguiría gustándole dentro de un año? ¿Dentro de un año aún sería para él «Anna, el amor de mi vida»?

El dolor de estómago empeoró. Pensó en Philippe. A quien le había parecido guapa, pero no lo suficiente. Inteligente y elegante, pero no lo bastante. Philippe, que le había dicho «te quiero» y «¿de verdad quieres comerte ese trozo de tarta?».

Después de eso empezó a cortar la lechuga en trozos cada vez más pequeños, a dejarse el pelo suelto, a hablar un poco más bajo y a poner la espalda más recta. Pero no conoció a la madre de Philippe ni los dos compartieron un helado; nunca encajó en su molde.

Philippe no la quería. Matthias sí, y ella a él. Él la hacía completamente feliz. Él merecía ser feliz. Él merecía una mujer inteligente, guapa y delgada. Ella sería inteligente, guapa y delgada para él. Sería la mujer que él merecía. Matthias estaría orgulloso de ella. Y ya estaba sin aliento.

El viento había arreciado y el cielo estaba nublado. Anna se detuvo y miró a su alrededor. No conocía ese barrio y no llevaba las llaves, tampoco dinero ni el teléfono. No se había dado cuenta de que empezó paseando pero había terminado corriendo.

52

Jueves, un nuevo comienzo. Para demostrarlo llueve y la lluvia se lleva consigo la angustia y el calor de ayer. Oigo las gotas repiqueteando contra la ventana de la habitación Van Gogh. Acabo de volver de la toma de las constantes y el control del peso, me he quitado la bata de flores y ahora, otra vez en la cama y en pijama, cierro los ojos. Esto me recuerda a París.

Hoy va a ser un buen día, decido. Me ducho. Maquillaje en un tono melocotón y perfume. Bajo la escalera temprano para celebrarlo: café, desayuno y los crucigramas. Y clase de dibujo esta tarde.

No debe de haber ninguna chica en la sala comunitaria todavía; no se oye ningún sonido aparte de la lluvia. Entro y me sobresalto: ¡Valerie! Valerie está de pie en medio de la habitación.

Valerie, sin moverse, con los pies separados, aturdida. Al principio no lo entiendo. Después lo huelo, lo veo y siento náuseas: Valerie se ha hecho sus necesidades encima.

Valerie, la dulce Valerie, que fue tan buena conmigo en

mi primer día. Valerie, que tiene una letra elegante y cursiva, ahí, de pie, manchada de marrón. Me da vergüenza por ella y aparto la vista. ¿A quién debería llamar? ¿A la supervisora de Atención Directa? ¿Y qué voy a decirle? Ojalá Emm estuviera aquí. O *maman*.

Salgo corriendo a buscar ayuda y vuelvo lo más rápido posible, porque me da miedo dejarla sola mucho tiempo. Una precaución innecesaria: sigue en el mismo sitio, con los ojos fijos en la pared, la mirada perdida.

No parece darse cuenta de que estoy aquí, ni del olor ni de la supervisora de Atención Directa, que intenta limpiarla. La expresión de su cara me hiela la sangre: no hay nada. Valerie no está ahí. La supervisora de Atención Directa muestra lástima, pero de una forma más bien desganada. Esta mañana está un poco agobiada: tiene que organizar el desayuno, distribuir la medicación y anunciarnos algo importante.

Hoy vamos a practicar la RCP, chicas,
nos dice media hora después. Estamos todas sentadas, Valerie está limpia y han servido el desayuno.

Entre vuestras sesiones veréis que hay miembros del personal practicando técnicas de reanimación cardiopulmonar. Es algo habitual, no debe extrañaros. Lo hacemos una vez al año.

Las chicas se muestran desconcertadas, todas menos Emm y Valerie. Es como si Valerie no oyera, o no le importara. Está masticando y tragando mecánicamente. No levanta la vista. Nadie sabe lo de su accidente, excepto la supervisora de Atención Directa y yo.

Y la supervisora de Atención Directa tiene otras cosas en que pensar. Pero yo soy un desastre. Y el desayuno también resulta serlo; se me caen los Cheerios al suelo. *Valerie y los muñecos para practicar la RCP.* Estos últimos, tan antiestéticos, están repartidos por el suelo del salón para que los veamos. Me fijo en que los muñecos hinchables están más gordos que la mayoría de nosotras.

Esa medida de seguridad resulta perturbadora. ¿Por qué hace falta practicar eso? Inocentemente, llena de esperanza, me digo:

Nadie podría morirse aquí.

Sin embargo, se tambalea mi anterior confianza en que hoy sería un buen día. Y todavía oigo la lluvia fuera. Se me cae el alma a los pies: *No habrá paseo matinal.*

Pero justo cuanto están retirando los platos del desayuno, el repiqueteo cesa. Miro por la ventana, sin poder creérmelo. Igual que la supervisora de Atención Directa. ¡La lluvia ha cesado!

Pues mirad qué bien. Sois unas chicas con mucha, mucha suerte. Después de todo, por lo que parece podremos salir a dar el paseo matinal.

Todas echamos a correr para ponernos los zapatos y llegar a la puerta principal antes de que ella o el tiempo cambien de idea.

53

Volvemos del paseo matinal y, en cuanto pisamos el césped, el cielo empieza a nublarse de nuevo. Y caen las primeras gotas. La supervisora de Atención Directa y Emm entran las primeras, apresuradamente. Las demás las seguimos de cerca mientras charlo en francés con *papa*, al otro lado del océano y del teléfono, sobre cosas triviales, mundanas, agradables.

Estoy a punto de colgar y entrar en el porche cuando me llama la atención una pequeñísima mancha roja que asoma bajo la hierba mojada. Me detengo, curiosa, me pongo de rodillas y aparto con cuidado las delgadas briznas verdes.

¡Fresas! ¡Dos fresitas más pequeñas que mi pulgar!

Papa!

exclamo emocionada por el teléfono a través del que ha estado acompañándome durante el paseo.

Papa! Papa! *¡Las primeras fresas del año!*

Julia, que iba detrás de mí, por poco tropieza con mis piernas. Las otras chicas ya han entrado.

¡Emm! ¡Venid aquí! ¡Rápido!

Vienen todas, también la supervisora de Atención Directa. Incluso Sarah, pero no Valerie. Ella no ha salido a dar el paseo.

Sarah se emociona tanto como yo con estas pequeñas piedras preciosas, para mi enorme sorpresa; creía que ella era demasiado glamurosa para conmoverse con algo tan trivial. Julia se burla de mí, pero se arrodilla también para mirar las fresas. Emm pone los ojos en blanco y vuelve a entrar, pero sé que en su fuero interno está impresionada.

La supervisora de Atención Directa entra también; tiene que preparar el almuerzo. En cuanto desaparece, Julia coge una fresa, se la come y nos guiña un ojo a Sarah y a mí.

Las otras chicas se mofan de mí en mayor o menor grado, pero mi padre es el que me alegra el día de verdad: a miles de kilómetros de distancia grita y aplaude a través del teléfono para celebrar el principio del verano.

Me llamo Anna y acabo de recordar que me encantan el verano y las fresas. Me reconforta su presencia, que puedan crecer incluso aquí, en el 17 de Swann Street.

El almuerzo ya está en la mesa cuando entro. Entrego el teléfono a la supervisora de Atención Directa y me siento al lado de Valerie.

Yogur y muesli azucarado. Otra vez. Vainilla. Otra vez. El cuenco de Valerie es rosa claro. Ella ha pedido fresa. Acabo de caer en la cuenta de que siempre lo pide así. Valerie, la única chica que pide yogur de fresa en esta casa.

Está callada. Siempre lo está, pero también está muy pálida. Le toco el hombro con la mano. Se sobresalta. No debería haberlo hecho.

¡Perdona, Valerie!

Me aparto. Acto seguido le pregunto en voz más baja:

¿Va todo bien?

No, no va bien. Es mucho más que obvio que no. No me responde ni me mira; tiene los ojos clavados en el cuenco de yogur rosa.

No me encuentro bien,

susurra lo bastante bajo para que la supervisora de Atención Directa no la oiga.

La creo. Conozco esa sensación. La veo contener las lágrimas. La supervisora de Atención Directa no debe verlo y Valerie no debe rechazar la comida.

Desesperada, miro a las demás de la mesa. Emm. ¿Qué haría Emm? ¿Qué hizo Emm por mí cuando entré en pánico durante mi primera cena?

¿Os he contado la vez que Matthias y yo cruzamos Costa Rica en un coche alquilado?

No tengo ni idea de por qué he escogido ese recuerdo o cómo me he atrevido a contarlo en voz alta, pero todo el mundo, incluida Valerie, levanta la vista de su cuenco y me mira.

Ya no hay vuelta atrás.

Queríamos ver el volcán Arenal, que está a tres horas en coche de la costa. Sabíamos que teníamos que llegar al cráter antes de las once, porque después el humo cubriría la cima y no se vería nada, así que salimos sobre las siete de la mañana y cruzamos un paisaje perfecto, de postal.

Por el rabillo del ojo veo que la mano de Valerie se mueve. Sube desde su regazo y se posa, algo dubitativa, junto a la cuchara que hay a su derecha. Yo cojo la mía y, con la otra mano, retiro despacio el film plástico que cubre el cuenco.

Un pueblo detrás de otro, una plantación de plátanos detrás de otra. Costa Rica es famosa por sus plátanos, ¿sabéis? Nos paramos para comer unos pocos y tomar dos cafés, que compramos en un puesto ambulante que había al lado de la carretera.

Valerie retira el film plástico.

Eran las diez y cuarto cuando enfilamos la carretera estrecha que llevaba al volcán. Bajo el sol de la mañana parecía que toda la montaña estaba en llamas. Yo tenía puestas las gafas de sol y la mano sobre los ojos para protegerme de la luz. Necesité un rato para darme cuenta de que ya no había plataneras.

Me centro en dirigirme al grupo, no a Valerie específicamente.

¡Lo que había era una alfombra roja que cubría toda la montaña! ¡No me lo podía creer! ¡El volcán estaba completamente cubierto de fresales!

Valerie vuelca todo el muesli de una vez en el yogur del cuenco y lo mezcla con la cuchara. Yo me llevo una cucharada a la boca y sigo con la historia:

Alguien nos dijo después que el suelo volcánico era tan fértil que las fresas que crecían allí eran las más dulces y deliciosas que podían encontrarse. Pasamos por delante de docenas de agricultores que vendían cajas enormes de fresas, que tenían expuestas en los maleteros de unos coches de los años sesenta. Matthias quería parar y comprarme unas pocas, pero teníamos que llegar al cráter primero.

Llegamos y fue algo increíble, pero la mejor parte fue la bajada. ¡Me compró una caja entera de fresas! Oh, las fresas son mi fruta favorita.

Valerie se come una cucharada y después otra. Yo sigo contando la historia. Cada vez que se detiene, me acuerdo de algún detalle que se me había olvidado.

Eran tan brillantes y rojas que aparcamos el coche a un lado de la carretera, nos sentamos allí mismo, sobre la hierba, y nos dimos un atracón. Eran las fresas más jugosas que he comido en mi vida.

Me doy cuenta de que Emm me observa, con la cara inescrutable. Sabe lo que estoy haciendo, pero no sé si lo aprueba. Vuelve a mirar su cuenco y echa un poco de canela a su yogur.

Toda la historia que cuento es real. Lo del volcán, el cráter, las fresas. Nuestras manos, nuestros antebrazos y nuestras barbillas pegajosos. La ropa manchada de hierba y fresas. El hecho de que por un día, en aquellos campos de fresas de Costa Rica, yo no fui una chica anoréxica. Fui una chica deliciosamente feliz y enamorada que comía fresas.

Me quedo reflexionando sobre el almuerzo que acabo de terminar y ese lejano recuerdo. Me resulta difícil reconciliar ambas cosas y las dos versiones de mí. Valerie y su yogur rosa. Matthias y su caja de fresas. ¿De verdad hay un volcán en Costa Rica completamente cubierto de fresales?

Valerie vacía la cuchara con los últimos restos y la deja. Estoy contenta. Emm sonríe, o me parece que lo hace. El minutero marca las diez y media.

El almuerzo ha terminado. Todas nos dirigimos a la sala comunitaria.

Querida V.:

Lo has conseguido. No te rindas, por favor.
A.

54

La lluvia no cesa hasta justo después de la cena, en esa melancólica media hora del atardecer. Matthias me lleva afuera, al porche húmedo. Observamos el cielo, que cambia de color. Por todas partes se percibe el olor de la tierra limpia y mojada y del magnolio. Es una noche demasiado hermosa para mencionar lo de la RCP o lo de Valerie.

Rita, la cocinera, se despide con la mano mientras se dirige al aparcamiento.

Ciao, Anna! *Os veo a ti y al resto de las chicas mañana, a la hora de la comida.*

Matthias y yo también nos despedimos con la mano.

À demain, Rita, ciao!

Y después volvemos a quedarnos solos los dos.

¿Te acuerdas de Costa Rica?,

pregunto a Matthias de repente.

Claro que me acuerdo de Costa Rica. Fuimos hace unos meses nada más.

Imposible. ¿De verdad ha pasado tan poco tiempo?

Parece que fue hace mucho.

Matthias no dice nada, pero me pongo a rememorar:

Todo ese viaje fue mágico. Hoy he contado a las chicas lo de las fresas del volcán Arenal. Me compraste una caja entera, ¿te acuerdas? Estaban tan rojas y deliciosas...

Lo recuerdo.

Ha respondido con voz monótona.

Me estoy perdiendo algo.

¿Qué ocurre, Matthias?

Nada, todo va bien.

Cuéntamelo, por favor.

Se incorpora en el asiento y mira por la ventana. Y después a mí:

Fue un viaje muy bonito, Anna, pero también muy difícil. ¿Te acuerdas por qué compré una caja entera?

Porque me encantan las fresas.

No, porque era lo único que aceptabas comer. ¿Te acuerdas de que te fallaron las piernas cuando subíamos hasta el cráter?

Se me había olvidado esa parte.

¿Te acuerdas del cráter?

No muy bien.

Anna, te desmayaste.

Su voz suena tensa.

¿Te acuerdas de la piscina?

No.

Nunca fuimos. Estaba justo al lado de nuestra habitación y había una playa perfecta a menos de un minuto, pero tenías demasiado frío para ponerte el bañador, Anna. La brisa del mar te hacía llorar.

Ni siquiera paseé por la playa.

¿Te acuerdas del enorme bufet del resort, en el que

podías comer todo lo que quisieras? Solo comiste fruta. Durante cuatro días, Anna. Ni siquiera miraste qué más había. ¿Recuerdas el bar de la playa?

No.

¿Te acuerdas del gimnasio?

Sí.

Se lo ve muy triste.

Yo me acuerdo de Costa Rica. Me acuerdo de ver a una mujer mayor caminando hacia mí y de repente darme cuenta de que eras tú. Recuerdo el día que por fin te pusiste un vestido y que un niño pequeño se echó a llorar al verte. Recuerdo parar en todos los puestos de fruta y verdura que encontraba. Recuerdo no poder dormir por las noches y pasarlas escuchándote el corazón y rezando para que no se te parara. Me acuerdo de Costa Rica, Anna... ¿Te acuerdas tú?

55

Hace mucho que se ha ido Matthias y que ha pasado la recena. Siento unas náuseas terribles; a mi estómago no le han sentado bien ni esa comida ni mi conversación con él. Me llevo a la cama conmigo esa sensación y mis pensamientos. Tardo horas en dormirme.

Me despierto demasiado pronto. Las náuseas siguen ahí, pero no es eso lo que me ha despertado; destellos luminosos de todos los colores se cuelan en la habitación Van Gogh. Miro por la ventana, hacia el aparcamiento, para averiguar de dónde proceden, y el alma se me cae a los pies cuando veo entrar las luces giratorias de una ambulancia.

Sacan una camilla de la casa. Reconozco la sudadera. Valerie.

No distingo si tiene los ojos abiertos y mucho menos si está consciente. Está mortalmente inmóvil, pero de repente sacude un poco la cabeza para responder a una pregunta que le hacen. Dejo escapar un suspiro de alivio.

Quiero que alce la mirada hacia mi ventana, que advierta que estoy mirando. Quiero saludarla con la mano. Quiero gritar:

¡Valerie! ¡Todo irá bien!

Una promesa que no tengo derecho a hacer. En vez de eso, me quedo callada, incapaz de romper el silencio absoluto de las tres de la madrugada.

Desde este lado de la ventana contemplo, cobardemente, al equipo de profesionales mientras le ajustan las correas. Tengo mucho miedo. Valerie debe de estar aterrada y seguro que se siente muy sola. El ritual sigue su curso, y espero que perciba que asisto a él. La luz arcoíris de la ambulancia baña el lateral de la casa, el aparcamiento, el árbol.

Valerie intentó suicidarse el día de la práctica de la RCP. La idea me reconcome como si fuera acidez de estómago. Unos minutos después la ambulancia sale del aparcamiento y gira junto a la acera.

En las horas que siguen a las 3.17 de la madrugada me enfado conmigo misma. Por estar demasiado asustada para hacer saber a Valerie que estaba ahí. Por no haberle dicho que no pasaba nada por haberse manchado los pantalones y por haber llorado. Por no haberla consolado mejor después de la cena. Pero ¿qué podría haberle dicho?

¿Que no es débil por no ser perfecta? ¿Que su padre la quiere de todas formas? ¿Que ella lo necesita a él más de lo que necesita protegerlo? ¿Que ella se merece tener tarta el día de su cumpleaños?

Debería haberle trasmitido que estaba allí a las 3.17, mirando por la ventana de la habitación Van Gogh. No lo hice, y ahora son las cinco menos cuarto. Casi la hora de la toma de las constantes y el control del peso.

El cuaderno de Valerie y la carta de su padre están en su sitio del sofá. Las cojo y las guardo en su cubículo hasta que vuelva.

Unas horas después, un desayuno más. Este servido con cotilleos ansiosos. Alguien dice que Valerie consiguió hacerse con unas tijeras. Otra persona dice que fue un cuchillo. No quiero saberlo; me parece mal especular sobre la logística del suicidio. No menciono a su padre, ni su accidente ni que vi la ambulancia esta madrugada.

Después del desayuno y el paseo, escribo dos cartas rápidas. La primera la copio tres veces:

Querida V.:

No sé adónde enviar esta carta ni si querrás tener noticias mías, pero necesitas saber que yo estaba mirando por la ventana cuando llegó la ambulancia.
No tienes que volver ni que responderme. Lo entenderé si no lo haces. Pero te guardaré tu sitio en el sofá de todos modos.
A.

Tres copias en tres sobres; hay tres hospitales en la zona. En cada una pongo la dirección de uno de ellos; no sé en cuál está.

A la atención de la señorita Valerie...

La verdad me golpea como un puñetazo en el estómago. No sé el apellido de Valerie.

Siento que me sube la bilis hasta la garganta cuando miro a mi alrededor en la sala. Necesito una señal de que Valerie estaba aquí, de que de verdad existía. Nada excepto su cuaderno y la carta en su cubículo y ese espacio estrecho en el sofá. Era tan frágil que ese asiento desagradecido no ha mantenido ni una miserable marca de su estancia.

La manta blanca se ha ido con Valerie. ¿Estaría allí antes de que ella llegara? ¿Quién era la chica que la trajo consigo al 17 de Swann Street y dónde está ahora? ¿Cuántas chicas se habrán sentado antes en el sitio de Valerie, se habrán envuelto con esa manta y después han desaparecido? ¿Importa?

Sí. Importa. El apellido de Valerie importa. Lo encuentro en la lista de la supervisora de Atención Directa. Su nombre completo es Valerie Parker. Tiene un padre y un cumpleaños. Nosotras existimos porque le importamos a alguien, a cualquiera. Ella le importa a su padre y a mí. Hubo una vez una chica que vivía en el 17 de Swann Street y que se llamaba Valerie.

Alguien se lo notificará a su padre. Esa tarea corresponde al personal de Atención Directa. Además de limpiar a las pacientes que se manchan y de practicar técnicas de reanimación cardiopulmonar.

La siguiente carta es para mi hermana, Sophie. Llevo meses sin hablar con ella. Más o menos desde Navidad; no, exactamente desde Navidad. Dejó de llamarme y de enviarme mensajes de texto, se rindió.

Yo estaba avergonzada, demasiado, para contestar; su hermana mayor era un fracaso. Que no podía comer, que no quería... ni siquiera cuando se lo suplicaban. Que hacía promesas que no mantenía.

Creía que estaba protegiéndola. Ahora en lo único que puedo pensar es en el padre de Valerie. En su cara, en la llamada de teléfono que recibirá hoy por parte del personal de Atención Directa.

Me quedo mirando la hoja. Tengo tantas cosas que decir a Sophie… No sé por dónde empezar. Quiero empezar con *lo siento mucho* y *te quiero* y *te echo de menos*, todo al mismo tiempo. Quiero preguntarle cómo está, dónde. Quiero que vuelvan los últimos meses y años de nuestra vida. Quiero horas de conversación con ella… Pero solo tengo una hoja de papel.

Chère *Sophie*:

Te echo de menos. Te quiero. Siento no haber respondido a ninguna de tus llamadas.
¿Puedes volver a llamarme? Te prometo que esta vez te responderé.
Bisous,
Anna

El cartero se lleva las tres cartas para Valerie, y espero que pasen de mis manos a las suyas. Mi cuarta carta tendrá que esperar hasta que Matthias me traiga un sello adecuado. Emm distribuye el correo del día para todas. No hay ningún sobre para mí de Valerie. El resto de las chicas leen sus cartas mientras la supervisora de Atención Directa pone la mesa para el almuerzo.

56

Actualización del plan de tratamiento – 3 de junio de 2016

Peso: 41 kilos
IMC: 15,6

Síntomas fisiológicos:
Se aprecia un lento aumento de peso. El equipo de tratamiento supone que el metabolismo sigue hiperactivo. No se han detectado síntomas de realimentación. La paciente parece físicamente capaz de absorber el aumento de calorías.

Síntomas psicológicos/psiquiátricos:
La paciente ha estado mostrando niveles crecientes de ansiedad y un estado de ánimo decaído. Las alteraciones que se produjeron en el centro la semana pasada, entre ellas la salida repentina de otra paciente, podrían estar contribuyendo a ese estado.
La paciente continúa cumpliendo con su plan de comidas asignado, pero se ha observado que le cuesta ingerir las comidas. Es algo que concuerda con el reciente aumento de su objetivo calórico.

Sigue sufriendo fuertes impulsos relacionados con su trastorno alimentario, tiene una imagen corporal de sí misma distorsionada y el ánimo bajo. Creemos que estos síntomas se agravarán a medida que el tratamiento avance.

Resumen:
La paciente continúa teniendo un peso considerablemente bajo. El tratamiento en régimen interno y el aumento de los posteriores planes de comidas siguen siendo necesarios. Se recomienda un seguimiento de su estado de ánimo y del cumplimiento del plan de comidas.

Objetivo calórico: 2.700 calorías al día.

57

No deberías estar aquí un viernes por la noche,
digo cuando abro la puerta.

No es la cálida bienvenida a la que Matthias está acostumbrado. Aun así, contesta con una sonrisa.

Bueno, estaba por el barrio y se me ocurrió pasar a verte.

Pero no estoy de humor para sonreírle. Me doy la vuelta y me dirijo arriba. Perplejo, pero obedeciendo a su carácter reservado habitual, cierra la puerta principal y me sigue.

Cuando estamos los dos a solas en la habitación Van Gogh intenta besarme, pero me pongo tensa:

He ido a ver a la terapeuta y a la nutricionista hoy.
Matthias se aparta con cautela.

¿Y...?

Bueno, la primera ha intentado explorar los duelos de mi pasado, aprovechando el intento de suicidio de Valerie:

¿Piensas mucho en tu madre y en tu hermano?

Le he cerrado inmediatamente esa puerta en las narices.

La segunda me ha aumentado las cantidades del plan de comidas y me ha dicho:

No, no puedes tener el aliño aparte,

y que la fruta y los cacahuetes no cuentan como sustitutivos saludables de la mantequilla de cacahuete y la gelatina.

Después he asistido a una sesión de grupo especialmente dolorosa, también centrada en el duelo. La terapeuta, con una sonrisa escandalosa, se ha mostrado desesperada por saber cómo estamos procesando el incidente de la semana.

Bien, gracias,

ha dicho Emm.

Ella tiene suerte de no estar aquí,

ha comentado Sarah.

Al menos en el hospital podrá pedir más comida, si quiere,

ha añadido Julia, que, como siempre, tenía hambre.

Yo no tengo hambre. Estoy llena y triste. Me duele el estómago tras cada comida. Me parece que estoy desarrollando una úlcera por culpa de toda esa realimentación. Acabo de cenar, *tortellini* con queso. Una pesadilla. Hace mucho tiempo me encantaban los *tortellini* con queso. Y después, de postre, tarta de chocolate.

Terapia de exposición. Exposición repetida a una situación, un objeto o un recuerdo que provocan miedo, empleada para tratar el trastorno de estrés postraumático, el trastorno por ansiedad o las fobias.

Como la fobia a la comida.

El objetivo de la exposición es conseguir la habituación. Pues no siento que esté habituándome. Llevo aquí casi dos semanas y las comidas solo han ido a peor.

Pero estoy demasiado cansada para contarle todo esto a Matthias. Así que le respondo:

Ha ido bien.

Estoy mintiendo a Matthias, estoy siendo muy desagradable con Matthias, cuyo único error es quererme. Matthias, quien esta noche podría estar en cualquier parte, con cualquiera, pero está aquí conmigo.

Ojalá no vinieras aquí todas las noches. Preferiría que hicieras algo divertido.

¿Cómo qué?

¡No sé! Ir al cine, ver una comedia.

Pero ¿las palomitas de quién me acabaré si tú no vienes conmigo?

Y las paredes se desmoronan sobre mi cabeza.

No puedo parar de llorar. Matthias solo me abraza. Ya no tengo fuerzas para seguir mostrándome fría. Le cuento lo de Valerie, con voz ahogada cuando le explico los detalles, cuando pronuncio su nombre.

Se lo cuento todo, sollozando sobre su camisa. La carta de su padre, su brazo, los pantalones manchados, la ambulancia de la noche anterior. Cuando levanto la vista, veo que él ya no sonríe. Me da un beso y esta vez sí se lo devuelvo.

Nos separamos. Es difícil saber si las lágrimas son suyas o mías. Todavía cogidos de la mano, porque necesitamos contacto físico, nos tumbamos juntos en la cama.

Por fin habla:

Lo siento mucho, Anna. ¿Valerie es la chica que te escribió la carta la primera noche?

Sí, y ayer fui testigo de cómo la sacaban de aquí en una camilla y se la llevaban. Y hoy el mundo ha seguido su curso, ininterrumpida e imperturbablemente. Ahora estoy viendo a Matthias pasar otra noche aquí por mí.

Lo siento mucho. Lo siento mucho,

me disculpo llorando. No puedo decirlo suficientes veces.

¿Y por qué lo sientes?

Por la anorexia. Porque tú tengas que estar aquí. Por interrumpir nuestra vida.

Yo lo siento por la anorexia y también porque tú tengas que estar aquí. Pero Anna, esta es nuestra vida.

Pero ¡tú no has elegido esto!

Esta no puede ser la vida que él quería el día de nuestra boda.

Oye, oye…

Me rodea con un brazo. Echaba de menos ese peso. Echo de menos ese peso.

Yo elegí estar aquí. Elegí esto y a ti, a nosotros. Todavía lo elijo. La pregunta es: ¿y tú?

Claro que sí. Asiento con energía y vuelvo la cara hacia la hendidura de su torso.

Esto es muy duro.

Lo sé.

Es muy duro para ti también. Algún día me dejarás porque ya no podrás soportarlo. Y lo entenderé.

Matthias se aparta y me mira fijamente con la cara muy seria:

No digas eso. Eso no va a pasar.

Duele demasiado saber que sí. Cuando algún día se canse de arroparme con su abrigo y de pedirle al camarero que *solo haga las verduras al vapor, por favor*. Y de pasar las noches de los viernes aquí.

Yo no estoy cansada. Estoy exhausta de cargar con el peso de esta enfermedad. Los dos lo estamos. Algún día Matthias se irá porque ya no podrá seguir cargando conmigo, y además no debería.

No deberías venir todas las noches. Mañana vete a algún sitio a pasártelo bien, por favor.

No me digas lo que tengo que hacer. Además, ¿adónde voy a ir? ¿Qué voy a hacer sin ti un sábado por la noche?

Matthias, no es sano.

Aparece la supervisora de Atención Directa. Son las nueve en punto.

Dos minutos,

le pide.

Por favor.

La supervisora de Atención Directa es humana. Nos mira a la cara a los dos y, para nuestra sorpresa, dice:

¿Sabes? Empezaremos la recena sin ti. Baja cuando estés lista, Anna. Nadie te dirá nada.

Y la puerta se cierra.

No me lo puedo creer y Matthias tampoco. De repente los dos nos sentimos muy cohibidos. Él habla primero:

¿Sabes lo que es poco sano, Anna? Estar sin ti.

Nosotros nunca nos engañábamos el uno al otro; siempre teníamos las emociones muy a flor de piel. Me da un mordisco, muy delicado, en la piel que cubre la clavícula.

Te quiero. Te deseo. ¿Y tú?

Sí.

Hacemos el amor en la habitación Van Gogh y, en ese breve tiempo y en esa cama estrecha, somos Matthias y Anna otra vez y no existe nada más.

Matthias se viste y me besa una última vez. Hace mucho tiempo que no lo hace así. Me promete volver mañana y abre la puerta del dormitorio. Le oigo bajar la escalera y le hago mentalmente mis propias promesas. Después los fantasmas que estaban escondidos fuera, en el pasillo, vuelven a ocupar la habitación Van Gogh.

Tarde, mucho más tarde, pienso en el duelo y en el suicidio. Entiendo a Valerie. Sé por qué se alejó de su padre, al que amaba demasiado para decepcionarlo. Pero yo no tengo tanto valor como ella; no puedo apartar a Matthias. Lo amo demasiado. Aun así, espero también quererlo lo suficiente para poder dejarlo ir si él decide abandonarme (o, más bien, cuando lo decida).

Y si alguna vez lo hace (o, más bien, cuando lo haga) espero que se vaya con alguien bueno. Una chica que lo haga feliz y a la que le gusten las montañas rusas y el helado.

58

Sábado por la mañana y la supervisora de Atención Directa anuncia que la que quiera ir de excursión tendrá que estar preparada y en la puerta nada más terminar el almuerzo.

Esta será la primera de las excursiones bimensuales a la que voy. La participación es opcional, así que algunas chicas eligen quedarse. Por ejemplo, Julia, que pone los ojos en blanco:

¿Manicura? ¿Una salida terapéutica? Estarán de broma...

Sarah, naturalmente, viene. También otras dos chicas. Y Emm, que responde a Julia:

A mí me viene bien cualquier excusa para salir de aquí.

Pienso lo mismo. Y hoy especialmente; desde que se llevaron a Valerie el ambiente se nota tenso y cargado de aprensión.

No estoy de humor para una manicura, pero la propia trivialidad de esa excursión es como una bocanada de aire tras haber estado mucho tiempo retenida bajo el agua.

Además, ha salido el sol, así que a las diez y media en punto la supervisora de Atención Directa y cinco de nosotras salimos por la puerta.

El trayecto solo nos lleva diez minutos en la furgoneta, la misma que me llevó a la iglesia. Allí, sentada en el asiento de atrás con Sarah y otra chica, pienso en que casi ha pasado una semana desde el último domingo.

Aparcamiento. Motor apagado. Bajamos y entramos en el salón de manicura. Una mujer demasiado amable nos invita a escoger un esmalte de uñas cada una. Me acerco a la pared, donde hay un estante tras otro con todos los colores del arcoíris. Me recuerdan a las luces de la ambulancia que bailaban en mi techo y mis paredes.

¡Vamos a hacer algo divertido!,

sugiere la supervisora de Atención Directa para aligerar el funesto ambiente.

¡Escogeremos para cada una de vosotras un color con un nombre que os pegue!

Eso sí suena divertido.

Señorita Emm, ¡usted será la primera!

Después de mucha deliberación, el grupo asigna a Emm: *Turquesa y Caicos.*

¡Para nuestra intrépida directora de crucero!

Además, reparo, pega con el color de su sudadera.

A Sarah le toca, obviamente, *Protagonista.* A mí me eligen *Una aventura a la francesa.* Después es el turno de Chloe. Ella acaba con un tono que se llama *Travesura de frutas del bosque.* La supervisora de Atención Directa elige *Chicas de fiesta* para ella y *Siempre deliciosa* para la última chica, que se echa a reír. Sufre trastorno por atracón, pero por lo que se ve tiene el sentido del humor intacto.

Elegidos los colores, las manicuras se ponen manos a la obra. Nos masajean las manos y nos aplican crema. Y nos liman, nos pintan y nos secan las uñas, como a todas las mujeres que hay en este salón.

Está repleto. Lo típico de un fin de semana, pienso mientras miro a mi alrededor. La mayor parte de las clientas tienen entre veintitantos y treinta y tantos años. Como nosotras. De hecho, podríamos pasar desapercibidas. Bueno, algunas estamos demasiado delgadas. Pero si no, podríamos ser un grupo de amigas que van a hacerse las uñas un sábado por la mañana.

No obstante, la supervisora de Atención Directa y sus vistazos periódicos al reloj son un claro recordatorio de que no lo somos; está preguntándose si volveremos a tiempo para comer. De repente tengo celos de las otras mujeres que, cuando se les seque el esmalte, se irán a los restaurantes de aquí cerca, a comer algo que no estará medido, etiquetado y envuelto en film plástico.

Esto es solo un paréntesis de normalidad, un respiro en la programación que cuelga del tablón de la sala comunitaria del centro de tratamiento. Todas sabemos que, cuando se nos seque el esmalte, ninguna volverá a su casa. La efervescencia se disipará y nos apretujaremos en la furgoneta. Sin llaves, sin carteras, sin teléfonos y sin elección, nos volverán a llevar a Swann Street.

Las ventanillas de la furgoneta están cerradas y el aire aquí dentro se nota cargado por el olor de las respiraciones, los esmaltes de uñas y el miedo. No quiero volver allí. Al asiento vacío de Valerie, a la comida, a los tres platos y el reloj inexorable y, después de comer, a la terapia de grupo.

A pesar de lo que siento, la furgoneta aparca delante de la casa. Estamos de vuelta otra vez, por mucho que no queramos. Pregunto a la supervisora de Atención Directa si puedo quedarme fuera, solo un ratito, como hice con Sarah la semana pasada. Lo autoriza, pero me advierte:

No salgas de la zona de césped y entra cuando oigas que te llamo. La comida estará lista muy pronto.

Las chicas y ella entran en la casa y me dejan sola.

Se me escapa un sollozo cuando suelto el aire, y empiezo a respirar entrecortadamente. Me llevo las manos a la boca para amortiguar cualquier sonido. Me veo de refilón las uñas pintadas. En parte parezco una de esas mujeres que se hace la manicura los sábados, ¿verdad? Una que tiene una vida en la que puede comer e ir a donde quiera, estar en cualquier parte menos allí.

Me siento en el banco, exhausta. La puerta se abre a mi espalda. No me molesto en darme la vuelta. Julia se sienta a mi lado.

Estalla un globo de chicle.

¿Y qué color te han puesto a ti?

Le enseño las uñas. Ahora, en el contexto de este lugar, me parecen ridículas.

Julia suelta un silbido de admiración que las dos sabemos que es sarcástico:

Muy llamativo. Muy de... señora.

Dos cosas que no soy, con mi pelo recogido en un moño y mis muchas capas de ropa. Francamente, debo reconocer que no pasaría desapercibida entre las mujeres que estaban en el salón.

Julia masca en silencio. Nos quedamos mirando los coches del aparcamiento.

*No iría a un sitio de esos ni muerta. Pero seguro que
ha estado bien salir un rato de aquí.*

Sí,

respondo,

*lo que pasa es que después volver resulta más difícil.
Sí. Es una crueldad. Por eso no voy. Bueno, por eso
y porque no me va lo de las uñas. Pero, en serio, si
alguna vez salgo de aquí, Anna, créeme cuando te
digo que no volveré.*

Lo dice en serio.

¿Y adónde irías?,

pregunto, aunque la verdad es que me dirijo más a mí
que a Julia, y ambas lo sabemos.

No tengo ni idea.

Se encoge de hombros.

*A cualquier parte, no importa. No puede ser peor que
donde estoy ahora. Ni siquiera sé quién soy ahora.*

Yo tampoco. Me llamo Anna, tengo veintiséis años y
soy anoréxica. No lo he sido siempre; antes quería cosas
y hacía cosas. Ahora no sé cuánto queda de mí.

Julia interrumpe mis pensamientos:

¿Adónde irías tú si no estuvieras aquí?

Me miro las uñas y, sin darme cuenta, respondo:

A la cafetería que hay junto al salón de manicura.

Julia ríe. Yo también, sorprendida por mi respuesta.

Eres una verdadera rebelde,

replica.

*¿Y qué harías en esa cafetería, si no te importa que te
lo pregunte?*

No sé.

Tomar un café y leer,

supongo, y mirar a la gente que me rodea.

Habría niños en los columpios y padres en los bancos. Jubilados leyendo periódicos. Perros con sus dueños rehidratándose en la sombra. Y, claro, señoras con las uñas pintadas cotilleando y bebiendo limonada.

Julia se traga el chicle y rebusca en los bolsillos de sus pantalones sueltos. Saca dos caramelos cuadrados de un rosa intenso y me ofrece uno.

¿A mí?

Niego con la cabeza educadamente. Nada de caramelos para la chica con anorexia, *gracias*.

Enarca una ceja y se mete uno en la boca. Yo estoy muy lejos de esa cafetería.

Deja el otro caramelo en el banco, entre las dos, por si cambio de idea. Lo miro; hace tiempo me lo habría comido sin pensármelo. Y lo habría disfrutado, me lo habría tragado y lo habría olvidado al instante. Pero eso fue hace mucho tiempo.

Entonces pienso en las señoras del salón de manicura, ahora probablemente tomándose sus limonadas. Ellas se comerían el caramelo y darían las gracias. Inspiro hondo. Experimento:

Cojo el caramelo y le quito el papel de colores.

Gracias, Julia...

Y me lo meto en la boca antes de repensármelo.

Está delicioso. Es pegajoso y blando, y el azúcar se funde sobre mi lengua. Tengo caramelo pegado a los dientes. Mastico concienzudamente, respiro. Mi ansiedad está creciendo hasta niveles de ataque al corazón y oigo gritos en mis oídos y...

Y se acabó. Sigo aquí, y Julia está a mi lado, sonriendo.

Me da un codazo suave, travieso:

¡Fíjate qué rebelde eres!

Lo soy, y no me lo puedo creer.

Necesito un momento para recuperar el aliento antes de devolverle la sonrisa.

¿Te dejan tener caramelos, Julia?

Me guiña un ojo. Las dos sonreímos. Qué rebeldes somos.

Y de repente se oye la voz de la supervisora de Atención Directa:

¡Chicas! ¡A comer!

Julia se levanta de un salto.

¡Gracias a Dios! ¡Me muero de hambre!

La sigo, si bien más despacio, todavía procesando el caramelo y la culpa. Y cierto grado de sorpresa, tengo que admitir: me he comido un caramelo. Lo he hecho.

Aún tengo el papel en la mano. Lo doblo y me lo guardo en el bolsillo. Acto seguido pido permiso a la supervisora de Atención Directa para lavarme las manos antes de comer.

59

El lunes tuvo un comienzo brutal. Ya a las siete y cuarto de la mañana todos los músculos de su cuerpo protestaron cuando empezó a hacer estiramientos en el suelo, para calentar, en el rincón junto al cajón de la resina. Le encantaba ese olor a coníferas.

Y el del talco. Ambos le recordaban a casa. Le resultaban familiares desde que tenía seis años. Llevaba bailando desde que tenía seis años. Anna era bailarina de ballet. «Soy bailarina», se recordó.

Sin embargo, ese día no se sentía bailarina. Tenía el estómago hinchado, notaba una especie de nudo, y ni siquiera el olor del pegajoso pino ni el del talco para bebés conseguían deshacerlo. Se arrepentía del trozo de pan y la copa de vino que la noche anterior, durante la cena, había tomado con la ensalada. Y de la trufa de chocolate… Philippe había fruncido el ceño cuando ella fue incapaz de resistirse.

No había dormido bien ni suficiente, pero eso no era excusa en ningún caso. Los ejercicios de barra empezarían en quince minutos y el ensayo a las ocho en punto. Quería un papel de solista. *Philippe había dicho que tenía alguna oportunidad. Y ella lo creyó.*

Tú pon todo tu empeño en ello y pierde un poco de peso.

Poner todo su empeño en ello... Lo había hecho.

Bonjour tout le monde! *Venid aquí todas, por favor.*

Monsieur *tenía la lista en sus manos. Anna se notó las suyas frías y húmedas. Ahora sentía calambres en el estómago.*

Antes de que empecemos con la barra, voy a terminar con el suspense. Sé que no podréis pensar en otra cosa si no lo hago.

Alors, les solistes: *Gaëlle, Daphné y Gabrielle para el* pas de trois. *Angela y Michelle, el* pas de deux *y un solo cada una. En cuanto a las demás, espero que seáis un cuerpo de bullet impecable y os deseo más suerte el año que viene.* Et maintenant, pliés!

Empezó la música, con las teclas del piano reproduciendo las notas que ya nos sabíamos de memoria. Plié, plié. *Anna sentía náuseas, pero su cuerpo debía seguir el ritmo. Lo hizo, porque ella lo obligó. Como lo había hecho durante los últimos meses ensayando, ensayando, esforzándose más y más. Ni una queja. Comer menos, estirar más, con los ojos puestos en la recompensa: la lista.*

Estaría en ella el próximo año. Solo tenía que ensayar un poco más.

Cambré en avant, cambré en arrière. Relevé, passé, demi-tour. *Y, otra vez,* plié, plié. *Anna quería echarse a llorar. Pero no lo hizo.*

Passé, demi-tour. Plié.

Notó los brazos cansados. ¿Ya? ¡Si el día no había he-

cho más que empezar! Ocho horas más y, después, las chicas serían muy crueles en los vestuarios.

Y Philippe sería cruel esa noche también. Ella ya sabía lo que él le diría. Mencionaría la trufa y el pan. Eso si lo veía esa noche. Si él tenía tiempo; últimamente estaba muy ocupado.

Le dolía el estómago.

Se acabó el pan y el chocolate, se dijo con dureza. Y fuera el desayuno; no podía digerirlo. Guardaría el plátano para después, tal vez para la hora de comer. Pensó en el futuro, en los brazos que le dolían, en Philippe.

Pero no tenía tiempo para eso, tenía que bailar.

Allez, on enchaine! Deuxième exercice.

60

¿Sabe algo de Valerie?,
pregunto desde el sofá.

La terapeuta no me responde. Las dos sabemos que no puede.

No necesito los detalles, solo una señal de que está viva, quiero decirle. Y me gustaría enviarle una carta y el libro de Rilke, que ya he terminado.

Valerie y yo no tuvimos oportunidad de hablar del poema que le pasé. Empezaba:

Crece como un incendio tras las cosas;

que sus sombras, tendidas, me cubran siempre entero. Me lo sé de memoria:

Déjalo ocurrir todo: hermosura y espanto.
Solo hay que andar. Ningún sentido es el que está
*   más lejos.*

Nuestra amistad se ha interrumpido demasiado pronto,

muy poco después de empezar. Era una casi amistad. Ya casi la conocía. Me vienen a la mente las palabras de Julia:

Es patético, lo sé, pero somos demasiadas para ponerme a llorar por todas.

Sé que aquí todas tenemos nuestra tragedia... Pero Valerie era mi amiga. O casi.

Es muy considerado por tu parte preocuparte por Valerie, Anna,

empieza a decir Katherine con cautela. Ya no me gusta la palabra «considerado».

Pero, Anna, mientras estés aquí tu prioridad debe ser tu recuperación. Me gustaría que te concentraras en eso. ¿Podrás hacerlo?

No es muy buen comienzo para esta sesión, tampoco para este lunes. Es mi tercer lunes aquí, pienso. Y no me siento más cerca de la recuperación. Con más peso sí. *Más gorda,* diría mi cerebro. Pero no se ha producido ningún cambio radical al respecto.

Dos semanas, y la novedad de las comidas y la terapia, por desconcertantes que resultaran al principio, ya ha pasado. La planificación semanal se ha convertido en una rutina. No así la ansiedad y la tristeza.

Katherine aguarda una señal de que la he escuchado y voy a hacerle caso. Pero como no me gusta que me digan lo que tengo que hacer, no respondo.

Lo intenta otra vez:

¿Por qué no me cuentas cómo ha ido tu fin de semana?

No, gracias. En vez de eso digo:

¿Alguien se lo ha dicho ya a su padre? Se suponía que la visitaría.

Y sigo con el poema de Rilke en mi cabeza:

No te dejes separarte de mí.

Anna,
me advierte la terapeuta,
  estamos aquí para hablar de ti.
  Pero yo no tengo nada que decir.
  Imposible.
Más bien, no tengo nada que decirle a ella.

No quiero decirle que el viernes me acosté con Matthias, por primera vez en meses. Que me dolió pero que, por primera vez en mucho tiempo, tenía ganas de hacerlo. No quería decirle que envidié a todas las mujeres que estaban en el salón de manicura cuando fui a hacerme las uñas por la pura normalidad de sus vidas y por tener un objetivo en la vida cuando yo no lo tengo.

  ¿Estás cansada de hablar?

Exhausta, quiero contestarle, y harta de estar aquí. Estoy perdiendo la poca convicción que tenía al llegar.

  Llevo comiendo y hablando dos semanas,
respondo.

Y si me rindo ahora, podría desaparecer como Valerie, en mitad de la noche en una ambulancia.

  ¿Qué sentido tiene?,
pregunto. Katherine responde:

  ¿Mejorar? Dímelo tú, Anna.

  ¿No hay nada que quieras hacer cuando estés fuera
  de aquí?

La verdad es que no. No puedo bailar. No puedo volver a París. Ya no queda nada allí para mí. Mi padre y mi hermana tienen sus vidas y pueden seguir perfectamente con ellas sin mí. Aquí ya no tendré el trabajo del supermercado, lo más seguro, aunque tampoco es que sea una gran pérdida, excepto por el dinero y las horas que me ocupaba. Así que no tengo objetivos profesionales.

Matthias tampoco me necesita, ni siquiera en el sentido más inmediato y más físico. Me quiere, lo sé, y yo a él, pero ese no es suficiente objetivo para mí.

¿No hay nada que desees?,

vuelve a preguntarme la terapeuta.

Sé que no se dará por vencida, así que suelto lo primero que se me pasa por la cabeza:

El sábado Julia me preguntó adónde iría si pudiera salir de aquí.

Visiblemente aliviada de que por fin haya contestado algo, cualquier cosa, Katherine pregunta:

¿Y qué le dijiste?

Que iría a una cafetería, me tomaría algo y leería.

Me quedo pensando. Y tras unos segundos:

Qué triste. No tengo objetivos.

Pues ponte alguno.

Estoy demasiado cansada para responderle. Aun así, Katherine insiste:

¿Puedes, al menos, imaginarte qué harías en un mundo sin anorexia?

En un mundo sin anorexia… No me atrevo ni a soñarlo. Pero ¿y si me lo imaginara, solo en mi mente?

En un mundo sin anorexia, volvería a tomar clases de ballet.

Encontraría un trabajo que me gustara de verdad, tal vez enseñaría a bailar a niños pequeños.

Leería. Poesía. Leería más poesía. ¿Y si estudiara poesía?

Llamaría a mi padre, a mi hermana y a los amigos que perdí por culpa de mi silencio.

Iría a casa y tendría sexo con Matthias. Una y otra vez.

Querría a Matthias. Tendría una familia con Matthias.

Pero todo eso se queda en mi cabeza.

Por suerte, alguien llama a la puerta justo en ese momento. Se ha acabado nuestro tiempo por hoy. La supervisora de Atención Directa está aquí con la siguiente cita de Katherine. Dejo libre el sofá gris.

61

Las 7.46. Matthias llega tarde. Matthias nunca llega tarde. Más irritada que preocupada, vuelvo la cabeza hacia la derecha todo lo que el cuello me permite para ver más de Swann Street a través de la ventana.

Por fin aparece el coche azul. Matthias pone el intermitente y entra. En los segundos siguientes, aparca, cierra el coche y camina hacia el porche mientras me debato entre correr hacia la puerta antes de que llame o quedarme donde estoy. Me quedo donde estoy.

Suena el timbre y todas corean:

¡Anna! ¡Es Matthias!

Lo sé, y me acerco despacio. Es mi forma cruel y dolida de castigarlo; yo también puedo llegar tarde.

Abro la puerta principal y le doy un beso de autómata. Parece agotado. Aun así, me sonríe.

No le devuelvo la sonrisa.

¿Mucho tráfico en la autopista?,

pregunto.

No, la verdad es que he tenido un día muy largo en el trabajo. Perdona, Anna, no he podido salir antes.
No pasa nada,

respondo. Los dos sabemos que sí pasa, pero las otras chicas están escuchando, así que subimos a la habitación Van Gogh. Se deja caer en la cama.

Cierro la puerta y me quedo ahí, sin moverme.

Has puesto los zapatos en mi cama, Matthias.

Se los quita distraídamente.

Lo siento, Anna. Ven a tumbarte conmigo.

Pero no me apetece.

Podrías haber llamado,

digo, aunque lo que realmente quiero decir es: *¡Solo tenemos noventa minutos para estar juntos! ¿Cómo has podido llegar tarde?*

¡Ya te he dicho que lo siento!,

contesta en tono irritado.

Es que en el último minuto Lesley me llamó a su despacho para una reunión. No podía negarme.

Lesley. Su nombre cae sobre mí como una ducha fría.

¿Y quién es Lesley?

¡Mi supervisora, Anna! Ya sabes quién es Lesley. ¿Por qué seguimos hablando de esto?

No lo sé. Ya ha dicho que lo siente; ha salido un poco tarde de una reunión. Entonces ¿por qué quiero echarme a llorar? ¿Por qué estoy desperdiciando más minutos de nuestro precioso tiempo peleándome con él?

Porque estoy celosa de que Lesley esté con Matthias. De que ella pase todo el día con él, cuando yo solo dispongo de noventa minutos que compartir en un espacio reducido y estéril. Porque estoy aterrorizada de que un día llegue mucho más tarde, no solo quince minutos.

Se me forma un nudo en la garganta. Se me llenan los ojos de lágrimas. Pero entonces…

¡Qué idiota soy! Está aquí, ¿no? ¡Ha venido! Viene todas las noches. Corro hacia la cama y me tumbo a su lado con el brazo sobre su pecho.

Suspira, cansado, y me atrae hacia él.

Lo siento. Me he puesto celosa de Lesley.

Tonta. ¿Cómo has podido pensar...? Ni siquiera sé qué has pensado. Te quiero, ¿acaso no lo sabes?

Oculto el rostro en el hueco de su cuello. Sí, lo sé.

Es que estoy cansada.

Suspira otra vez:

Yo también estoy cansado.

No dice: *De esto.* Yo tampoco.

62

Martes, otra vez. Seguimos sin saber nada de Valerie y, para empeorar las cosas, oigo a la supervisora de Atención Directa trasteando en la cocina:

¡Chicas! ¡El desayuno está servido!

Los lunes, los jueves y los domingos tenemos cereales en el 17 de Swann Street. Son los desayunos fáciles. Yo tomo Frosties o Cheerios; los primeros cuando puedo con mi anorexia, los segundos cuando ella puede conmigo. Los viernes son pasables: yogur y muesli azucarado. Para mí de vainilla invariablemente. Los miércoles y los sábados son más complicados: avena con frutos secos; llena mucho. Pero puedo tragarlo, sin azúcar y con almendras y con la ayuda de un poco de canela y sal. Pero los martes… Temo las ocho de la mañana de los martes. Ni siquiera el café me ayuda. Los martes en el 17 de Swann Street tenemos *bagels* y queso crema para desayunar.

Ya dejé claro mi primer día que no me gustaban los *bagels* con queso. Y he reiterado esa opinión durante las semanas siguientes. A la nutricionista, a la terapeuta, a Matthias y a la supervisora de Atención Directa les he dicho que podría comerme una tostada en vez del *bagel*. Con un poco de requesón, si es necesario, pero no esa comida tan densa y poco saludable. No me gustaba la textura ni el sabor. Lo he dicho con vehemencia y tan alto que casi me lo he creído hasta yo.

Casi. La realidad es que, en el fondo de mi mente, donde sé que nadie puede oírme, considero que esa combinación, en un solo bocado, de la capa de queso cremoso untada con un cuchillo de mantequilla con movimientos iguales y regulares y ese *bagel* caliente, tostado, que por dentro todavía está blandito, con un poquito de sal y después, con ese sabor todavía en la lengua, un sorbo del café amargo es algo delicioso.

Era tan pecaminoso que me da miedo. Debe de ser inmoral. Aquel primer martes el inocente *bagel* estuvo a punto de hacerme llorar. Pero solo era medio *bagel* y solo fue mi segundo día. Mi cerebro todavía no se había acostumbrado al programa y la persona que quiere agradar a todos que llevo dentro quería agradar. Así que permití que la persona que quiere agradar se lo comiera y cuando terminé recuerdo que me di una palmadita en la espalda pensando: *Hecho.*

Pero llegó el martes otra vez, y ahora otra, y el plan de comidas ha doblado mis raciones. Además, ahora que empiezo mi tercera semana aquí, voy perdiendo las ganas de agradar. De hecho, casi han desaparecido, agotadas por esas seis comidas al día. Y esta mañana, con espejo o sin él, he tenido que pelearme con la cremallera para entrar en los vaqueros, a pesar de que tenía el estómago metido, y he tenido la certeza de que estoy ganando peso.

El desayuno está servido. Me siento a regañadientes y

258

miro el plato, triste. Veo grasa y carbohidratos: un *bagel* entero ¡y casi la mitad de la tarrina de queso crema!

Nadie puede comer tanto queso crema, pienso. ¡Nadie *debería* comer tanto! ¿Y cómo lo untaré todo en el *bagel*? ¿Cómo voy a tragarme esto?

¿Puedo ponerme un poco de sal, por favor?

No, Anna.

Entonces ¿puedo recalentar el bagel?

¿Y que el queso crema se funda en el plato y así no tengas que comértelo? Buen intento.

Solo necesito algo, cualquier cosa, que me lo haga más fácil de tragar. Pero la supervisora de Atención Directa ha de vigilar a otras seis chicas con sus platos.

No puedes pasarte del tiempo establecido ni un minuto, Anna.

No puedo comerme esto. ¡No puedo comerme esto!, grita mi cerebro en pleno ataque de pánico. He luchado demasiado, he pasado hambre demasiado tiempo, he corrido demasiado por pura fuerza de voluntad para verme aquí. *Yo elijo lo que meter o no en mi cuerpo*, protesta mi cerebro, aunque sabe que no es verdad.

Sabe que tengo dos opciones en este punto: desayuno o suplemento líquido.

Unas cuantas respiraciones profundas. Una mirada nerviosa al reloj. Intento calmar mis pensamientos, que van a mil por hora.

Tengo que permanecer serena. A mi alrededor, de forma casi insultante, la vida sigue. Julia y Sarah ya han acabado su comida y van por su segunda taza de café. Emm está diligentemente concentrada en su *bagel* y en los crucigramas. Las otras chicas guardan silencio; una de ellas llora, pero todas están masticando. Debo empezar a masticar. Estoy petrificada. ¿Cómo empiezo a masticar?

¿Puedo cortar el bagel *por la mitad, al menos?*
Claro, Anna.

Así que lo hago, y unto un poco de queso en una mitad y me obligo a dar el primer bocado. Respiraciones lentas y conscientes. La situación me resulta tan dolorosa que estoy a punto de echarme a reír. Aquí estoy, a punto de desmoronarme por un *bagel* con queso crema.

Quiero recitar el poema de *maman* en mi cabeza, pero el miedo me agobia hasta el punto de que no puedo recordar el primer verso, tampoco su cara. Ni recuerdo haber estado así de asustada nunca. Necesito toda mi concentración para dar el segundo mordisco, tragarlo y dar el tercero. Consigo comerme la primera mitad sin atreverme a parar, a pensar, a levantar la vista.

Dos bocados más y todavía me queda la segunda mitad. Y un tercio del queso crema. Mi corazón está a punto de pararse. Los gritos de mi cerebro van a dejarme sorda. *No puedo más*, pienso. *No puedo.* Ya he hecho mi parte. No puedo dar otro bocado. Siento la culpa como si me sumergieran a la fuerza en agua helada; no puedo respirar, tengo el estómago hecho un nudo.

Dos minutos para terminar la comida.

Anna, has de terminar tu plato.

Podría comerme los dos últimos bocados de *bagel*, pero el queso… No puedo.

Una mirada furtiva a la supervisora de Atención Directa, que ahora mira hacia otro lado. No me reconozco en lo que estoy haciendo: escondo el queso en la servilleta.

Espero que llegue el apocalipsis. Pero no llega. Parece

que nadie lo ha notado. La conversación continúa. En el reloj que hay sobre mi cabeza pasan los dos últimos minutos. El desayuno ha acabado. Recogemos nuestros platos. Y tiro la servilleta en lo más profundo del cubo. Después de la destrucción de pruebas, pido ir al cuarto de baño. Minutos más tarde, me encierro dentro.

Me atrevo a sonreír a mi imagen en el espejo: se acabó el desayuno. He sobrevivido.

Demasiado pronto. Alguien llama suavemente a la puerta. Me sumerjo en el agua helada otra vez.

Anna, cuando hayas terminado, me gustaría hablar contigo.

Me tomo mi tiempo para cepillarme los dientes y trenzarme el pelo. Incluso miro hacia fuera, el magnolio. Después me lavo las manos, echo un último vistazo al exterior y reparo en que el cielo es de un azul radiante. *Un tiempo perfecto para el paseo,* pienso. Paseo que probablemente no podré dar.

Abro la puerta. La supervisora de Atención Directa está fuera y evita el contacto visual conmigo.

¿Por qué no hablamos en tu cuarto?,

pregunta, porque quiere ahorrarme una escena.

Vamos arriba. Cuando estamos en mi habitación me enseña la servilleta llena de queso. No recuerdo haberme sentido nunca tan humillada y avergonzada. Admito que es mía.

Tenemos una política sobre robar o tirar comida,

me explica, incómoda. Parece tan consternada como yo. No, no tan consternada, no exactamente.

Conozco la política. Conozco las normas de la casa; mi castigo es una comida líquida completa. Un batido nauseabundamente denso que contiene el equivalente calórico del desayuno. Y otro punto negativo en mi historial. Y nada de paseo matinal.

Las calorías. Las calorías.

Podría morirme aquí mismo solo de pensar en las calorías que hay en ese suplemento líquido. Nunca he sentido nada más agobiante que este miedo que me llena el estómago, la habitación… y además está la vergüenza.

¿Cuándo me he convertido en una mentirosa y una tramposa? ¿Qué va a pensar Matthias de mí? ¿Qué dirá cuando se entere de que su mujer esconde el queso en una servilleta como una ladrona?

¿Qué diría mi madre? ¿Y mi padre? ¿Mis hermanos, que una vez me admiraron? ¿Qué pensará *papa* cuando no lo llame, como siempre, durante el paseo matinal?

Siento que algo empieza a bullir en mi interior, pero la supervisora de Atención Directa sigue aquí. No voy a llorar ni a discutir con ella. Asumiré la responsabilidad de lo que he hecho.

Regresa con un vaso grande de una crema densa y beis. Me ha traído una pajita, qué considerada. Cojo el suplemento sin decir nada y me lo bebo sin protestar, entero.

Cuando vacío el vaso, se lo devuelvo. Ella tiene la decencia de no soltarme el sermón. Se levanta y se va de la habitación diciendo:

Puedes bajar cuando estés lista.

Quiero morirme. Pero lo que hago es quedarme sentada muy quieta. El tiempo se detiene en el dormitorio también. Me quedo ahí mucho rato, pero sigue siendo martes por la mañana cuando bajo. Las chicas aguardan delante de la puerta para dar su paseo con las gafas de sol, los teléfonos y las zapatillas de deporte. Todas saben lo que ha pasado, pero no dicen nada. Les estoy agradecida. Se van.

No hay nadie en la sala comunitaria, pero necesito un lugar donde esconderme. Y en esta casa del 17 de Swann Street esos lugares son intencionadamente escasos. Los dormitorios están prohibidos durante el día y los cuartos de baño permanecen cerrados. Hay una sala de lavandería, la habitación más fría de la casa. Voy allí, me aovillo y lloro.

Lloro más de lo que he llorado nunca. Más de lo que lloré cuando murieron Camil y *maman*. Más de lo que lloré por Philippe. Qué triste, el poder que tiene un poco de queso.

Allí, acurrucada en el suelo detrás de las secadoras, entro en una caída libre desde la cuerda floja que no tiene fin. Cuando alzo la mirada veo la primera dieta que hice y a la preciosa mujer de Philippe. Veo el escenario de madera de esa noche, que se eleva para estrellarse contra mi rodilla. Veo la cama vacía de mi hermano. A mi madre cerrando con el pestillo la puerta del cuarto de baño. Veo los vuelos transatlánticos y dos platos para la cena que se quedan fríos en un apartamento solitario.

Veo la vida que quería con Matthias, el bebé que quería tener con él. Todos los planes y los sueños que salieron mal. Todas las decisiones que me han arrebatado de las manos.

Veo el despertador puesto a las cinco y media cada mañana después de las largas noches en las que tenía demasiado frío para dormir. Veo los turnos de trabajo de catorce horas y los treinta minutos de correr, que se fueron alargando gradualmente. Los números de la báscula bajando. Los grupos de alimentos que van desapareciendo con los kilos, junto con mis amigos, mis ambiciones y mi personalidad. Veo lo que ha quedado: mis manzanas, mis palomitas, mis cuarenta kilos.

Me veo el primer día aquí, tan atrapada físicamente como me sentía. Me veo pidiendo permiso para ir al baño, para salir al porche. Veo la comida que me ponen delante y que no he escogido, que no me gusta y que no quiero. Y la sonda de alimentación amarilla que te meten por la nariz si no obedeces.

Veo todas y cada una de las seis comidas diarias y todas las sesiones, individuales y de grupo. Después veo el queso crema y el suplemento nutricional. Pero no le veo sentido.

Mi caída termina con un golpe silencioso contra ese suelo. Me deja sin respiración y sin emociones. Los diminutos vasos sanguíneos de mis ojos revientan. Ya no quiero llorar más, no quiero intentarlo más. Estoy muy cansada. No puedo levantarme.

Tampoco tengo nada por lo que levantarme, ni ningún sitio adonde ir ni nada que ser. Así que me quedo detrás de las secadoras, en el suelo, hasta que las chicas vuelven del paseo.

Emm me encuentra.

Estás aquí... La supervisora de Atención Directa nos llama para el almuerzo.

No respondo ni me levanto, así que me levanta Emm.

Escúchame, Anna: has tenido un tropiezo. Esas cosas suceden. Tú no eres así. Esa voz en tu cabeza es la que te obligó a hacerlo, pero esa no eres tú. Es la anorexia. Puede parecerte que eres tú, pero no lo eres.

Me agarra del brazo con fuerza y tira de mí hasta la gran mesa de madera, en la que ya está puesto el almuerzo y a la que la mayoría de las chicas están sentadas.

Solo necesitas reconocer la diferencia entre tus pensamientos y tu enfermedad. Puedes hacerlo. Inténtalo otra vez,

me anima Emm.

Inténtalo otra vez. Miro fijamente a Emm, que no me ve porque ya se dirige hacia su sitio, enfrente de mí. No necesito consejos ni ánimos, ni de ella ni de nadie. No necesito una nutricionista, ni una terapeuta, ni un psiquiatra ni una supervisora de Atención Directa. Y, por encima de todo, no necesito empatía expresada con cabezas ladeadas condescendientemente.

No he estado tan furiosa nunca antes en mi vida. Algo en mí explota en silencio.

63

Actualización de contingencia – 7 de junio de 2016

Peso: 42 kilos
IMC: 15,8

La paciente ha intentado ocultar parte de su desayuno en una servilleta, pero ha sido descubierta. El equivalente calórico de su comida se le administró en forma de suplemento líquido. Después se le negó el permiso para dar el paseo matinal.

A la paciente se le han ofrecido en repetidas ocasiones sesiones con la terapeuta, la nutricionista y el psiquiatra, pero las ha rechazado en todos los casos.

A las 10.00 de la mañana la paciente se negó a comer el almuerzo y también el batido con el suplemento nutricional. A las 12.30 la paciente se negó a tomar la comida o el suplemento nutricional líquido. Se le advirtió en varias ocasiones de las implicaciones que esos rechazos tendrían. A las 3.00 de la tarde rechazó la merienda y el suplemento nutricional líquido. Se le ha colocado una sonda de alimentación nasogástrica, como estipulan las normas del manual del paciente.

La paciente lleva desaparecida desde las 4.00 de la tarde del 7 de junio de 2016. Hay un equipo de búsqueda intentando localizarla.

Se le ha notificado a su cónyuge.

64

Se conocían desde hacía menos de dos meses. Un jueves especialmente gris y deprimente de febrero los dos estaban escondidos debajo de las mantas, intentando calentarse, con los pies helados de ella entre los de él.

Huyamos de aquí,
sugirió ella.

¿Adónde quieres ir?

A algún sitio con sol y calor. Sé que no podemos permitírnoslo.

¿Y quién dice que no, princesse? *¿Qué tal Niza?*

Él se las ingenió para conseguir dos billetes de avión y una pensioncita familiar junto al mar. Nadie iba a Niza en temporada baja, por eso incluso consiguieron... ¡una habitación con vistas! Ese fin de semana nevó en París, pero Anna paseó un vestido verde claro por la promenade des Anglais. *Matthias, una camisa azul. Llegaron hasta el final del paseo antes de que cayeran las primeras gotas de lluvia.*

En solo unos minutos estaban empapados.

¡Matthias, allí! ¡En ese bar!

Unas patatas fritas, socca y el vino de la casa les hicieron entrar en calor. Era tinto y dulce y, para cuando lo terminaron, los dos estaban un poco achispados y había dejado de llover. Regresaron a la pensión paseando y bailando. Pasaron por delante sin verla, porque estaban besándose, hasta que chocaron contra una farola. Rieron y, sin dejar de besarse, volvieron sobre sus pasos.

65

No sé cuándo o cómo he salido del porche, he cruzado el césped y me he ido. He dejado atrás las otras casas, cuyos dueños están fuera finalizando el día tranquilamente. No me he detenido para preguntarme qué pensarán de mí, con mi sonda amarilla saliendo por mi nariz y pegada a mi mejilla y el otro extremo suelto, colgando por detrás de mi oreja. Tampoco es que me importe.

No sé qué hora es en este momento, pero el cielo está quedándose sin luz. El aire es cálido y huele intensamente a magnolias. Me pica el esparadrapo de la mejilla. No llevo reloj. Ni cartera ni teléfono. Lo he dejado todo en el 17 de Swann Street, pero me da igual. Me voy a casa.

Me voy a casa con Matthias, a mi vida con él, la de antes de esto. Le prometeré que voy a comer y a ponerme mejor, y lo haré muy en serio. Comeré.

No vas a tener que preocuparte por mí.

Tiraré mis zapatillas de correr.

Comeré, ya lo verás.

Yogur, y pan, y postres de chocolate, y helado, y patatas fritas y aliño de ensalada.

Estaré bien.

Los dos estaremos bien, y esta noche dormiremos juntos en la misma cama. Y por la mañana...

Me quedo sin aliento y sin mentiras. El corazón me late cada vez más aprisa. Como si quisiera adelantarlo a él y a la realidad, que empieza a ganar terreno, camino más rápido, alejándome cada vez más de la casa. ¿Por dónde se va a Furstenberg Street? ¿Cuánto tengo que caminar para llegar hasta allí? ¿Qué dirá Matthias?

¿Qué hará Matthias? ¿Qué haremos los dos cuando asimilemos lo que he hecho? ¿Qué haremos por la mañana cuando nos levantemos y Matthias tenga que ir a trabajar?

Si me lleva otra vez allí, lo odiaré por hacerlo. Si no lo hace, se odiará a sí mismo. Y yo me suicidaré, poco a poco, inexorablemente, saltándome todas las comidas de una en una.

Noto la respiración entrecortada. Pero echo a correr de todas formas. Espero que mis pulmones aguanten, aunque tampoco voy a darles otra alternativa.

Odio la casa del 17 de Swann Street. La entrada donde aparca Matthias. Odio el porche y su espalda cuando se va. Odio pensar en él alejándose en el coche. Odio nuestro apartamento vacío del 45 de Furstenberg Street. Y odio mis cenas envueltas en film plástico, las suyas congeladas, mi habitación Van Gogh, nuestra cama vacía. Quiero huir con él...

Pero no tenemos ningún sitio adonde ir.

Me siento en la acera un minuto. Durante un minuto me permito soñar. Sueño con Matthias y huyo a París, otra vez a nuestra habitación que parecía un armario. En mi mente es por la mañana; café y pan. Él toca la guitarra sentado en el suelo. Yo lo miro y lo distraigo dándole besos. Nos vestimos y vamos a pasear. Al mercado, donde compramos flores y moras. De regreso en nuestra habitación, las olvidamos. Nos pasamos todo el día haciendo el amor.

Después se termina mi minuto.

66

La supervisora de Atención Directa me encuentra. Por supuesto. Tampoco es que me haya molestado en esconderme. Y devuelve al número 17 a una chica perdida, con la cara demacrada y una sonda de alimentación.

El coche de Matthias está aparcado delante de la entrada. Él está de pie en el porche. Su cara dice que ya le han comunicado lo que ha pasado. Sus ojos dicen que no lo entiende.

No puedo mirarlo. Tengo un nudo inmenso en la garganta. Me duele el estómago. Bilis y vergüenza. Lo veo mirar la sonda de alimentación que tengo pegada a la cara. No me acerco para darle un beso; la sonda nos estorbaría.

La supervisora de Atención Directa nos mira a los dos. Su expresión es triste, no enfadada. Dice que va a entrar y que nosotros podemos hablar en la Habitación 5.

Pero yo no soy capaz de entrar; no hay aire ahí dentro. Pregunto si puedo quedarme fuera. Ella duda, pero accede, diciendo:

Pero no salgas del porche, por favor.

Reina el silencio hasta que cierra la puerta. Matthias señala las sillas de mimbre. Prefiero sentarme en el suelo. Él se sienta a mi lado y espera.

No tengo nada que decir. Así que Matthias da el primer paso:

¿Qué ha pasado?

No ha pasado nada. He reventado.

Ya sabes lo que ha pasado.

Anna, habla conmigo, por favor. Ayúdame a entenderlo. ¿Por qué?

¿Por qué escondí la comida? ¿Por qué dejé de comer? ¿Por qué hui? Suelto una carcajada amarga ante la ridícula respuesta para todas esas preguntas:

Por el bagel con queso.

Matthias me mira como si estuviera loca. Seguramente tiene razón. Lo veo intentando encontrar las palabras y aclararse con pensamientos distorsionados y sufro:

¿Quieres decir…? ¿Es que te pusieron demasiado?

¿Era demasiado grande la ración?

No era más grande que la del día anterior. No tenía más calorías que el yogur con muesli azucarado, la avena con frutos secos, los Frosties o los Cheerios.

Matthias intenta traducir mi silencio en algo que él pueda asimilar.

¿Ha sido el sabor? Sé que odias los bagels *con queso crema…*

No los odio.

Está perdido:

Pero si me has dicho que…

Mentía. No odio los bagels *con queso crema. Me encantan los* bagels *con queso crema. La textura y el*

274

sabor son tan increíbles que podría estar días y días comiendo únicamente eso.

Mi voz va elevándose conforme mi angustia aumenta al ver la creciente confusión de Matthias. ¿Cómo es posible que él no lo intuya? ¿Cómo es posible que no lo entienda? ¿Cómo puedo explicarle cómo funciona mi retorcido cerebro?

Matthias, ¡podría estar días y días comiendo únicamente eso! ¡Podría comer eso todos esos días y no parar! Estaba bien antes de venir aquí porque se me había olvidado el sabor de los bagels *con queso crema. ¡Y Dios…! ¡Me he esforzado tanto por olvidarlo…! ¡Años he necesitado! ¡Era muy disciplinada! ¡Lo hacía muy bien! Pero hoy lo he recordado. ¡Y han volado por los aires todas las cosas por las que he trabajado tanto!*

Me oigo. La voz de una extranjera aguda, histérica.

¡Me gustan los bagels *con queso crema!*

Estoy temblando.

Matthias, ¿y si empiezo a comer otra vez y no paro nunca?

Sin embargo, su voz es casi un susurro, la de un extraño. Lo intenta:

Anna, eso no es posible. Miremos la situación racionalmente…

Me echo a llorar.

Rompo a llorar cuando por fin me doy cuenta de que aquí es donde acaba la historia: *Anna, eso no es posible.* Ojalá Matthias tuviera razón, quiero que tenga razón, pero no lo veo posible ni le creo.

Intenta razonar conmigo, me grita, llora, lucha con la

anorexia que tengo en mi mente. No ve, tampoco cree, que vaya a librarme de ella algún día.

Ha pasado una hora de discusiones y llantos. Ahora los dos estamos callados, exhaustos. Miro al hombre que amo, que me ama más de lo que merezco. Que está sufriendo por amarme.

Ya no queda nada que decir, excepto:

Matthias, vete, por favor.

Él no lo entiende. Se lo digo otra vez:

Matthias, vete, por favor.

Se aparta de mí y suspira profundamente mientras mira más allá del porche. Después levanta las manos con las palmas hacia arriba y concede:

Vale, Anna, lo que tú digas. Terminaremos esta conversación mañana.

Se pone de pie.

No.

Se queda parado.

No... ¿qué?

No vengas mañana.

La expresión de su cara. Se queda todo un minuto petrificado y luego exclama:

No puedes decirlo en serio, Anna.

Ojalá no fuera así, Matthias. Pero ahora lo veo, ahí delante de mí, horrible: el futuro.

Matthias no se irá nunca. No por su propia voluntad. Me quiere demasiado. Volverá noche tras noche, hasta que venza a la anorexia. Pero yo no la venceré, porque no puedo. No puedo vencer a la anorexia. No venceré, y lo quiero demasiado para verlo atrapado en un futuro conmigo.

Digo esas horribles palabras por tercera vez:

Matthias, vete, por favor.

No puedo comer queso crema con *bagels*. Matthias, vete, por favor.

No puedo comer los crepes que hago y que te encantan. Matthias, vete, por favor.

No puedo comer si estoy triste o sola. No puedo comer en un restaurante. No puedo tener el bebé que deseamos. Matthias, ¿por qué sigues aquí todavía?

¿Por qué sigues aquí todavía?

No me iré, Anna. ¿Adónde iría? No hay Matthias sin Matthias y Anna.

Pero es que ya no hay Anna.

67

Mi sonda de alimentación nasogástrica es del mismo color amarillo que los limones de Capri. Entra por la nariz, baja por el esófago y termina en el interior de mi estómago. La nutrición puede pasar por ese tubo mediante una larga inyección o gradualmente, gracias a una bomba, durante un período que va de ocho a veinticuatro horas.

O, en el caso de la recena, en diez minutos justos.

El procedimiento es quirúrgicamente rápido y solitario. Lo realizan en el puesto de enfermería. Las otras chicas no pueden verlo desde la otra habitación, pero yo oigo sus conversaciones.

Pido que me dejen ir al cuarto de baño. El humillante tintineo de las llaves. Tal vez es por la sonda, o no, da igual, pero me cuesta respirar y me ahogo con las lágrimas. Cierro, echo el pestillo de la puerta del cuarto de baño y me dejo caer al suelo. Por fin sola, lloro.

Matthias se ha ido.

Matthias se ha ido. Lo he echado. Sé que he hecho lo correcto. Al menos ahora, mientras caigo al vacío, sé que no arrastraré a nadie conmigo.

Dejo la luz del cuarto de baño apagada. Me quedo en el suelo durante horas. O minutos... o un segundo, no lo sé. Nadie llama a la puerta para que salga.

Por fin me levanto, enciendo la luz y voy a abrir el grifo. Pero me sobresalto: mi reflejo en el espejo. Me veo vieja, enferma y horrorosa. Doy miedo. Apago la luz otra vez.

Pero ahora, en la oscuridad de nuevo, no puedo dejar de ver mi cara, mi cuerpo y la sonda de alimentación. Me veo gorda. Me siento gorda. Anorexia: ahí está.

Disecciono todas las partes de mi cuerpo que se intuyen en el espejo a oscuras. Tengo los pechos demasiado pequeños en relación con el resto de mi cuerpo y las piernas demasiado cortas. El trasero sobresale más de lo que debería. Los muslos podrían y deberían estar más delgados. Podría tener la espalda más recta y los hombros más marcados. Y el vientre más plano.

Incluso tengo distorsionada la visión. *Adelgazamiento macular*; hasta los músculos de los ojos pueden perder peso, detectar menos detalles, menos luz, enviar menos dopamina al cerebro. Y la vida se desenfoca en medio de la neblina.

Odio lo que veo, incluso lo que intuyo forzando los ojos en esta oscuridad autoimpuesta. Las formas están borrosas y alteradas, las sombras parecen más largas de lo que son. Pero la sonda de alimentación me mira fijamente y Matthias se ha ido.

68

Salgo del cuarto de baño y subo la escalera hasta la habitación Van Gogh. No me molesto en encender la luz. Me voy directa a la cama.

Está oscuro, en silencio y no hace frío; aquí, bajo las mantas, podría estar en cualquier parte. Finjo que estoy en casa y que Matthias estará a mi lado cuando me despierte.

La anorexia nerviosa está incuestionablemente relacionada con otros trastornos anímicos, como la depresión y la ansiedad. Algunos síntomas se solapan y coinciden.

Oigo la voz del psiquiatra en el informe que escribió sobre mí.

La paciente puede experimentar apatía o indiferencia ante el entorno.

Al día siguiente no salgo de la cama. Hoy nada de toma de las constantes ni control del peso. La supervisora de Atención Directa y la enfermera me advierten, me amenazan, pero *no, gracias*. Me quedo en la cama.

Pueden darse otros síntomas como fatiga y pérdida de apetito y de concentración.

El desayuno llega y pasa sin mí. No salgo de la cama.

Pesimismo y angustia.

Utilizan mi sonda amarilla. Les dejo. No puedo salir a dar el paseo matinal, me dicen.

No me importa. Me cubro la cabeza con las mantas y pido:

Apagad las luces cuando os vayáis y cerrad la puerta.

Estoy demasiado cansada para pasear.

Un rato después encienden la luz otra vez. Me molesta un poco. La supervisora de Atención Directa dice que mi padre me llama.

Dile que estoy en la cama.

Matthias ha llamado también.

Dile que estoy en la cama. Y apaga la luz, por favor.

Uno de cada cinco pacientes con anorexia intenta suicidarse.

Conozco la estadística. Quiero ser una de ellas, pero estoy demasiado cansada para intentarlo. Así que me quedo en la cama. No tengo ninguna razón para levantarme.

Matthias se ha ido. La supervisora de Atención Directa apaga la luz finalmente. Me duermo.

69

Alguien enciende la luz. Otra vez. ¿Por qué? ¿Cuándo?
Pasos. Pasos sonoros. Alguien está enfadado. ¿Qué día es? ¿Y qué hora?

Las cinco y media, Anna. Es la hora de tomarte las constantes y de pesarte.

Emm está en la habitación Van Gogh. Emm me aparta las mantas. Emm abre la ventana, la que nos han dicho expresamente que mantengamos cerrada.

Emm abre mi armario y busca la bata con el horrible estampado de flores, que al final encuentra. La miro con vaga curiosidad. Lanza la bata sobre la cama.

Póntela o te la pongo yo.

Ella ya lleva la suya. Habla en voz baja, pero su tono y su mirada dejan claro que está furiosa.

Tienes cinco minutos, Anna. Vístete. Te espero abajo.

Y sale. Deja la luz encendida y la puerta abierta, y me quedo mirando sin más, intentando comprender.

Necesito unos segundos para asimilar lo que ha hecho. Después decido que me da igual. Vuelvo a taparme con las mantas. La luz puede quedarse encendida y la puerta abierta. Y Emm puede quedarse esperando abajo.

Pasos otra vez, ahora más enérgicos y enfadados. Me arrancan las mantas. Emm las tira al suelo. Quiero protestar, pero no tengo energía.

Me coge del brazo y tira de mí con una fuerza sorprendente tratándose de una anoréxica. Para mi total horror, me agarra la camiseta y me la quita por la cabeza.

Un aire helado. Chillo.

Bien, veo que estás viva. Pues será mejor que me escuches.

Sostiene mi bata de flores donde no alcanzo a cogerla. Me rodeo el cuerpo con los brazos, temblando.

Matthias no vino anoche, aunque eso ya lo sabes.

¿Por qué no vino, Anna?

Porque le dije que no viniera. Tanto ella como yo lo sabemos.

Eres idiota,

afirma.

Levántate y haz que vuelva.

No puedo creer lo que está pasando. No puedo creer que Emm esté hablándome así. Estoy enfadada y tengo frío.

¡Dame mi bata!

Ni hablar, Anna.

¡Déjame en paz! ¡Vete!

¡No, ya has pasado tu día en la cama! ¡Ahora tienes que ir a que te tomen las constantes y te pesen!

Me tira la bata a la cara. Me la pongo rápidamente, cabreada. Me siento desnuda y humillada, enfadada y helada. ¡Me siento furiosa! ¡Siento algo!

¡Sal de mi habitación y no te metas en mis asuntos!

¿Quién te crees que eres?

¡Soy la chica que va a evitar que cometas el mayor error de tu vida!

Emm está temblando también y me grita y el pelo le cae alborotado sobre la cara.

¡Haz que Matthias vuelva! ¡No tienes derecho a rendirte con él! No tienes derecho, tienes que...

Se le atragantan las palabras.

Emm está llorando, y tiembla tanto de rabia que sus temblores eclipsan los míos. Emm, sin la máscara y hecha añicos su compostura. Emm está desmoronándose.

Tienes que hacer que vuelva,

dice con voz entrecortada.

Tienes que ganar esta vez. No tienes derecho a rendirte. Si no puedes, Anna, entonces ¿yo qué...?

No puedo soportar verla llorar. Nunca he visto tanto dolor.

Desnuda bajo mi horrible bata, salgo de la cama. Dudo antes de tocarla, pero después la abrazo. No me aparta.

Las dos nos quedamos ahí, dos anoréxicas con horribles batas floreadas, y las lágrimas de Emm empapan la suya y la mía. Ella llora hasta que no puede más. Después silencio. Cuando se aparta está tranquila. Su voz es firme al decirme:

Deja que te explique unas cuantas cosas, Anna.

No queda nada de la angustia que ha podido con ella hace unos minutos. Emm, la directora de crucero, ha regresado.

Comprendo lo que estás pasando. Todas lo pasamos, todas las chicas que estamos aquí. Y no, Matthias no lo entiende, pero eso no significa que no esté sufriendo.

284

Su tono desapasionado contrasta con el contenido de sus palabras.

Matthias no duerme por la noche porque está pensando en ti. Se preocupa por ti por la mañana, en el trabajo, cuando viene hacia aquí y cuando se va. Piensa en ti cuando hace frío y viento y nieva fuera. Piensa en ti durante cada comida. Piensa en ti en cada restaurante al que va, mientras busca en la carta algo que cree que tú podrías comer.

Cuanto más habla, más dolor siento en el corazón.

Tienes a alguien que se preocupa por ti. ¿Comprendes lo afortunada que eres? Todas las chicas de aquí lo ven cuando viene a visitarte todas las malditas noches y desean tener a alguien que se preocupe tanto por ellas. Y si crees que alejarlo es una forma extraña y retorcida de protegerlo, ya te digo yo que no. Él solo se preocupará más por ti. Te quiere, y estás haciéndole daño. No tienes derecho.

Lloro cubriéndome la cara con las manos. «Te quiere, estás haciéndole daño». Recuerdo que Julia me dijo que yo era de las afortunadas. «No tienes derecho.» Pienso en Valerie.

En Sarah, que echa de menos a su hijo. En Emm, que lleva aquí cuatro años.

No tienes derecho a apartarlo de ti. No tienes derecho a rendirte. Está pidiéndote que comas. ¡Pues come, maldita sea! ¡Te quiere! ¡Eres la chica con más suerte de entre todas las que estamos aquí!

Siento que los ojos van a estallarme. Miro a Emm. Y cuando hablo mi voz suena ronca:

No sé cómo hacerlo.

Con su voz profesional, responde:

Bueno, pues empieza por vestirte. Constantes vitales y peso, y después el desayuno. Y sigue desde ahí. Que te quiten ese maldito tubo de la nariz. Aguanta las comidas y el almuerzo, la merienda y la cena. Y encuentra una forma de hacer que Matthias regrese.

Me obligo a respirar más tranquila y a mirar a esta chica que está salvándome la vida.

Gracias, Emm.

No me des las gracias. Hazlo. Ahora, abajo. ¡Vamos, constantes y peso! Llegamos tarde.

Con nuestras batas de pacientes, la mía abierta por delante, bajamos juntas.

70

No me dejan tomar café y el desayuno me lo inyectan por la sonda, pero he salido de la cama, estoy vestida y abajo. Espero en la sala comunitaria mientras las otras chicas comen. A las ocho y media se levantan y se dispersan. La supervisora de Atención Directa retira los platos de la mesa del desayuno y se acerca a mí.

Tu terapeuta quiere verte a las nueve y tu equipo de tratamiento a las nueve y media.

Las otras chicas salen a dar el paseo matinal. Yo me quedo en el sofá.

La casa está en silencio hasta que se oye un coche que aparca delante de la entrada. Puertas que se abren y se cierran, y una maleta que llega rodando hasta la fachada de la casa.

No puede ser un nuevo ingreso. Hoy es lunes. La puerta principal se abre y entra la chica más enferma y más delgada que he visto en mi vida.

Lo primero que me llama la atención es su maleta; se parece mucho a la mía. Azul. Su marido preocupado, que se parece un poco a Matthias, la mete en la casa. Ella va vestida como iría yo: con muchas capas de ropa. Se la ve enferma, helada y vieja. Intento no quedarme mirando, pero su cara me deja tan paralizada como un ataque al corazón. Sus ojos, su nariz, la fina línea donde se supone que deberían estar sus labios.

¿Danielle?

La supervisora de Atención Directa estrecha la mano a los dos extraños. Espero que no esté apretando mucho la de ella. Incluso desde lejos, la frágil muñeca de Danielle parece a punto de romperse.

Sentaos, por favor. Estaré con vosotros en cuanto lle-ve a Anna con su equipo.

Danielle me alarma mucho más que todos los libros y artículos sobre la anorexia que he leído en mi vida. Más que los números de la báscula o los de los resultados de mis pruebas. Más que todas las chicas que he conocido aquí. Tal vez es por la maleta. O por su marido. O porque se parece a mí.

Tal vez es por la evidencia de que se está muriendo. Todo huesos y uñas azuladas; eso es la anorexia. Es horrible. No puedo dejar de mirarla.

Algo más está afectándome, pero no sé lo que es.

De repente me doy cuenta. Se me hielan las entrañas y tengo la sensación de que ya no hay aire de la habitación.

Anna, ¿estás preparada?

Hoy no es lunes. Los ingresos son los lunes. Pero Danielle está aquí.

Anna, ¿me has oído?

Entiendo lo que Danielle significa.

Valerie está muerta.

¡Anna!

71

La supervisora de Atención Directa me agarra del brazo y me conduce a la consulta con el sofá de ante gris. La fuerza con la que me sujeta hace que recupere parte de la sensibilidad en el cuerpo. La terapeuta ya está dentro, esperándome. No me siento.

Valerie está muerta.

Espero.

No me contradice. Necesito que lo haga. ¡Necesito que lo haga! Me invade el pánico.

¿Qué demonios estoy haciendo aquí? *Valerie está muerta.* Mis palabras resuenan terriblemente en mis oídos. ¿Cómo puede la terapeuta quedarse ahí sentada y observarme? ¿Y por qué no puedo gritar?

No puedo gritar porque no hay aire. Solo mi cara en el espejo. Y la de Valerie. Y la de Danielle. Y el pensamiento: *Todas parecemos exactamente iguales.*

La anorexia es la misma historia contada cada vez por una chica distinta. Su nombre no importa; el mío antes era Anna, pero la anorexia acabó con él. Y con mis sentimientos, mi cuerpo, mi marido y mi vida. Mi historia terminará como ha acabado la de Valerie.

Valerie está muerta y la terapeuta en silencio.

Me dejo caer en el sofá sollozando.

La terapeuta se sienta a mi lado en el sofá sin decir nada. Huelo su perfume de peonías. Se llama Katherine. Lleva vestidos de verano. Y también es humana.

Lloro durante unos minutos, o un año, y después la habitación y mis sentimientos enmudecen. Me dejo caer hacia atrás sobre el ante gris. Ya no me queda ni voz, ni lágrimas ni energía.

Katherine mira el vacío conmigo y después se yergue en su asiento.

Valerie hizo una elección,

dice.

No tener anorexia y morir. Tú también tienes esa elección.

Anorexia o Anna. Anorexia o Anna, excepto que…

Es demasiado tarde. Ya no sé cómo vivir sin anorexia. No sé quién soy sin ella.

Bueno, pues podemos descubrirlo.

Estoy demasiado cansada. Le digo que estoy demasiado cansada.

Sí, lo sé, Anna. Valerie también estaba cansada. Esta es una enfermedad agotadora. Pero has salido de la cama, ¿no? ¿Por qué?

Porque Emm me ha obligado.

¿Y por qué más?

Por Matthias. Por *papa* y Sophie. Por lo que Julia dijo de mí.

¿Por qué más?,

repite Katherine.

Porque tengo una razón: Matthias.

Asiente y se apoya en el respaldo, a mi lado.

No tengo derecho a rendirme. No es justo por Valerie. Tal vez seguiría viva si hubiera tenido a alguien como Matthias.

Pero no lo tenía y está muerta. Yo puedo seguir viva. ¿Cómo se me ocurrió decirle a Matthias que se fuera? ¿Cómo se me ocurrió meterme en la cama y no querer salir de ella?

Tengo que hacer que Matthias vuelva,

le digo a Katherine. Tengo que arreglar esto. Si no por mí, por Valerie, por Emm y por todas las chicas de esta casa, porque todas se merecen tanto como yo una posibilidad de vivir y de ser amadas. Yo no soy especial. Solo afortunada. Soy la chica con más suerte del mundo. Y la felicidad es mi elección: elijo a Matthias y a Anna. Debo traer de vuelta a Anna.

Un golpe en la puerta interrumpe mis pensamientos. Ya son las nueve y media. Entran el resto del equipo y la supervisora de Atención Directa. Todos se sientan frente a mí.

Debo hablar antes de que lo hagan ellos. No tengo ni idea de qué decir, pero las palabras salen solas, tanto para su sorpresa como para la mía.

Quiero tener una cita con Matthias.

Silencio estupefacto. Aclaro:

Una salida terapéutica para cenar.

Están contempladas en el manual del paciente.

Me miran como si estuviera loca. Yo me miro igual. Esta reunión se ha convocado porque oculté el queso, me negué a terminar las comidas, tuvieron que intubarme, me escapé, me trajeron de vuelta y me dediqué solo a dormir. No debería ir a ninguna parte que no fuera un hospital psiquiátrico de máxima seguridad. Pero no estoy loca, todavía no. Solo tengo que explicárselo a ellos.

Dejad que me explique, por favor.

Miro sus semblantes imperturbables en busca de ayuda. Katherine asiente para que continúe. Es cuanto necesito.

Fuera hay una chica con una maleta como la mía. Su marido las ha traído aquí a las dos. Ella está muriéndose. Lo veo. Nunca he visto nada con tanta claridad. Se muere, y yo no quiero morirme como ella o como Valerie.

Mis palabras no son coherentes, pero estoy haciéndolo lo mejor que puedo. Continúo:

Sé que lo he fastidiado todo. Estaba cansada y me asfixiaba, y todavía estoy cansada y me asfixio. Pero no puedo perder a Matthias y no quiero morirme. Dadme otra oportunidad, por favor.

Ninguna reacción ni respuesta. Quizá es demasiado tarde. Quiero llorar. Lo intento una última vez:

Quiero salir para tener una cita con mi marido, por favor.

Y después espero.

72

La supervisora de Atención Directa saca el grueso manual del paciente, idéntico al que me dieron el primer día, de uno de los estantes que hay sobre la mesa de Katherine. Lo abre y busca en los diferentes apartados hasta que:

«Las fases de la estancia en régimen interno en el 17 de Swann Street».

Las recuerdo. Comienza:

«Fase de estabilización: las pacientes ingresadas en esa fase pueden o no reconocer que su trastorno alimentario es un problema y pueden o no tener el deseo de recuperarse».

No. Definitivamente no.

«Durante esta fase el objetivo es su estabilización médica y su nutrición e hidratación. Debido al nivel intensivo de supervisión necesario, a las pacientes en esta fase no se las autoriza a tener pases terapéuticos, hacer salidas, participar en actividades físicas de grupo o dar los paseos diarios.»

En otras palabras: el infierno. Las chicas pocas veces llegan aquí en la fase de estabilización, y si lo hacen no se quedan mucho tiempo. Normalmente se encuentran demasiado cerca de la muerte para estar fuera de un hospital.

Perdón, pero Anna está en la fase uno,

interrumpe Katherine. La supervisora de Atención Directa responde con irritación:

Sí, ahora llego a eso.

Y por fin llega:

«Fase uno: las pacientes en esta fase todavía requieren de vigilancia médica estricta, si bien no es exhaustiva como la que precisan las pacientes que están en la fase de estabilización. Durante la fase uno el objetivo es la estabilización médica, la normalización de las conductas alimentarias, el desarrollo de recursos adaptativos de gestión de las emociones y el establecimiento de una alianza de trabajo colaborativo con el equipo de tratamiento».

«Colaborativo.» La palabra clave.

«Las pacientes en la fase uno pueden recibir un pase terapéutico por semana. En ningún caso los pases autorizarán a la paciente a comer fuera del centro...»
A menos que ella esté en la fase dos.

Miro a Katherine, sorprendida pero agradecida; está interviniendo en mi favor. Coge el manual:

¿Puedo?

La supervisora de Atención Directa se lo da. Katherine lee:

«Fase dos: en esta fase se encuentran las pacientes que han decidido que están preparadas y en disposición de trabajar para lograr su recuperación. Estas pacientes colaboran con su equipo en el desarrollo de un plan de acción para su tratamiento».

Se detiene y me mira fijamente.

«Las pacientes en esta fase deben comprometerse a explorar los problemas subyacentes que han contribuido al desarrollo de su enfermedad. También deben mostrar una sinceridad creciente y hacerse responsables de sus comportamientos...»

Hago una mueca.

«... sus impulsos y sus pensamientos. Se les permitirán dos pases por semana, que pueden incluir comidas fuera del centro.»

No lee la fase tres. Demasiado lejana, demasiado surrealista. Pero me mira y pregunta:

¿Crees que estás preparada para la fase dos?

¿He decidido que estoy preparada y en disposición de trabajar para mi recuperación? ¿Puedo ser sincera y responsable? ¿Quiero colaborar?

Bueno...

La nutricionista protesta:

Pero ¡si todavía lleva la sonda de alimentación!

Ella y yo intercambiamos miradas poco amistosas. El psiquiatra le pregunta:

¿Cómo va su peso?

La nutricionista le muestra un gráfico.

Hum...

Katherine se dirige a mí:

Anna, no has respondido mi pregunta.

No, no estoy preparada, pero desde aquí solo puedo avanzar... o acabar en un hospital.

Quiero intentarlo, tengo que hacerlo. Debo conseguir que Matthias vuelva.

No hay más preguntas. Me dicen:

Anna, ya puedes irte, gracias. La supervisora de Atención Directa te acompañará hasta la sala comunitaria. Aguarda hasta que el equipo tome una decisión.

Ni Danielle ni su marido están en la sala comunitaria cuando regreso. Concluyo que él probablemente se ha ido y que ella estará en orientación. El resto de las chicas están fuera, en el paseo matinal. Tengo un rato libre. Decido escribir a Danielle una carta de bienvenida, como la que Valerie me escribió a mí.

Breve, firmada y doblada. Me la guardo en el bolsillo para dársela cuando vuelva. «Es lo que hacemos aquí.»

Las chicas ya están de vuelta. Llega el cartero y empiezan los preparativos para el almuerzo.

No veo a Danielle por la mañana ni cuando cruzamos el césped para ir a comer. Más tarde pregunto a la supervisora de Atención Directa por ella. Dice:

Ha tenido que irse. No te preocupes: ya está estable.

73

Actualización del plan de tratamiento - 10 de junio de 2016

Peso: 40 kilos
IMC: 15,3

Resumen:
El equipo de tratamiento ha aprobado la transición de la paciente a la fase dos del tratamiento en régimen interno, a pesar de las reservas manifestadas por parte de la nutricionista que forma parte del mismo.

El equipo de tratamiento reconoce que esta transición puede parecer un poco precoz a la luz del bajo peso de la paciente, su comportamiento, su estado de ánimo y la necesidad de administrarle alimentación por intubación nasogástrica. Con todo, queremos dejar claro que esta transición es **excepcional y que se someterá a la paciente a un período de prueba**. Solo se ha aprobado con el propósito principal de permitir que la paciente pueda realizar una salida terapéutica para compartir una cena con su cónyuge.

El equipo de tratamiento tiene un grado de confianza razonable en que los beneficios de esta salida terapéutica superan los riesgos potenciales de incumplimiento o recaída en la fase dos. Que la paciente se mantenga en la fase dos depende de que cumpla con el plan de comidas asignado, participe en las actividades de tratamiento y cumpla las instrucciones del equipo.

La nutricionista determinará la fecha, la localización y el plan de comida para la salida terapéutica. La paciente seguirá llevando la sonda de alimentación nasogástrica como medida de precaución. Si la paciente no termina alguna comida o algún tentempié antes de su salida, el permiso quedará revocado inmediatamente.

El tratamiento en régimen de ingreso sigue siendo necesario.

Objetivos del tratamiento:
Completar una comida con su cónyuge sin recuperar sus comportamientos relacionados con el trastorno alimentario ni necesitar la alimentación nasogástrica.

Mejorar los síntomas de depresión que presenta la paciente y motivarla para trabajar en su recuperación.

Recuperar la nutrición normal y el peso adecuado. Si es necesario, asegurar la nutrición a través de la sonda nasogástrica.

Vigilar las constantes y los resultados de los análisis de laboratorio. Seguimiento de los niveles hormonales.

Objetivo calórico: mantener y asegurar las 2.700 calorías hasta nueva evaluación.

74

Yo tomaré la pizza margarita,
dijo Anna al camarero.
   ¡Lo sabía!,
exclamó Matthias, triunfante.
   Claro que sí. El impredecible eres tú.
Y para provocarlo, respondió con suficiencia:
   Pero no te pongas tan chulo, mon ami.
Y dirigiéndose al camarero:
   El caballero tomará la pizza tartuffo, creo. Con extra
   de champiñones y de aceite de trufa.
Matthias se echó a reír y añadió a la comanda dos co-
pas del tinto de la casa.
   Era viernes por la noche y una de sus primeras citas,
pero ya era como si la conociera desde siempre. Empezaba
a sospechar, asimismo, que se había enamorado de ella.
   ¡Estamos volviéndonos rutinarios!
se lamentó.
   ¡Aburridos!,
exclamó ella elevando la comisura de la boca con aire
travieso.

Antes de que nos demos cuenta, estaremos acabando las frases del otro.

¡Y tomando el café igual!,
añadió él.

Ah non! ¡Eso nunca!,
negó ella.

¡Tú le pones un montón de leche y de azúcar!

¡Y el tuyo está asquerosamente fuerte!

Los dos rieron. Él extendió la mano para coger la de ella por encima de la mesa y la miró. Era preciosa.

Me gusta conocer esos detalles sobre ti,
reconoció ella tímidamente.

Me gusta saber en qué lado de la cama duermes y cómo hueles por la mañana. Y cómo te gustan los huevos y cómo doblas los calcetines.

Estaba enamorado de ella.

A mí también me gusta conocer esas cosas de ti.

Llegaron el vino y las pizzas.

Oye, Matthias, dime por qué te dejas los bordes.

Llenan mucho y no sirven para nada; prefiero guardarme el espacio para más champiñones,
explicó.

Pues los bordes son mi parte favorita,
repuso ella.

¿En serio? ¡Ja! Pues puedes comerte los míos.

Él le puso el primer borde en su plato. Ella mordió un extremo y sonrió:

Merci! Pero ¿qué te doy a cambio?

Hum... Déjame pensar... ¿Aceitunas?

El camarero había puesto un cuenco pequeño de aceitunas verdes en la mesa.

C'est parfait! Odio las aceitunas. Puedes comerte las mías siempre.

Y tú puedes comerte los bordes de mis pizzas siempre.

¡Ahora sí que somos aburridos de verdad!,
dijo ella riendo.

Te quiero,
contestó él, y se inclinó sobre la mesa y la besó, con los labios manchados de pizza y todo.

75

Era una tradición: los viernes por la noche eran nuestras noches de cita, incluso después de casarnos. Cansados o no, nos arreglábamos y salíamos a lugares con carta de vinos y luces tenues. Esas salidas fueron haciéndose cada vez más esporádicas, claro, según fue reduciéndose mi repertorio de comidas. Hasta que se acabaron. Y después vine aquí.

Ahora son las 6.22 de un viernes por la noche y estamos preparándonos para cenar y Matthias no vendrá a verme, por tercera noche consecutiva. El equipo de tratamiento todavía no me ha contestado y falta una hora para que pueda recuperar mi teléfono.

El ambiente habitual de temor silencioso antes de las comidas nos acompaña en la sala comunitaria, sentimos un nudo en nuestros estómagos y nuestros cerebros. Pienso en Matthias y me pregunto qué estará haciendo ahora mismo. ¿Estará en casa? ¿Tendrá planes para cenar? ¿Con algún amigo? ¿Una chica? ¿Una cita?

Matthias ha salido para tener una cita con otra persona. Ese pensamiento por sí solo ya me duele demasiado.

Así que lo reprimo. «Haz que Matthias vuelva», me ha dicho Emm esta mañana. ¿De verdad ha sido esta misma mañana?

Pienso en nuestras citas de los viernes. Recuerdo aquella noche de la pizza; yo llevaba un vestido de encaje negro y unas perlitas en las orejas. También me había dejado el pelo suelto, algo poco habitual en mí; a Matthias le gustaba así. Él llevaba unos vaqueros azules ajustados que le quedaban estupendamente y la que aún era su camisa de rayas favorita. Se la había puesto solo para mí.

Recuerdo que estaba un poco achispada; el vino estaba bueno y también mi pizza. Recuerdo la base fina, el tomate fresco, las hojas de albahaca y los trozos fundidos de *mozzarella*. Me goteaba por los dedos y se me quedó colgando de la barbilla. A Matthias no le importó.

Pero no recuerdo el sabor de la pizza. La anorexia me ha borrado ese recuerdo. Otra cosa que tendré que recuperar, pero paso a paso.

Anna, ¿puedo hablar contigo un momento?

Y a las demás pacientes la supervisora de Atención Directa les dice:

Empezad a formar las filas para la cena, por favor.

Me lleva a un lado; eso nunca es buena señal. O tengo problemas o...

Tu equipo de tratamiento ha tomado una decisión sobre tu salida para cenar.

¿Y...?

¿Y...?

Sonríe.

Y tengo que llamar a tu marido para informarle de que tiene una cita contigo el domingo por la noche.

Podría ponerme a brincar. O abrazarla. Pero por supuesto no hago ninguna de las dos cosas. La supervisora de Atención Directa sigue hablando, muy seria:

Recuerda que estás a prueba, ¿lo entiendes, Anna? Si la salida va bien, entonces el equipo considerará la opción de dejarte en la fase dos.

Tiene que ir bien. Tiene que ir bien. He de conseguir que la cita funcione.

La nutricionista vendrá mañana por la mañana para planificar la cena contigo.

76

¿Y dónde va a ser?,
pregunta la nutricionista, directa al grano. Es sábado por la mañana. Las dos estamos en su consulta, yo sentada en el borde del mullido sofá rojo.

No parece agradarle tener que estar allí conmigo. Lo comprendo; es su día libre. Intento dejar a un lado la antipatía por ella que llevo semanas alimentando.

Voy a ser civilizada.

En un restaurante italiano,
anuncio. Y después añado:

Por favor.

¿Y qué vas a pedir?,
pregunta.

Una pizza margarita,
dice la chica que una vez fui, antes de que me dé tiempo a impedírselo.

Dos porciones completas, por lo menos,
es su veredicto,

y la ensalada de la casa con aliño también.

No aparta los ojos del reloj. Yo solo pienso en el premio. Esta difícil reunión ha terminado.

77

Matthias aparca en el 17 de Swann Street a las seis de la tarde en punto del domingo. No lo veo desde aquel horrible martes. El corazón me late como loco.

Me he puesto mi vestido azul marino y bailarinas blancas, y me he dejado el pelo suelto. Mi atuendo contrasta con la sonda de alimentación amarilla, pero estoy demasiado nerviosa para que me importe. Matthias apaga el motor, pero deja la radio encendida. Sale impecable del coche con una camisa blanca, unos pantalones beis y las gafas de sol.

No distingo la expresión de su rostro. El sol me da en los ojos. Espero, nerviosa, junto a la puerta. Llega a la casa.

Durante dos segundos completos nos quedamos mirándonos. Su semblante es serio, extraño. *Sigue enfadado conmigo*. El alma se me cae a los pies. Tiene todo el derecho a estarlo.

Hola,

saludo.

Hola.

Educado.

Mis ojos le suplican en silencio.

¡Y entonces sonríe! Una sonrisa tímida y avergonzada. Salgo corriendo por el porche directa a sus brazos. Me besa. Paramos. Le devuelvo el beso, una y otra vez, llorando.

Lo siento,

digo mientras intento compensarlo por los días de besos que nos hemos perdido.

Su olor, su pelo. Lo he echado de menos.

Te he echado de menos,

contesta, y me besa de nuevo.

Y después, de repente:

Vayámonos de aquí.

Sí.

Puertas cerradas, ventanillas bajadas, la música alta y huimos inmediatamente en nuestro coche azul. Mi mano no se aparta de la suya, sobre el cambio de marchas.

Los dos, solos los dos otra vez, permanecemos callados. Ya habrá tiempo, más tarde, para hablar. Ahora el sol me calienta las mejillas y la nariz y la música es suave, y además ya hemos resumido cómo han sido nuestros cinco últimos días:

Te he echado de menos.

Esta vez lo digo yo.

Llegamos, Matthias y Anna. La Anna con la que se casó, espero. La chica a la que años atrás llevó a una pizzería en una cita, un viernes por la noche.

Estoy asustada. La anorexia nos ha seguido y el tubo que tengo pegado a la cara no me deja olvidarlo. No hay vuelta atrás; entramos en el restaurante. Es muy bonito.

Julia me lo ha recomendado, y la mesa está junto a la ventana.

Nos acompañan hasta ella. *Señor, señora, la carta*, y al oír eso me asalta el miedo. Miro hacia la mesa que tengo a mi derecha; una pareja entrada en años con dos pizzas enormes con mucho queso. Y dos copas de vino.

Me centro en mi respiración. Matthias mira la carta. Me doy cuenta de que siempre lo hace, aunque invariablemente pide lo mismo.

Esa acción me resulta familiar, es el Matthias que conozco, sentado delante de mí. Suelto el aire. La Anna con la que se casó; debo tenerla presente. Nuestra camarera llega.

¿Qué van a tomar?

Dos copas de vino de la casa, tinto, por supuesto. Después Matthias y ella me miran:

Las damas primero.

Sé lo que debería pedir, lo que Anna siempre pide, y cómo debería ir esta cita. Cuanto antes salga del 17 de Swann Street, mejor, pero:

Si tomo la pizza marinara...,

empiezo. Y una vocecita en mi cabeza continúa: ... *entonces podría comer más pan.* Me encanta el pan y no me gusta mucho la mozzarella, de todos modos.

Ese no era el plan,

objeta Matthias, inquieto.

La nutricionista ha dicho...

Lo atravieso con la mirada, furiosa porque la nutricionista y él hayan hablado a mis espaldas.

Sé lo que hago. Haz el favor de no comportarte como un policía conmigo. Ya me vigilan bastante allí.

En cuanto las palabras salen de mi boca me arrepiento de haberlas dicho.

Matthias deja de mirarme y se centra en la carta otra vez. Oigo sus pensamientos silenciosos más altos incluso que los gritos en mi cabeza:

Nada ha cambiado.

Tiene razón.

La camarera no aparta la vista de su bloc. Quiero defenderme, explicarle a ella y a él lo de la sonda, el queso... Me late el corazón tan fuerte que estoy segura de que todos los que hay alrededor pueden oírlo.

¡Una pizza marinara no es anorexia!, replica la vocecilla de mi cabeza. No estoy enferma; soy una chica en una cita a la que no le gusta la *mozzarella*.

Entonces lo oigo: mi propia mentira. Dos voces en mi cabeza: la de la anorexia y la mía. En el fondo, sé cuál es la que está pidiendo la pizza marinara.

Veo que las últimas cuatro semanas se desvanecen en forma de un humo pálido y etéreo, Valerie y las otras chicas pálidas y etéreas con sus batas. Mi bata en la habitación Van Gogh. Mi marido delante de mí. Veo los años de noches de viernes con él que he perdido porque no podía comer.

Olvídelo,

digo a la camarera. Y ordeno a la anorexia que se calle.

Me apetece empezar con la ensalada de la casa, por favor. Y después una pizza margarita.

Ella lo anota, ajena a sus implicaciones.

¿Y qué tomará usted, señor?

Me como la ensalada. Y el aliño y el queso. Y después me como la pizza. Una porción, dos. Tranquilamente la corto en trocitos con el cuchillo y el tenedor y la mastico mientras lucho con mi cerebro en cada bocado. De vez en cuando me paro para dar un sorbo de vino, miro a Matthias, nos miro a nosotros.

Termino, dejo los cubiertos y la valentía sobre la mesa y empiezo a llorar.

Todavía sin mirarme, Matthias acaba su última porción. Él se ha comido toda su pizza, con el extra de champiñones y de aceite de trufa, y ha dejado los bordes a un lado, porque...

> *Matthias se come las aceitunas, que a Anna no le gustan, y Anna siempre se come los bordes de sus pizzas.*

Matthias y Anna se cogían las manos por encima de la mesa y hablaban con los labios, los ojos y los pies. Anna y Matthias vaciaban botellas de vino juntos, compartían cucuruchos de helado y patatas fritas. Anna le pelaba las naranjas a Matthias porque él no sabía hacerlo. Él se comía las aceitunas, que a ella no le gustaban, y siempre le daba los bordes de sus pizzas.

Extiendo la mano sobre la mesa y le toco la suya.

> *¿Puedo comerme uno de los bordes de tu pizza?*

Durante un segundo no levanta la vista. No mueve la mano. He llegado demasiado tarde.

Entonces me da uno de los bordes y me mira. También está llorando.

Habla.

Sobre la culpa. La que siente por mí, por *papa* y Sophie, incluso por *maman* y Camil.

> *Cuando nos casamos, le prometí a tu padre que cuidaría de ti. Cuando vinimos aquí, te prometí que no estarías sola.*

Siento haber trabajado hasta tarde. Siento que hayas tenido que comer tantas veces sola. Siento no haber dicho nada antes y no haber insistido más.

Aquel momento en el aeropuerto la Navidad pasada, Anna... La expresión de la cara de tu padre. Te amaba demasiado para darme cuenta de lo que estaba pasando. No, no quería darme cuenta, lo reconozco.

Miro a ese chico, ese hombre que me ama, que se casó conmigo sin saber lo que era la anorexia. Ese chico que, a pesar de todo, sigue amándome y sigue sentado delante de mí.

No puedo quererte y dejar que pidas la pizza sin queso. No puedo quererte y dejar que sigas matándote.

Yo también le hablo de culpa, la que siento por él.

Por no ser la mujer con la que se casó, por no ser lo que él esperaba. Por la cama vacía de nuestro apartamento, por esta cita y las otras que he destrozado. Y sobre todo, lo peor de todo...

Por no estar embarazada. Te mereces ser padre.

Se me forma un nudo en la garganta.

Dejamos de hablar.

Matthias y Anna. ¿Adónde habían ido Matthias y Anna? Nos cogemos la mano hasta que los encontramos. Después nos cogemos la mano mientras nos besamos con los labios llenos de queso y sal y pedimos la cuenta.

Mientras Matthias está en el aseo lavándose las manos vuelve la amable camarera. Me mira nerviosa:

Espero que disculpe mi atrevimiento, pero quiero que sepa que entiendo por lo que está pasando.

He debido de oír mal. No he visto a esta chica antes de hoy. Parece una joven que disfruta de las pizzas y de la vida. Tranquila, cómoda en su piel. No podíamos ser más diferentes. ¿Cómo va a entenderlo? ¿Qué es lo que entiende?

¿El 17 de Swann Street? Estuve allí el año pasado.

Estoy demasiado desconcertada para hablar. Ella cambia el peso de un pie a otro, incómoda, y continúa:

Ahora he recuperado mucho peso y probablemente le parezco su peor pesadilla, pero estoy feliz y estoy viva. Y no renunciaría a eso, ni a los kilos, por nada.

Limpia unas cuantas migas de la mesa, supongo que para tener las manos ocupadas en algo.

Solo quería decirle que sé que le parece imposible y que quiere morirse. Pero todo mejora, se lo aseguro.

Y añade apresuradamente:

Disculpe que la haya molestado. Buena suerte.

Y se va.

Matthias regresa, paga la cuenta y deja una propina generosa. El servicio ha sido excelente. Volvemos en el coche al atardecer, con mi mano sobre la suya, sobre la palanca de cambios. En la entrada me besa las manos y los labios. Yo lo beso por toda la cara. Le digo que deberíamos ir a comer pizza otra vez pronto. Y después otra y otra vez.

Y me digo a mí misma que quizá algún día yo la disfrute también.

¿A las siete y media mañana por la noche?,
pregunto.

Siete y media. Aquí estaré.

Y traeré de vuelta a Anna también, prometo a Matthias mentalmente.

Me despido del coche que se aleja desde el porche, pensando en todas las chicas que han vivido aquí. Las chicas que de verdad entienden el hambre, el frío y los latidos efímeros. Las Valerie y Danielle, pero también las que ahora son camareras, contables, astronautas. Que van al cine y a los parques temáticos, que tienen bebés y toman pasteles y limonadas los domingos por la tarde.

Esas extrañas que ya no viven aquí, esas chicas que ya no son tan invisibles, que cuidan de aquellas que siguen estando demasiado pálidas, todavía en riesgo de desvanecerse.

78

La luz de la habitación de Julia está encendida. Paso por delante de camino hacia la mía.

Llevo puesto el pijama, el gris, y voy al piso de abajo para que me den permiso para ir al cuarto de baño. Con el permiso concedido, me lavo la cara y me quito el sabor de la pizza de la boca. Ojalá pudiera hacer lo mismo con la culpa que siento en la cabeza y en el estómago. Arriba de nuevo, me siento en la cama, esperando que disminuya.

Se oye la música de Julia a través de la pared que compartimos. Me pregunto si estará bien. Salgo de la cama. Quiero darle las gracias por recomendarme el restaurante.

Tengo que llamar varias veces a la puerta de la Habitación 4 para que la música se detenga y Julia salga. Tiene los ojos inyectados en sangre, por haber llorado, quizá. No está bien.

Sin embargo, parece contenta de verme:

¡Hola! Ya has vuelto. ¿Qué tal la pizza?

Deliciosa. Gracias por la recomendación.

Un placer. Hacen la mejor pizza de la ciudad. Solía trabajar allí, así que lo sé de buena tinta.

Me guiña un ojo.

¿Os han dado la mesa de la ventana?

Sí.

Se le ilumina la cara.

¡Genial! Es la zona de Megan. ¿Estaba trabajando hoy?

Así que la camarera se llama Megan. La dulce exanoréxica que lo entendía todo.

Ha sido muy buena camarera,

confirmo a Julia.

Me ha dicho que estuvo ingresada aquí.

Julia sabe que tengo más que decir, así que aguarda. Busco las palabras adecuadas:

La cena... no ha sido fácil.

No. Segundo intento:

La cena ha sido tremendamente difícil. Todavía no he superado esto. Pero lo hice.

¡Sí, lo hiciste!

Julia choca los cinco conmigo y después, todavía sonriendo, me invita a entrar con un gesto. Nos sentamos en el suelo entre pilas de ropa sucia, libros, discos y envoltorios vacíos.

Megan lo entiende. Por eso quería que os sentarais en su zona. Supuse que lo de la pizza de esta noche te resultaría difícil.

Tuvo mucha paciencia conmigo. Me ha ayudado mucho. Muchas gracias, Julia.

Se encoge de hombros y sonríe.

Es lo que hacemos aquí.

Emm me dijo algo parecido.

Es mi turno:

¿Tú estás bien?

Julia se queda pensando un momento.

No. No lo estoy. Hace tiempo que no lo estoy.

Le doy espacio y tiempo para hablar, o no, lo que ella quiera.

Megan es la razón por la que vine aquí, en realidad.

¿Sí? ¿Y eso?

Ríe entre dientes.

Bueno, como trabajábamos en la pizzería en los mismos turnos, pronto descubrimos que vivíamos los extremos opuestos del mismo problema.

¿La comida?

Las dos desearíamos que fuera así de fácil de resumir.

Cuando tienes quince años y te encanta la pizza, comes pizza para cenar cinco veces a la semana. Cuando te vas de casa de tus padres y estás es una residencia universitaria llena de gente, empiezas a tomarla también para desayunar. La pizza, amiga mía, es una cura estupenda para todo, desde la resaca hasta el mal de amores. La pizza es mano de santo para calmar esos calambres que aparecen en tu estómago y en tu mente a las dos de la madrugada y hacer que entren en un letargo caliente, salado y pringoso.

Hace una pausa, seguramente para imaginarse la pizza.

Y después llega el momento de algo dulce.

Me siento identificada con la angustia y las ganas de comer algo reconfortante. Yo también he pasado un tiempo torturándome delante de las hileras de patatas fritas, galletas y helado en los pasillos del supermercado. La diferencia entre Julia y yo es que yo no puedo comérmelos. La sensación reconfortante temporal en mi mente no anula el nudo nauseabundo y culpable que se me forma en el estómago después. Le pregunto:

¿Qué era lo que te provocaba ansiedad?

Oh, nada en particular al principio, luego todo y después nada otra vez. La incertidumbre, supongo. La injusticia. ¿El aburrimiento tal vez? Pizza, helado, batidos, patatas fritas… Son unos amigos en los que se puede confiar.

Como el hambre, en cierta forma. Como ha dicho Julia, es el otro extremo de este triste espectro en el que estamos. No podemos controlar la vida, el amor, el futuro, el pasado, pero podemos elegir qué meternos, o no, en la boca.

La universidad es dura,

asegura. Estoy de acuerdo. Es como mudarse a otra ciudad.

Aunque no lo era al principio,

comenta.

Estaba en el equipo mixto de baloncesto. Mis compañeros de equipo y el entrenador eran una familia con la que sudaba, me duchaba y me daba atracones. Llevaba ropa de deporte todo el tiempo y entrenaba mucho. Nunca me preocupé por lo que comía. Siempre estaba relajada, conmigo misma y con los chicos.

Y añade como si no tuviera mayor importancia:

Hasta que uno de ellos me violó, y esa misma noche descubrí que podía darme un atracón y después vomitar.

No hay nada que decir. Le pongo la mano en la rodilla. Me granjeo una de las sonrisas de Julia.

No te preocupes por mí. No pasa nada. Estoy bien.

Sí que pasa, y no está bien. Las dos lo sabemos, pero no quiero interrumpirla.

La comida reconfortante me calmaba, pero lo de vomitar fue una revelación. Solucionó muchos de mis problemas, Anna. Me libraba de los sentimientos, era como estar constantemente dándole al botón de reinicio. ¿Lo has hecho alguna vez?

Sí. Muchas anoréxicas lo hacen en ese momento inicial de inanición en el que el cuerpo se rebela contra el cerebro y se vuelve loco por los carbohidratos, el azúcar y la grasa. Pan, frutos rojos, patatas, lechuga, una cebolla cruda o los pepinillos que hay en la nevera. Chocolate, galletas, tarta, sobras de comida de la basura.

Y después el tsunami de culpa, paralizante. La carrera hasta la taza del váter. Dedos dentro, comida fuera. Dedos dentro otra vez. La velocidad es fundamental, antes de que el cuerpo pueda absorber los nutrientes y las calorías.

Sí, pero muy pocas veces. Solo cuando pierdo el control. El vómito es el castigo.

Interesante. Para mí es una adicción. Esa total ausencia de energía y sentimientos, tirada en el suelo del cuarto de baño. Podría pasarme ahí todo el día… Y llegué a hacerlo. Llegué a pasarme el día entero, todos los días, muchos días seguidos.

Lo dice de tal forma que parece de lo más normal.

Ocupaba todo mi tiempo. Dejé el equipo y la universidad; estaba demasiado atareada desayunando dos o tres veces y saqueando el supermercado. También estaba agotada y sin aliento a todas horas. Perdí la voz, tenía callos en los dedos, una úlcera. Las palpitaciones también eran una mierda, pero el mayor problema era el dinero.

318

Sonrisa amarga. Y sonrisa triste en los ojos cuando bromea:

La bulimia es un hábito caro. Robé dinero a mi madre y provoqué que despidiera a la mujer de la limpieza. Rebuscaba en los contenedores que había detrás de las panaderías. Abría cajas de cereales y paquetes de galletas en la tienda y me los comía allí mismo.

Deja de mirarme en busca de señales de que la juzgo. No ha encontrado ninguna en mi cara (cómo podría yo…), así que continúa:

*Después conseguí el trabajo en la pizzería y no pude creerme la suerte que tenía: ¡Comida gratis! ¡**Pizza** gratis! ¡Cantidades infinitas de la que la gente se dejaba en los platos! ¡Sí!*

Sonríe.

Y allí estaba Megan. Nos hicimos muy buenas amigas. Ella hacía comandas equivocadas a propósito para que yo pudiera comerme las pizzas que devolvían y, a cambio, yo le hacía los turnos de limpieza para poder zamparme las sobras.

Hace una pausa. El pensamiento que se le pasa por la cabeza en ese momento no parece muy divertido.

Un día Megan tuvo convulsiones en el trabajo. No me enteré… porque estaba ocupada vomitando en el aseo de atrás.

Una semana después me despidieron: por lo que se ve, hay una fina línea entre hacer inventario y diezmarlo.

Se ríe de su broma y luego se mira las uñas. Parece muy concentrada en ellas.

*Megan estuvo en el 17 Swann Street un tiempo, pero
no vine a verla. Ahora yo estoy dentro y ella está fuera.
¿Qué te trajo aquí al final?*

*Una hipocalemia, lo reconozco. Una sensación horri-
ble, como un ataque al corazón.*

Al ver mi expresión confusa, explica:

*Es cuando tienes demasiado bajo el nivel de potasio
en la sangre. Un asco. Me desmayé hace unos meses.*

La frivolidad que percibo en la voz de Julia solo hace
que su historia resulte más dolorosa. Quiero consolar a
esa chica que no es tan dura como quiere aparentar, que
es amable y valiente, pero anula mis buenas intenciones
con ese humor tan suyo:

*Estoy bien, estoy bien. ¡Acabé aquí, compartiendo
una pared contigo, chica afortunada! ¿No te alegras
de vivir en la Habitación 5?*

Las dos nos reímos. Me alegro mucho.

Me levanto y me crujen los huesos. Me dirijo hacia la
puerta.

Julia me pregunta como de pasada:

¿Cómo te sientes de verdad?

Contesto en el mismo tono:

Horrible. Gorda. Culpable.

Dos sonrisas amargas.

Pero no pasa nada,

añado.

Me voy a dormir.

Dormir ayuda,

dice Julia,

*y si no puedes, recuerda que por la mañana habrá
café. Céntrate en eso.*

Es lo mismo que me dijo Emm.

79

Actualización del plan de tratamiento - 13 de junio de 2016

Peso: 41 kilos
IMC: 15,4

Resumen:
La paciente realizó una salida para cenar con su cónyuge, que se desarrolló según lo previsto, y ha estado completando su plan de comidas sin necesidad de recurrir a la sonda de alimentación nasogástrica. El equipo de tratamiento interpreta estos avances como indicadores de un cambio en la predisposición y la motivación de la paciente en cuanto a su recuperación. Consecuentemente, el equipo confirma que la paciente se encuentra en la fase dos del tratamiento.

Si la paciente continúa con sus esfuerzos para alcanzar la recuperación y cumpliendo el plan de tratamiento, el equipo no se opone a que realice más salidas terapéuticas para cenar con su cónyuge que fomenten su autonomía alimentaria.

El tratamiento en régimen interno sigue siendo necesario, pero puede procederse a la retirada de la sonda de alimentación naso-gástrica.

Objetivos del tratamiento:
Recuperar la nutrición normal y el peso adecuado.

Retirada de la sonda de alimentación nasogástrica.

Aumento de la exposición a diferentes alimentos. Fomento de las salidas terapéuticas. Control de las constantes vitales y de los resultados de los análisis clínicos. Seguimiento del nivel hormonal. Vigilancia del estado de ánimo.

Objetivo calórico: 3.000 calorías al día.

80

Lunes, y ya he perdido la cuenta de cuántos llevo. El tiempo es un concepto abstracto que parece no tener cabida en esta casa. Ya hemos acabado la cena y he recuperado las horas de visitas con Matthias. Matthias ha regresado, y suspiro de alivio cuando extiendo la mano para coger la suya tendida.

Paseamos por el jardín, rodeando la casa hasta donde me lo permite mi correa invisible. Algún día creceré, saldré de aquí e iré a donde nadie me dirá lo que tengo que comer. Ni hasta dónde puedo alejarme ni qué puedo hacer o no con mi marido. Mi marido, con su mano unida a la mía, paseando a mi lado. Echaba de menos esto, a nosotros.

No hablo de la semana que he tenido. Hablamos de lo de anoche.

Me lo pasé muy bien. Gracias.

Yo también,

contesta.

Unos pasos más allá comenta:

Hacía mucho tiempo que no te veía comer.

Su voz es deliberadamente tranquila, pero se le cuela

un leve temblor en la última palabra. Entorno los ojos para mirarlo, preocupada:

Vamos, Matthias...

Quiero decir, comer algo que no sea lechuga, o manzanas, o las puñeteras palomitas.

Revisa sus recuerdos y apostilla:

Mucho tiempo.

Noto su mano tensa al rededor de la mía. Hemos dejado de caminar. De repente me pregunta:

No abandonarás, ¿verdad? No irás a rendirte otra vez, ¿eh?

No puedo darle la respuesta que quiere. La semana pasada está demasiado reciente para que pueda hacerlo y todavía tengo molestias en la garganta por el tubo que acaban de retirarme hoy.

Quiero decirle: *No abandonaré, Matthias.* Que tendremos muchas más citas fuera de aquí. Puede que el próximo viernes, incluso. Que tomaremos pizza de nuevo, o pasta esta vez. Que la semana que viene estaré en casa y que haré crepes para que cenemos los dos...

Pero el tiempo es tan traicionero como abstracto. Igual que un cerebro anoréxico.

Lo que le digo es la verdad:

Te prometo que nunca dejaré de intentarlo.

No es lo que quiere o lo que merece, pero es cuanto puedo ofrecerle. Y Matthias lo acepta.

Está bien, Anna.

Una última vuelta alrededor de la casa y ya son las nueve de la noche.

Recena y después suspiro: el día se ha acabado de verdad. Subo la escalera hasta la habitación Van Gogh.

Y me detengo: hay una maleta en el pasillo y sábanas y toallas limpias en la Habitación 3.

Un nuevo ingreso, pero ¿dónde está? No he visto ninguna cara nueva durante la recena. *Habrá llegado por la tarde y aún está en orientación con la supervisora de Atención Directa*, me digo.

Me cepillo los dientes lo más rápido que puedo, me meto en la Habitación 5 y cierro la puerta, posponiendo las presentaciones hasta mañana por la mañana. Me pongo el pijama y me meto en la cama de la habitación Van Gogh. Unos minutos más tarde oigo que los tablones del suelo crujen y que se cierra la puerta del Dormitorio 3.

Ya estoy acostada. Además, seguro que está cansada. Seguro que la chica nueva no quiere que la molesten en su primera noche.

Pero levanto la vista para mirar las grietas del techo y recuerdo que me fijé en ellas la primera noche que pasé aquí. Qué sola me sentí, qué miedo tenía y cuánto tiempo ha pasado desde esa primera noche. Leí la carta de Valerie hasta la extenuación. Todavía la tengo en mi mesilla de noche. Miro mi nombre en su letra cursiva y:

Me alegro mucho de que estés aquí...

Aparto las mantas y enciendo la luz. Necesito papel y boli.

Querida vecina de la Habitación 3:
Bienvenida al 17 de Swann Street. Me alegro de que estés aquí.
Que no te asuste este lugar. No es tan imposible como parece.

Pienso qué más puedo decirle a esa chica, qué otra cosa la ayudará. Oh, sí:

Hay buen café por la mañana y eso hace que merezca la pena salir de la cama. Te dejan tomar dos tazas, es estupendo. Y también lo es el paseo matinal. En cuanto te den permiso para salir, conocerás a Gerald, el perro.

Y el personal. Necesita saber cosas sobre el personal:

El personal de aquí es muy agradable. La enfermera que trabaja esta noche es especialmente simpática. Tiene los ojos azules. La conocerás por la mañana, cuando te tome las constantes y te pese. Al resto de las chicas las conocerás durante el desayuno. Todas son increíbles. Y te ayudarán.

Lo que me recuerda:

Tenemos unas cuantas normas en la casa, aparte de las que te han contado durante la orientación.

Abro la carta de Valerie, para que no se me olvide nada, y en mi mejor letra cursiva enumero:

Todas las chicas tienen que ser buenas con las demás.
Ninguna chica se queda sola en la mesa.
Hay que mantener la compostura delante de cualquiera que esté de visita en la casa.
Todas las mañanas, durante el desayuno, leemos los horóscopos y nos los tomamos muy en serio.
A esa hora también se distribuyen los crucigramas diarios. La responsabilidad de hacerlo recae en la líder del grupo, que también dará las respuestas en el mismo día, durante la recena.
Nos gusta escribirnos notitas y pasárnoslas. Pero ninguna debe caer en manos de la supervisora de Atención Directa.

Compartimos todos los libros, la música, el papel de
cartas, los sellos o las flores que recibimos.
Todos los martes disfrutamos especialmente del re-
quesón, igual que disfrutamos de las galletitas de ani-
males, los paseos matinales y las excursiones de los
sábados.
Nadie debe juzgar, reprender ni causar ningún tipo de
sufrimiento a las demás.
Y termino con una frase un tanto manida:
Espero de verdad que esto te ayude.
Por cierto, me llamo Anna. Y me gustaría que fuéra-
mos amigas.

Doblo la carta, me pongo las zapatillas, voy sin hacer
ruido hasta la Habitación 3 y deslizo la carta por debajo
de la puerta.

Unas horas después veo a la chica nueva sentada a la
mesa del desayuno. Ha sobrevivido a la primera noche y
tiene una taza de café caliente delante de ella. Me presen-
to y no menciono la carta. Ella sonríe y tampoco dice
nada.

El café está bueno y fuerte esta mañana. Todas tomamos dos tazas.

81

Actualización del plan de tratamiento – 17 de junio de 2016

Peso: 42 kilos
IMC: 16

Resumen:

Desde la retirada de la sonda de alimentación nasogástrica, el 13 de junio, la paciente ha estado cooperando con el equipo de tratamiento y cumpliendo de principio a fin con su plan de comidas. Sigue teniendo problemas con algunos grupos de alimentos y con las cantidades, pero se ha esforzado por contener los impulsos relacionados con el trastorno alimentario y controlar los pensamientos negativos que tienen que ver con su imagen corporal. Va recuperando el peso muy despacio, pero el equipo está satisfecho con su progreso y con la ausencia de complicaciones asociadas.

El equipo seguirá trabajando en la recuperación del peso y el aumento de la exposición a los diferentes grupos de alimentos.

Como el peso de la paciente permanece por debajo del 85% que el equipo se marcó como objetivo, el tratamiento en régimen interno sigue siendo necesario. Se recomienda incrementar aún más las calorías.

Objetivos del tratamiento:

Recuperar la nutrición normal y el peso adecuado. Aumentar la exposición a diferentes alimentos y trabajar para reducir la ansiedad.

Seguimiento de las constantes y los resultados de los análisis de laboratorio.
Seguimiento de los niveles hormonales. Vigilancia del estado de ánimo.

Objetivo calórico: 3.500 calorías al día.

82

Domingo otra vez, pero este no es un domingo normal en el 17 de Swann Street. En la mesa del desayuno todo el mundo está inquieto. Incluso, y especialmente, la supervisora de Atención Directa.

Es el día de las familias, un acontecimiento que el centro organiza cada pocos meses. Como Emm me ha explicado, se invita a venir a los seres queridos y pasar el día aquí participando en las comidas, las sesiones y las actividades con las pacientes y aprendiendo más cosas sobre sus trastornos alimentarios. El personal está disponible en todo momento para proporcionar información y responder preguntas sobre las diferentes terapias y los diversos planes de tratamiento, así como para dar consejos generales sobre cómo tratar... bueno, con nosotras.

Me pareció una gran idea ese curso de Introducción a los Trastornos Alimentarios. Aunque tampoco es que yo pueda invitar a nadie hoy; mi familia se encuentra a un océano de distancia y Matthias ya ha pasado aquí muchas horas de visita.

Emocionada de todas formas por este día que se sale

de lo normal, miro las caras de la mesa y me pregunto los familiares de quiénes vendrán. La supervisora de Atención Directa hace la pregunta por mí:

Bien, chicas, ¿quién va a venir?

Una de las chicas, Chloe, dice que van a venir sus hijas. Julia también está emocionada: después de pasar tres meses aquí, anuncia que ¡por fin sus padres la visitarán!

También vendrá el marido de otra paciente y:

¿Y por tu parte, Sarah?

Nadie, cielo.

Sacude sus rizos rojizos con energía.

He intentado que ese mal marido que tengo traiga a mi hijo, pero se ha negado.

Lo siento,

le digo. Sarah se encoge de hombros, orgullosa, y sonríe.

No pasa nada. Probablemente es mejor que Charlie no me vea en un sitio como este de todas formas.

La supervisora de Atención Directa se vuelve hacia Emm y pregunta:

¿La has invitado esta vez?

No sé a quién se refiere, pero Emm responde:

No,

con su sonrisa artificial de directora de crucero.

El minutero del reloj pasa la marca de las ocho y media. Retiran los platos del desayuno. Nos dicen que vayamos a la sala comunitaria y que tenemos que comportarnos bien. No habrá paseo matinal ni pases para ir a la iglesia este día excepcional. Frunzo el ceño y empiezo a verle las pegas a este día de las familias.

A las nueve en punto suena el timbre, y Julia echa a

correr y nos adelanta a todas para llegar la primera a la puerta. En el umbral espera un hombre alto y desgarbado, vestido con traje.

¡Paul!,

exclama la paciente nueva. Marido y mujer se abrazan incómodos bajo las miradas curiosas. Después ella lo lleva hasta un rincón de la sala comunitaria y todas volvemos a centrarnos en la puerta principal.

El timbre suena de nuevo. Esta vez al otro lado de la puerta hay un hombre con gafas, nervioso, y tres niñas. La mayor debe de tener alrededor de trece años, calculo. La más pequeña no tendrá más de tres. Reconozco sus caras de las fotos que Chloe nos ha enseñado esta mañana.

¡Chloe! ¡Ha llegado tu familia!

Las niñas abrazan a su madre y se muestran tímidas... durante un minuto. Después se lanzan a jugar con Chloe al escondite armando mucho alboroto.

Hay niños en la casa. ¡Hay niños en la casa! ¡Chillidos, gritos y también risas! Nunca me he sentido más agradecida por tener caos en el 17 de Swann Street.

La puerta otra vez. ¿Serán los padres de Julia? Me ofrezco voluntaria para averiguarlo.

Al principio no veo nada, pero enseguida miro hacia abajo: ¡un enorme ramo de flores! Un violeta profundo con rayas de amarillo limón, explosiones de un naranja intenso que parecen llamas, raras orquídeas y lirios de bonitos malvas, azules, rojos... Y todo eso lo sostienen dos manitas. Pertenecen a un niño que está oculto tras las flores y las hojas. Sé quién es al instante: tiene los ojos de Sarah. También su nariz, sus pecas y la cara con forma de corazón, pero el pelo es de un castaño chocolate oscuro.

El niño se siente muy intimidado por mí y es demasiado pequeño para que yo siga allí, de pie, muy por encima de él, así que salgo al porche, me agacho a su altura y miro entre las hojas.

Hola, amiguito, ¿cómo te llamas?

Charlie,

responde.

¡Qué flores más bonitas traes, Charlie! ¿Para qué afortunada chica son?

Charlie no tiene tiempo para responder; un tsunami de cabellos y pintalabios rojo fuego con un vestido floreado lo levanta del suelo, con flores y todo. Sarah solo ha necesitado un minuto para detectar la presencia de su hijo en la puerta principal, y luego ha estallado todo el instinto maternal que lleva conteniendo desde que llegó.

Atrae todas las miradas. *Una artista en todos los sentidos*, pienso mientras la veo abrazar a su hijo. Llora, sonríe y le da besos en los ojos, la frente, las mejillas. Le besa todas las pecas de la nariz. Cuando por fin lo suelta el tiempo suficiente para que pueda respirar, el niño dice:

Te he traído flores, mami.

¡Qué flores más bonitas!,

exclama ella, y se las coge de las manitas cansadas. El ramo es casi tan alto como él, y yo diría que pesa también más o menos lo mismo que él.

Pero ¡si están aquí todos mis colores favoritos! ¿Las has escogido tú?

Él asiente tímidamente y responde:

Le dije a papi que te gustaba el arcoíris.

¿Dónde está papi?, me pregunto mientras miro más allá del porche. Por muy mágicos que parezcan, un niño

de dos años y su ramo de color arcoíris no han llegado aquí por su cuenta. Pero no se ve a papi por ninguna parte. Cuando Sarah le pregunta, el pequeño Charlie responde:

Ha dicho que tiene que trabajar y que vendrá luego a recogerme.

Sarah no parece muy triste.

Nuestro día de las familias empieza. Es un día soleado y espléndido. Durante un día el 17 de Swann Street es una casa normal. Vamos a las terapias de grupo, pero en ellas hacemos juegos y dibujos de nuestras casas y nuestras familias. Tomamos las comidas en la casa de al lado, en los mismos platos de color claro envueltos en film plástico, pero me resulta imposible tener miedo a mi tarta cuando una de las hijas de Chloe no para de decir *mmm, mmm…* y se mancha entera con la cobertura, se chupa los dedos y frunce los labios.

Después de la comida tenemos terapia musical en el exterior, sentados todos en cojines y alfombras que hemos colocado sobre la hierba. Sarah ha traído crayones y papel de la galería para colorear con Charlie. La veo dibujar dos, tres, cuatro versiones de un ramo violeta, naranja, azul y rojo. Charlie la ayuda haciendo garabatos aquí y allá con los crayones, que sujeta torpemente entre sus deditos apretados.

Es un domingo precioso. Y como todos los días preciosos, pasa demasiado rápido. Llegan las cinco de la tarde y volvemos a meter las alfombras y los cojines en la casa.

Las despedidas de los adultos son civilizadas. Las de los niños, un mar de lágrimas. La casa del 17 de Swann Street se queda en silencio otra vez demasiado pronto.

Las chicas regresan a la sala comunitaria, pero faltan algunas. Julia y Sarah.

¿Ha visto alguien a…?

Veo a Sarah en la habitación de al lado, sentada a la mesa.

Está mirando el ramo de Charlie y los tres dibujos que ha hecho. Acerco una silla y me siento a su lado. No se me ocurre nada útil que decirle.

Ella rompe el silencio primero:

¿No son unas flores preciosas? ¿No es precioso mi niño?

Lo son y el niño también.

Tienes un niño muy guapo. Se parece a ti.

Sarah sonríe por el cumplido.

¡Está muy grande!

Como no lleva gafas de sol para ocultarse los ojos, la veo llorar.

No sé cómo consolar a una madre que echa de menos a su hijo. Hago lo que puedo: pongo mi mano sobre la suya.

Tienes una razón para luchar contra esta enfermedad. Charlie te necesita. Hay un lugar para ti fuera de aquí.

Sarah asiente y se limpia el rímel corrido del rabillo de los ojos.

La ayudo a colgar los cuatro dibujos del ramo en la pared del salón. El timbre suena otra vez. Nos quedamos paradas. Nos miramos, confundidas.

El día de las familias ha terminado y Matthias nunca viene antes de las siete de la tarde. ¿Quién estará al otro lado de la puerta a las 6.05? ¿Nos falta alguien?

83

No me lo puedo creer. No me atrevo. Al lado de Matthias
está...

Papa!

Me abalanzo sobre él y me cuelgo de su cuello, muerta
de miedo por si desaparece.

¿Qué haces aquí?

Bueno, me han dicho que era el día de las familias...

Así empieza la historia de cómo mi padre ha cogido
dos aviones desde París para verme.

No puedo dejar de abrazarlo. No quiero soltarlo. Huele a agua de colonia y a todos los momentos felices de mi
infancia.

Papa! ¡*Papa* está aquí de verdad! Y estoy llorando
como una niña y estoy arrugándole la camisa de tan fuerte como lo abrazo. También él me abraza con fuerza, tampoco quiere soltarme.

Anna, Anna,

repite con un leve temblor en la voz. Me alborota el
pelo con la mano. Por fin se aparta de mí y me da un pa-
ñuelo de algodón.

Todavía llevas de estos,

comento riendo, y me sueno la nariz de una forma muy poco elegante.

Claro.

Sonríe. Ha recuperado la compostura, pero todavía le tiembla la voz.

Mi padre, su *eau de cologne* y sus pañuelos están en el 17 de Swann Street. Me siento tan feliz que el corazón podría salírseme volando del pecho.

Solo por esta noche. Lo siento mucho, Anna. Se suponía que debía aterrizar ayer, pero perdí el vuelo de conexión y mañana tengo que estar de vuelta en el trabajo.

Solo una noche. ¿*Solo* una noche? ¡Toda una noche con mi padre! Abrumada, me quedo mirando a ese hombre que ha cruzado un océano para pasar una noche conmigo.

Y...,

interviene Matthias.

Y... tengo noticias buenas y malas. Tu equipo te da permiso para salir.

¡Fuera de Swann Street con Matthias y *papa*!

Pero tenemos que salir a cenar algo.

Lo entiendo. Tiene sentido; me saltaré la cena de aquí. Pero:

Al menos así podrás pasar más tiempo con tu padre, ¿no?,

añade Matthias para animarme.

Matthias, el maravilloso Matthias.

¡Sí!

Suelto a *papa* tan solo el tiempo justo para besar apasionadamente a mi marido.

Gracias,

susurro, y acto seguido me aparto para mirar a los dos hombres de mi vida. Suelto el aire que había estado conteniendo, pero aún siento una presión inmensa en el pecho.

Es felicidad; estoy a punto de reventar de felicidad.

Os quiero,

les digo a ambos.

Antes de irnos a cenar, *papa* me pide que le muestre el 17 de Swann Street. Lo único que deseo es salir de allí; este lugar y él representan dos mundos diferentes que no quiero mezclar. Aun así, le enseño la casa. Planta baja: sala comunitaria.

Buenas noches, señoras,

saluda educadamente a las chicas, con un leve acento francés.

Soy el padre de Anna.

Buenas noches, MONsieur,

responde muy formal la supervisora de Atención Directa. Con un incontenible y divertido acento americano.

Buenas noches, señor,

dice Emm, un poco más serena, hablando en nombre del grupo.

Me llamo Emm.

¡Ah, sí! Mi hija me ha hablado de usted. Es un placer conocerla, señorita Emm.

Después se vuelve hacia mí:

Sí, ahora veo a qué te referías: se parece a Sophie.

Emm me mira enarcando una ceja, pero no tengo tiempo para explicárselo porque:

¿Y quién es Valerie?,

pregunta *papa* inmediatamente después. Me quedo helada. No se lo he explicado.

Claro que no le he explicado a mi padre que Valerie murió. Una no cuenta esas cosas a sus familiares. Otra regla del 17 de Swann Street.

Pero Sarah salva la situación:

Yo soy Sarah. ¿Anna le ha hablado de mí?

Oui bien sur! *La actriz,* non? *Cuénteme, ¿cómo está su hijo?*

Perdona que te interrumpa, papa, *pero tenemos que irnos dentro de poco.*

Lo saco apresuradamente de la sala comunitaria, vemos la zona del desayuno, la galería y subimos la escalera hasta mi habitación.

Justo como me la has descrito,

asegura.

Mi padre está en la habitación Van Gogh. Mira a través de la ventana, admira el sol que se está poniendo y…

ese magnolio es precioso.

Se fija en el tablón y ve la foto que tengo allí con Leopold, Sophie…

Ella te echa de menos, ¿sabes?

Le escribí, y he intentando llamarla. Pero no me ha contestado.

Papa suspira:

A Sophie le resulta difícil entenderlo. También a mí me cuesta.

Mi hermana me sonríe de oreja a oreja desde la fotografía. Se la ve feliz, guapa, sana. A su lado, a mí también se me ve sana; esa foto es de hace mucho tiempo. Tenemos los mismos ojos y la misma cara con forma de corazón.

Una vez compartimos habitación y ropa. No sé cuándo, dónde o cómo nos separamos para acabar en lugares tan diferentes.

Terminará por aceptarlo. Creo que solo necesita tiempo. Siente que te ha perdido.

A mí, su hermana, a la que una vez le gustó la tarta, en favor de la anorexia y una casa llena de chicas esqueléticas. Espero con todas mis fuerzas que *papa* tenga razón y Sophie me llame. La echo muchísimo de menos.

Salimos, bajamos la escalera y cruzamos las mismas salas otra vez. *Papa* no comenta nada acerca de los armarios y el cuarto de baño cerrados con llave.

Ha sido un placer conocerlas, señoras. Que pasen una buena noche,

dice a las chicas antes de salir. El apagado grupo se despide de nosotros con la mano. Estoy deseando llegar a la puerta.

¡Anna! ¡Espera!

La supervisora de Atención Directa. ¿Y ahora qué? Se acerca resoplando con un papel en la mano.

El plan de comida para la cena de esta noche en el restaurante. La nutricionista ha dejado unas instrucciones muy claras.

Las repasa conmigo, tres veces, mientras los minutos pasan y no puedo estarme quieta. Mi padre y Matthias apartan la vista intencionadamente y procuran no escuchar.

¿Está claro, Anna?

Como el agua. ¡Buenas noches!

Que lo pases bien y no te olvides…

Pero ya he salido en dirección al coche con mi padre y mi marido.

84

Salimos y nos alejamos del número 17 de Swann Street. Matthias conduce, *papa* está sentado a su derecha y yo en el asiento de atrás, entre ambos. Es un viaje estupendo. Hablamos de todo y de nada, y la conversación fluye como si acabáramos de vernos esta mañana.

Miro a *papa*; la última vez que lo vi estaba llorando. Ahora advierto menos tensión en su frente. Echa hacia atrás el brazo para cogerme la mano. Tiene los ojos cerrados a causa del jet lag y mueve la cabeza suavemente al ritmo de la canción que suena en la radio. La última vez era Navidad.

También Matthias parece más relajado; desde donde estoy sentada puedo saberlo por sus hombros. En París los tenía tensos y alzados, ahora se ven laxos. Se apoya cómodamente en el respaldo.

Papa, *¿cómo está Leopold?*

Tan descarado como siempre, pero creo que está haciéndose viejo. Últimamente me deja ganar cuando subimos hasta el apartamento haciendo una carrera. ¿Y qué hay del perro que ves durante tus paseos matinales? ¿Cómo se llama?

Gerald.

¿Te ha contado lo de Gerald?,

pregunta Matthias, divertido.

Por supuesto.

Papa me guiña un ojo a través del espejo retrovisor.

Llegamos al restaurante que Matthias ha elegido, un local muy pequeño. Ocho mesas en total y absolutamente encantador. La nuestra, para tres comensales, está junto a la ventana, debajo de una lámpara de araña.

Pedimos tres copas de *prosecco*, para empezar. Beso a Matthias:

Es precioso. Gracias.

Y después:

Por los hombres de mi vida y la suerte que tengo.

Es una velada maravillosa. Llega la camarera:

¿Qué van a querer?

Cojo la carta y hago acopio de todas mis buenas intenciones al respecto de cumplir con mi plan de comida. Me permito unos segundos para respirar mientras la camarera recita los especiales del día.

Sé qué voy a pedir; las instrucciones son muy claras y están bien dobladas en mi bolso. Sé que *papa* y Matthias esperan ver algún destello de la Anna que recuerdan. Es mi oportunidad de demostrarles, a ambos, lo lejos que he llegado, lo curada que estoy. Mi oportunidad de traer de vuelta a Anna. Todo este duro trabajo...

Pero entro en pánico. Y en vez de eso,

pido una ensalada para acompañar. Matthias suspira. Silencio. Respiración...

Y ratatouille.

¡Eso es!

Mi padre y mi marido están a punto de caerse de sus sillas. Suelto una carcajada auténtica.

Papa dice:

Yo tomaré lo mismo. ¡Hace años que no como ratatouille!

Pues que sean tres. Con tres ensaladas para acompañar, por favor,

le dice Matthias a la camarera. Y cerramos las cartas.

No pedimos entrantes, pero los tres nos lanzamos a por el pan. *Papa* y Matthias untan una mantequilla cremosa y fresca en sus panecillos. Yo no estoy tan curada todavía.

Llegan nuestras ensaladas y los platos principales, que están muy calientes, bien condimentados y exquisitos. La conversación es escasa, pero agradable. *Papa* es quien la dirige, por suerte. Matthias y él son quienes más hablan mientras yo me centro en dar un bocado tras otro. *Justo como hemos practicado en el 17 de Swann Street*, me digo para animarme.

Soy la última en terminar, pero lo hago. Dejo el tenedor y cojo la copa. Un sorbo de *prosecco* para celebrarlo; ahora ya puedo concentrarme en la historia de *papa*. Matthias lo está escuchando con mucha atención, pero bajo la mesa su mano busca la mía y me da un apretón orgulloso. Después la deja sobre mi rodilla.

Señora y caballeros, ¿van a querer postre?

Papa me mira expectante. Sé que hará lo que yo haga. Compruebo mi nivel de ansiedad: la vieja Anna habría pedido postre sin pensárselo.

Supongo que podríamos echar un vistazo a la carta, digo para ganar un poco más de tiempo. Una decisión de la que me arrepiento enseguida: *fondant* de chocolate, *crème brûlée, tarte aux framboises, tarte au citron*, profiteroles…

Una voz extraña en mi cabeza, nerviosa y aterrorizada, quiere decir:

No, gracias. La cuenta, por favor.

La Anna de verdad habría pedido el postre: *fondant* de chocolate, con tres cucharillas. El favorito de *papa*. A Matthias le encanta el chocolate también. Pero yo ya no soy ella. Soy un fraude anoréxico cuyo sitio está en el 17 de Swann Street. ¿A quién pretendo engañar con la copa de *prosecco*, la *ratatouille* y el pan?

Matthias, *papa* y la camarera siguen esperando mi respuesta. Adivinando cuál va a ser, Matthias rompe el silencio y pide la cuenta.

Tengo ganas de llorar. Me siento como si los hubiera decepcionado, a los dos, pero sobre todo a *papa*. *Papa*, que ha cruzado el planeta para estar aquí conmigo una noche. Y ni siquiera por una noche puedo pedir postre, no puedo mantener la farsa. No puedo luchar contra la anorexia ni durante una hora, una simple hora más, por él.

¿No puedo?

Inspiración profunda. Rápido, antes de que me dé tiempo a pensarlo.

Se me ocurre un sitio donde podemos ir a por el postre.

Y río por segunda vez esta noche, por la expresión de las caras de ambos.

Tomamos helados, claro. De vainilla para mí y de chocolate y fresa para Matthias. Y para mi padre dos bolas grandes de chocolate, con fideos de chocolate ¡y salsa de chocolate!

¿Tú quieres fideos, Anna?

Claro, papa, *pero de los de colores.*

Los veo fundirse en espirales azules, rojas, naranjas y verdes sobre el blanco cremoso.

A Anna le encantaban los fideos de colores cuando era niña,

explica *papa* a Matthias.

Sí que le gustaban, *papa,* y todavía es la Anna que recuerdas.

Nos los comemos en el coche, con las ventanillas bajadas, en el aparcamiento del quiosco. Hay unos cuantos coches más; varias parejas, un grupo de adolescentes. Tal vez intentando, como nosotros, estirar esos últimos minutos del domingo.

Terminamos los helados diez minutos antes de que tengamos que volver. Solo me he comido la bola pequeña, pero entera. Y los fideos de colores y el cucurucho. Matthias dice:

Estoy muy orgulloso de ti.

Lo miro agradecida; ha oído el grito de mi anorexia esta noche, me ha visto luchar en silencio y me ha animado sin decir nada. Matthias está orgulloso de mí.

Yo también,

dice *papa,*

y sorprendido de lo lejos que has llegado. Sigue adelante, Anna. No te rindas.

«Sigue adelante, Anna.»

Me decía eso cuando era pequeña. Cuando me dolían los pies y tenía ampollas, cuando me hacía un rasguño en una rodilla, cuando estaba cansada después de una larga caminata. «Sigue adelante», cuando llovía. «Sigue adelante», cuando se burlaban de mí en el patio, cuando me decían cosas por la calle, cuando me caía.

Límpiate el polvo de las rodillas y levántate. Sigue adelante, Anna. Como *maman* y él hicieron juntos, como hizo él solo. Como seguía haciendo cada mañana con Leopold y cada tarde conmigo por el teléfono.

Tengo miedo, papa.

Ya lo sé.

Es muy difícil. Y duele.

Lo sé, Anna. La vida duele y es un desastre.

Nunca me habías dicho eso.

No,

reconoce.

Yo tampoco lo sabía hasta que pasó lo de tu madre y tu hermano. Como no sabía lo que era la anorexia hasta la Navidad pasada.

Mira al aparcamiento, ya vacío. El quiosco de los helados ha cerrado.

No hay tragedia en el sufrimiento. Es lo que es, igual que la felicidad. Estar presentes para vivir ambos, eso es la vida, creo. Y hace una noche preciosa.

Así es, y estoy aquí para verla, con los dos hombres de mi vida. Y me siento agradecida por ello y por el largo y doloroso camino que me ha traído hasta aquí.

No estoy preparada para morir. Quiero más noches como esta, más tiempo con *papa*. Y con Matthias, con Sophie, con un bebé. Quiero la felicidad y aceptaré la tristeza. «Sigue adelante.» Vale, *papa*.

Se acaban los diez minutos. Subimos las ventanillas y regresamos a Swann Street. Al llegar al número 17, Matthias reduce la velocidad, gira y aparca. Los últimos segundos en el coche los pasamos en silencio.

Papa y yo salimos. Le doy un último abrazo e inspiro la familiar fragancia de su colonia. Después vuelve a entrar en el coche, al lado de Matthias, y los dos se van en dirección al aeropuerto.

Me despido con la mano de mi padre y de mi marido, la Anna que los dos conocen hasta el final. Después el coche de Matthias gira para entrar en la calle y lo pierdo de vista. Estoy cansada. Me siento.

Me llamo Anna y tengo una vida y gente que me quiere esperándome fuera del 17 de Swann Street.

Tengo un marido, un padre, una hermana, una razón para seguir adelante. Hace una noche preciosa. Paso un minuto más envuelta en ella y, al cabo, me levanto y entro.

85

Horas después de que hayan servido la recena, nos la hayamos comido y hayan retirado los platos, estoy tumbada boca arriba en la habitación Van Gogh. Me duele el estómago. No sé si será por el helado, la *ratatouille*, la recena, o por el enorme vacío que mi padre me ha dejado. Me siento en la cama y enciendo la lámpara de la mesilla. El reloj indica que son las 3.43.

Dejo de intentar dormir, me levanto de la cama y me pongo una sudadera cómoda y las zapatillas. Acto seguido voy de puntillas hasta el piso de abajo a por un vaso de agua. Una excusa como cualquier otra con tal de salir de la habitación.

La casa está sumida en un silencio sepulcral y solo se oyen los suaves ronquidos que llegan desde el puesto de enfermeras. A la enfermera le queda todavía una hora y treinta minutos antes de que tenga que empezar a tomarnos las constantes y pesarnos. La supervisora de Atención Directa también está ahí, dormida en una silla en una postura muy incómoda. Debo tener cuidado de no despertarlas. Me dirijo hacia la zona del desayuno, pero me detengo al ver luz en el salón.

Echo un vistazo y descubro a Emm aovillada en la butaca de cuero marrón del rincón. Esta noche lleva recogida su rebelde melena rizada. Y se ha quitado la máscara de directora de crucero.

Parece cansada. Pero no a causa del sueño. Me pregunta con voz monótona:

¿Qué quieres?

Nada. Un vaso de agua. ¿Te apetece uno?

No. Bueno, la verdad es que sí.

Marchando dos aguas del grifo. Le doy un vaso y me quedo con el mío en el umbral, incómoda.

¿Qué tal ha ido la cena?,

me pregunta. Me sorprende. La pregunta en sí misma es inocente, pero el tono de su voz me pone en alerta. Opto por responder con cautela:

Muy bien, gracias. ¿Y la tuya?

Y con eso dejo la pelota en su campo.

¿De verdad me parezco a tu hermana?,

quiere saber. Se me encogen las entrañas.

No hay vuelta atrás.

Eso le dije a mi padre.

¿Cómo es tu hermana?

No me gusta esta conversación, pero no puedo eludirla. Respondo:

Muy diferente de mí. Ella no tiene ningún trastorno alimentario.

La mía tampoco.

¿Tienes una hermana?

Una gemela.

Jamás había mencionado que tuviera una gemela. Emm nunca habla de su familia.

De hecho, Emm nunca habla de nada personal, aparte de *Friends* o las olimpiadas, la verdad.

¿Era ella a quien se refería la supervisora de Atención Directa esta mañana? ¿Se suponía que iba a venir el día de las familias?

Sí. Y no, porque no se lo he dicho.

Y pasa a centrar la conversación en mí:

¿Tu hermana y tú estáis unidas?

Sophie y yo antes lo estábamos, pero cuando pasó lo de la anorexia nos distanciamos. No hemos hablado desde Navidad.

Mi gemela y yo hace años que no hablamos. Desde mi primera estancia aquí. De hecho, vino a mi primer día de las familias.

¿Y qué pasó después?

Nada. Se fue.

Su voz suena falsamente frívola.

Se fue y yo me quedé. Después me dieron el alta. Después recaí y volví aquí. Vino al segundo día de las familias, pero no al tercero.

Después dejé de responder a sus llamadas. No tenía nada interesante que decirle. Cada vez llamaba menos, de todos modos. Y la comprendo,

confiesa Emm.

Su vida estaba avanzando. La mía no.

Pienso en Sophie y en todo lo que no sé sobre su vida actual. Me pregunto si tendrá novio. Si todavía le gustará su trabajo, y la tarta.

La expresión de Emm, que sigue enfrente de mí, se ha endurecido, pero sé que solo está fingiendo. Sí que se parece mucho a Sophie; Sophie tensa la mandíbula cuando se esfuerza por no llorar.

Quiero que Emm continúe, pero temo presionarla demasiado. Decido esperar. Al cabo de unos minutos recupera la compostura y el habla.

Perdimos totalmente el contacto después de nuestro cumpleaños de hace tres años. Acababan de darme el alta, otra vez. Justo a tiempo para la fiesta.

¿Qué pasó?

No pude comerme la tarta. La cobertura era puro azúcar y colorante alimentario. No pude comer la mayoría de la comida que había allí, aunque mi hermana dijo que no quise. Dijo que la hacía sentirse culpable por comérsela y que yo no estaba intentándolo con suficiente empeño.

Se detiene un momento.

Supongo que simplemente se cansó de la anorexia y de esperar que yo la resolviera.

Pero no se puede «resolver» la anorexia.

Lo sé,

contesta Emm con aire cansado.

Cuatro años aquí y todavía sigo intentándolo.

Me siento cerca de ella. Las dos estamos en silencio. Esta vez soy yo la que lo rompe:

¿Cómo se llama tu hermana?

Amy,

responde. Y después lo repite en voz más baja:

Amy.

Pero recupera su voz de directora de crucero:

Tal vez es mejor así.

¿Qué?

Que ella y yo no nos hablemos. Al menos, sé que no tendrá anorexia algún día por mi culpa.

Hasta yo sé que las cosas no funcionan así.

No puedes contagiar la anorexia a tu hermana.

No, pero podría imitarme.

Emm, es una enfermedad.

Pero Emm no me escucha.

No podría soportar que ella acabara también aquí.

Yo tampoco podría soportarlo; no quiero ni imaginarme a Sophie en el 17 de Swann Street.

Tu hermana es adulta,

digo a Emm.

No eres responsable de ella.

No está de acuerdo:

Eres responsable de aquellos que eliges amar.

86

Oímos un estruendo, un plato que se hace añicos, y a continuación un grito de dolor en la cocina. Emm y yo nos quedamos petrificadas. Pasos que corren, un forcejeo, una, dos voces que gritan. La primera que reconozco es la de Julia:

¡Solo quería un tentempié! ¡Tenía hambre! Pero ¿qué sitio de mierda es este donde se guarda bajo llave la comida?

Más pasos. La enfermera de noche ha entrado y está intentando sujetarla.

¡Suéltame, joder! ¡Quiero irme! ¡No puedes decirme lo que tengo que comer o hacer! ¡Estoy harta de estas normas! ¡Suéltame!

Sus chillidos son agudos y desesperados y retumban en las paredes de la casa. Julia se asfixia. Me cubro la cara con las manos y susurro: *Que suelten a Julia, por favor.*

¡Puedo irme cuando quiera! ¡Suéltame, maldita sea! ¡Quiero irme a casa!

Los gritos se convierten en sollozos, súplicas. Yo también lloro. No quiero imaginarme a Julia, la feliz y despreocupada Julia, inmovilizada.

Por un tentempié. *¡Solo un tentempié!* Qué enfermedad más mentirosa. Todas sabemos que era un atracón. Incluso Julia, pero ella sigue gritando:

¡Solo quería un tentempié! ¡Suéltame, zorra!

Los padres de Julia no han venido al día de las familias. Ni siquiera han llamado. Y acabo de darme cuenta de que ninguna de nosotras lo ha notado. Y ella no lo ha mencionado. De hecho, ha fingido una estudiada indiferencia y ha pasado como si nada la tarde, la cena y el rato de después. Y supongo que ha conseguido llegar hasta su habitación por la noche antes de desmoronarse.

La voz de Julia suena amortiguada. Va calmándose poco a poco, probablemente conforme la inyección de Haldol le hace efecto. Emm y yo nos quedamos en nuestros sitios, petrificadas y en silencio, mientras oímos pasos que se alejan. La enfermera la lleva hasta su cama mientras la supervisora de Atención Directa limpia el desastre.

Julia ha estado sola en su habitación mientras yo estaba fuera con *papa*. Ha estado luchando contra sus demonios mientras yo tomaba helado con fideos de colores.

Podría haber estado ahí para ella cuando me necesitó, pero estaba abajo con Emm. Tal vez ha llamado a mi puerta. Podríamos haber hablado y tal vez la habría ayudado.

Emm y yo nos quedamos sentadas en el salón, ella en la butaca de cuero y yo en el sofá. La casa está en silencio otra vez. Al final la supervisora de Atención Directa nos encuentra.

¿Qué hacéis aquí vosotras dos? ¡Volved a dormir a vuestras habitaciones! Solo queda media hora para la toma de las constantes y el control del peso.

Voy al piso de arriba. La puerta de Julia está cerrada. Sigue estándolo media hora más tarde. No aparece para la toma de las constantes y el control del peso, ni para el café o los crucigramas del desayuno. El desayuno empieza a las ocho en punto de la mañana y termina a las ocho y media exactas. Nos vamos a dar el paseo. A nuestro regreso nos comunican que Julia ha recibido el alta.

Corro al piso de arriba. Sí, su habitación está vacía. Dolorosa y totalmente vacía. No hay ni un disco, ni un chicle ni un envoltorio vacío. Ni un calcetín olvidado debajo de la cama. Como en el caso de Valerie, no queda ni rastro de Julia. Otra desaparición que siento como un puñetazo en el vientre. Las chicas desaparecidas de Swann Street.

Ya conoces las normas, Anna,
dice la voz de la supervisora de Atención Directa. Está detrás de mí.

No puedes estar aquí arriba después del desayuno.
¿Adónde habéis enviado a Julia?
Mi voz suena demasiado aguda.

Me toca el hombro suavemente. Me aparto, como si su mano quemara.

¿Cómo habéis podido enviarla a otra parte?
La supervisora de Atención Directa quiere calmarme, pero no se atreve a tocarme de nuevo.

Ha agredido a un miembro del personal.
Pero ¡no quería hacerlo!
Lo sé, Anna, pero son las normas. Suponía un riesgo importante para las otras pacientes y para el personal...
¡Julia nunca haría daño a nadie!

355

¡Anna!

A la supervisora de Atención Directa se le ha acabado la paciencia. Su siguiente frase es definitiva:

Julia conocía las normas. Y las incumplió.

¡Está enferma!

Como todas las pacientes que hay aquí.

Su cinismo es como una bofetada en la cara. Me fijo por primera vez en la supervisora de Atención Directa: está cansada y es mayor, mucho mayor de lo que yo creía. Supervisora de Atención Directa es su trabajo, no su nombre. Y en sus notas de hoy Julia va a ser: *la paciente de la Habitación 4, que ha sido dada de alta.*

Pero yo todavía no estoy satisfecha. Julia sigue siendo Julia para mí: mi amiga y…

¡Julia no puede irse!

¡No *puede rendirse!*, es lo que quiero decir.

La traeréis de vuelta,

vais a ayudarla,

¿no?

Ahora mi voz es un susurro suplicante.

La supervisora de Atención Directa no responde. Sé que no puede. Aun así, vuelvo a intentarlo:

¿Julia estará bien?

Suspira:

Eso espero.

87

Los lunes el personal de día y el de noche intercambian los turnos y llegan los nuevos ingresos. La planificación empieza otra vez y también el menú semanal. A estas alturas ya lo sé; este es mi quinto lunes.

Lunes por la mañana también significa hacer informes sucesivos sobre mi fin de semana a la terapeuta, la nutricionista y el psiquiatra. Ellos han pasado el suyo lejos de los trastornos alimentarios del 17 de Swann Street. Probablemente se han ido a almorzar, a tomar cócteles, a clase de yoga o a correr. Pero no hablan de su fin de semana con nosotras.

Mi sesión con Katherine está programada, como siempre, después del almuerzo, a las diez y media. Es una comida que hoy hago especialmente aprisa; me he retrasado por el asunto de Julia. Al menos, la he superado sin incidentes; ya estoy acostumbrada al yogur. Le echo el muesli azucarado y remuevo. Ninguno de los dos me asusta ya. No demasiado.

¿Lista, Anna?

Último bocado y después sí. La supervisora de Atención Directa comprueba que el cuenco está vacío y asiente. Luego me acompaña a la consulta que ya me resulta familiar. Me siento en mi lugar habitual en el sofá.

Entra Katherine:

¿Qué tal ha ido tu fin de semana, Anna?

Esta vez estoy preparada.

La verdad es que ha sido maravilloso.

Le cuento, con detalles, la noche que pasé con mi padre.

Me oye hablar de la cena y del postre. Y pregunta:

¿Qué sensación te provocó el helado?

Dolor, pero mereció la pena. Tendrías que haber visto la cara de mi padre cuando me lo comí.

¿Te lo comerías otra vez?

Una pregunta cargada de significado. Reflexiono sobre ella mientras miro por la ventana:

Sí, si eso significara disfrutar de otra noche como esa con él.

Levanta la vista del cuaderno donde está tomando notas sin parar y me mira con una sonrisa auténtica. Durante un segundo desaparece Katherine, la terapeuta, y la Katherine que es solo Katherine dice:

Pues puede que tengas más de una noche, Anna. Puede que recuperes tu vida.

Pero sella esa grieta de inmediato y su siguiente pregunta vuelve a ser profesional:

¿Dirías que ahora quieres recuperarte?

Otra pregunta con mucho significado. La evito. Más bien parte de mí lo intenta, aferrándose a la seguridad de la anorexia que conozco. La otra parte responde:

Diría que quiero intentarlo.

¿A qué precio?,

insiste.

*¿Lácteos? ¿Proteínas, grasas y azúcar? ¿Comer todo
eso todos los días?*

Se inclina hacia delante y pregunta:

Anna, ¿crees que estás preparada para la fase tres?

Silencio. También en mi cabeza. No tengo ni idea de lo
que conlleva la fase tres. Así que avanzo con cautela:

¿Qué significa eso exactamente?

Katherine coge el manual del paciente, lo abre y lee:

*«Fase tres: las pacientes que se hallan en esta fase
todavía requieren de supervisión médica diaria y tratamiento para su trastorno alimentario, pero han de-
mostrado su compromiso con su recuperación y colaboran con su equipo de tratamiento. Han probado
una autonomía limitada y, ante la exposición a los
detonantes de su trastorno alimentario, se han com-
portado satisfactoriamente».*

Supongo que ambas salidas terapéuticas han sido ex-
perimentos y mi comportamiento ha sido satisfactorio.

*«El objetivo a partir de ahora será un incremento
prolongado y gradual de la autonomía del paciente y
la exposición a circunstancias de la vida normal...»*

¿Y eso cómo?,

interrumpo.

*«... mediante la limitación del tratamiento y la super-
visión a solo diez horas diarias.»*

¿Y eso qué significa?

Levanta la vista del libro y traduce:

*Significa que tendrás que ir a recibir una programa-
ción de tratamiento integral todos los días, de ocho a
seis, pero ya no tendrás que cenar ni dormir aquí.*

Aire y pensamientos se arremolinan en mi cerebro mientras registra la última frase. Me sorprende mi primera reacción: *No, no estoy lista para la fase tres.*

Solo he salido a cenar dos veces. Y me he tomado un cucurucho de helado, ¡uno! ¿Obligarme todos los días a cenar por mi cuenta, sin supervisión?

No.

Katherine no mantiene su semblante profesional después de oír mi contestación. Está sinceramente perpleja:

¿Qué quieres decir con que no, Anna?

No, no estoy preparada.

Pero creía que habías dicho...

¡Lo que haya dicho es irrelevante! Ahora estoy en pleno ataque de pánico.

¡No sé cómo lo he conseguido! ¡Solo fue una salida con papa! No puedo hacerlo todos los días...

¿Es que no quieres?

La suavidad de su tono de voz atraviesa el corazón de mi ansiedad. Deja la pregunta suspendida en el aire. Contemplo esa posibilidad, y me veo tomando una comida por mí misma, sola. Katherine vuelve a mirar el manual.

«Las pacientes que se hallan en la fase tres tienen que empezar a funcionar de forma independiente...»

Se detiene un momento para mirarme a los ojos.

«... a pesar de la incomodidad que eso les supone.»

Y cierra el manual.

¿De qué tienes miedo, Anna?

Tengo miedo de mí misma. De entrar en una espiral fuera de control y caer en la anorexia otra vez. De tirar por la ventana todo el duro trabajo que he hecho a lo largo de este mes, porque cuesta perder los hábitos. De dejar el centro de tratamiento a las seis de la tarde y no volver nunca. Tengo miedo de cenar sola.

No confío en mí para no recaer.

No quita importancia a mi preocupación. Y se lo agradezco.

Lo que dice es:

Creo que esa es la frase más sincera que me has dicho desde que llegaste aquí.

Reflexiono. Puede que tenga razón. La que le he dicho a ella y a mí misma. Decido seguir esa línea de pensamiento, un poco temblorosa.

Este fin de semana ha sido algo excepcional que he hecho por mi padre. No puedo hacerlo todos los días.

¿Y qué otra opción tienes?

Silencio. Ninguna.

¿Quieres quedarte aquí para siempre?

¡No!

¿Por qué no, Anna?

Por... Emm. Porque no quiero ser Emm.

Ni Julia. Ni Valerie... Pero no respondo eso a la terapeuta. Lo que le digo es:

Tengo miedo.

Katherine asiente. Vuelve a ser humana:

Lo sé, Anna.

Cambia de táctica:

Imagínate que no lo tuvieras, ¿por qué querrías salir de aquí?

Porque...

Porque quiero comprarme mis propios cereales. Tal vez Lucky Charms, incluso. Quiero ir al baño sin tener que pedir permiso a nadie. Quiero darme una ducha a media tarde. Un largo baño caliente, en realidad. Quiero ir a dar un paseo. Sola. Y quiero girar a la derecha en vez de a la izquierda.

Porque quiero seguir caminando sin rumbo hasta que descubra un café en cualquier acera. Quiero sentarme a una mesa en su terraza y pedir vino espumoso a las cuatro de la tarde. Quiero escuchar a alguien tocar la guitarra mientras leo, bebo y me empapo de sol y de aire y miro a la gente pasar.

Porque...

Porque también quiero algo más que un paseo y elegir mis cereales. Quiero un objetivo. Quiero hacer una lista de objetivos. Quiero volver a tener un propósito en la vida.

Una vez fui ambiciosa. Era una bailarina, una soñadora. Me amaban, yo amaba y estaba enamorada de la vida. Una vez tuve libros que leer y lugares adonde ir, bebés que deseaba hacer. Quiero querer esas cosas de nuevo.

Porque creo que quiero vivir...

esa vida que Katherine ha dicho que podría tener. Vagas siluetas de navidades en familia; hijos; albahaca, menta y tomillo en macetas de barro.

Quiero más fines de semana como el que acabo de tener...,

más tiempo con la gente que quiero.

¿Y cuánto darías por esos fines de semana?

Todo, reconozco. Todo.

¿Por eso merece la pena comer?

Sí.

¿Y el peso y las calorías?

Sí.

¿Y el dolor y la ansiedad de cada comida?

Café y cruasanes, una conversación con Sophie. Las famosas tortillas de mi padre. Crepes los domingos por la mañana con Matthias, robándole bocados de su tenedor.

Sí,

porque una tarta de cumpleaños significa una celebración de cumpleaños y los helados significan una buena cita. Puedo tragarme el dolor y la ansiedad si veo eso.

Katherine mira el reloj; casi se ha acabado nuestro tiempo.

Voy a resumirte la fase tres: las pacientes continúan el tratamiento diario de ocho a seis. Eso será en otro centro. Te asignarán un nuevo equipo de tratamiento. Participarás en un programa con otro grupo de chicas y serás responsable de tu cena y tu recena.

De repente me doy cuenta de algo. Y la cabeza empieza a darme vueltas.

Podré dormir en casa...

Podrás dormir en casa,

confirma con una sonrisa.

Podré dormir al lado de Matthias de nuevo.

88

Actualización del plan de tratamiento - 24 de junio de 2016

Peso: 45 kilos
IMC: 17

Resumen:
El equipo de tratamiento ha aprobado la transición de la paciente a la fase tres del tratamiento, que se hará efectiva a partir del lunes 27 de junio de 2016. La paciente será transferida al centro de tratamiento diurno del 45 de Forest Park Road.

Síntomas fisiológicos:
El peso de la paciente ha ido aumentando de forma continuada y acorde con el incremento en su plan de comidas. Sigue teniendo un peso significativamente bajo, pero se ha mostrado abierta a ampliar la variedad de alimentos y a reconsiderar la distorsión de su imagen corporal. No se han encontrado signos de síndrome de realimentación, ni tampoco ninguna otra complicación física.

Síntomas psicológicos/psiquiátricos:
La paciente ha completado todas sus comidas y se ha esforzado por sustituir las conductas negativas relacionadas con su trastorno por estrategias de gestión de emociones más positivas. Sigue aquejada de una mala percepción de su imagen corporal, pero está trabajando para mejorar esas complicadas distorsiones cognitivas.

Objetivos del tratamiento:
El equipo de tratamiento recomienda un aumento gradual y prolongado de la autonomía y de la exposición a las circunstancias cotidianas de la vida, siempre que se acompañe de la estabilidad médica y del mantenimiento del compromiso con su recuperación.
La paciente tendrá que recibir tratamiento todos los días, desde las 8.00 de la mañana hasta las 6.00 de la tarde. La paciente podrá tomar la cena y la recena por su cuenta y dormir en su casa.
Objetivo calórico: 3.500 calorías al día, que debe mantenerse tras el alta hasta que la paciente alcance un peso adecuado.

89

Mi quinta y última noche de viernes en el 17 de Swann Street. Mi última cita de viernes por la noche aquí con Matthias. Ha de ser diferente.

Tengo una idea. La comparto con la supervisora de Atención Directa que, para mi sorpresa, dice que sí. Encuentra fácilmente lo que necesito: una caja de tizas de colores. Luego, después de la comida, me acompaña a la galería, donde paso veinte minutos de rodillas, dibujando y escribiendo en el suelo. Gasto toda la tiza.

A las 7.26 hace mucho que he terminado la cena y estoy mirando por la ventana. Para la ocasión, llevo un vestido blanco, pintalabios rosa, un poco de colorete, los pendientes de perlas de mi madre y unas gotas de perfume.

El coche azul de Matthias aparece a las 7.28. Él no lo sabe. Estoy deseando decírselo, no puedo esperar a que llegue al porche.

Abro la puerta antes de que llame, demasiado nerviosa para esperar.

Vaya, hola,

me saluda un confuso Matthias mirando mi vestido.

Voy a secuestrarte,

le informo antes de taparle los ojos con un antifaz.

Guío por la casa, hasta la galería, a un Matthias que va a ciegas, literalmente.

¿Y adónde me llevas?

Lejos, conmigo.

Sonríe.

No hay nada que me apetezca más.

Sigo guiando a Matthias hasta el lugar perfecto, en el centro de la galería. A continuación le quito el antifaz y digo:

Ahora puedes mirar.

Estamos de pie sobre el enorme dibujo de un avión hecho con tiza. Es casi todo blanco; solo son morados los trozos en los que me quedé sin tiza blanca. Aunque parece más un pez volador que un avión. Pero él capta la idea y sonríe: vamos a volar lejos.

Mi equipo de tratamiento cree que estoy preparada para la fase tres.

Matthias no reacciona al principio. Añado:

Tratamiento que no requiere ingreso.

Despacio, muy despacio, pregunta:

Anna, ¿qué significa eso exactamente?

Que, si no te importa, ¡me gustaría dormir en casa el lunes por la noche!

No puedo mantener la calma más tiempo:

Todavía tengo que seguir tratándome todos los días, pero ¡después de las seis puedo irme! ¡Dicen que ya estoy lo bastante estable para no necesitar supervisión nocturna!

Sigue sin haber reacción.

Tomaré la cena y la recena sola. Bueno, espero que contigo.

Sonrío.

Dormiré en casa y volveré al día siguiente, como en el colegio.

Lo observo procesarlo poco a poco:

No más horas de visita...

No, Matthias. Ni supervisora de Atención Directa vigilándonos desde la ventana. Ni más paseos cuyos límites coinciden con los del jardín que rodea el 17 de Swann Street. No más ocultarse para besarse, no más despedidas, no más cama solitaria.

Voy a recuperar a mi mujer,

susurra, abrumado. Matthias por fin ha entendido.

Esto no se ha acabado,

me apresuro a aclarar.

Solo es una fase de transición.

Asiente; los dos entendemos que esta no es la línea de meta. Pero hemos llegado hasta aquí, ¿no? Muy lejos, si echamos la vista atrás, hasta el primer día que pasé aquí. Sigo adelante.

Matthias me coge de la mano y bailamos.

Bailamos sobre el dibujo mal hecho de un avión en medio de una galería en la parte de atrás de una casa con muros de color melocotón en el 17 de Swann Street. No hay música, pero tenemos toda una orquesta sonando en nuestras cabezas.

Bailamos en la acera en nuestra primera cita y, meses después, cuando nos casamos. Recuerdo lo cerca que estaba su cara de la mía y que me fijé en todos sus rasgos por primera vez. Los miro ahora: el lunar junto a su ojo derecho del que me he apropiado, las pestañas que se curvan hacia arriba. La cicatriz de su labio superior, que sabía a helado en esa primera cita, ese primer beso.

Desde entonces hemos bailado en clubes nocturnos y en bares, en cocinas y en salas de espera de hospital. Y ahora en un centro de tratamiento para mujeres con trastornos alimentarios.

Matthias está tarareando una canción. Conozco muy bien la letra:

... un viaje en un gran avión.
Hey, hey...

Me besa en los labios y dice:
Lo haré, ¿sabes?
¿Qué?
Llevarte lejos, en un gran avión.
¿Adónde?
A Viena, a Roma, a Phuket, a Tokio, a La Habana. Al lugar del mundo que esté más lejos de aquí. A donde tú quieras. Pero primero creo que deberíamos ir a casa el lunes. Y después a París.

A casa, sí, y a París, por favor. Bailamos una canción que solo oímos nosotros en la galería silenciosa hasta el final de la hora de visita. Los violines, el chelo, un arpa con su magnífico movimiento y las conmovedoras y ondeantes teclas del piano. Después bajamos del avión y acompaño a Matthias hasta la puerta principal.

90

Lunes por la mañana. Hace seis lunes mi vida se acababa aquí. Abro los ojos; la habitación Van Gogh todavía se ve de un bonito morado. Constantes y peso pronto, después saldrá el sol y lo veré por última vez desde este ángulo, espero. Y luego, tras el desayuno, podré llevar mi maleta abajo.

Cuando vuelva del paseo tendré que firmar algunos documentos, supongo, y pasaré el día con las chicas, alternando comidas, sesiones y el almuerzo, la merienda y la recena. Tal vez ingresen chicas nuevas, pero estarán ocupadas con la orientación todo el día. No conoceré a la paciente que ocupará mi dormitorio después de mí.

Salgo de la cama y me pongo por última vez la bata de flores, con la abertura por delante. Me dirijo temprano al piso de abajo para la toma de las constantes y el control del peso. El día de mi alta ha empezado.

Dos horas más tarde el olor del café me atrae de nuevo abajo para el desayuno. Sí, me encantaría tomarme una buena taza de café ahora y...

¡Sorpresa!

Hay serpentinas de colores sobre la mesa. Y tarjetas con purpurina con mi nombre. Las chicas ya están sentadas, cada una ocupando su lugar. Yo también tengo una tarjeta para cada una de ellas.

Se las entrego, y acto seguido me siento para la celebración del día de mi alta mientras observo todas las caras y empiezo a emocionarme.

Chicas, sois estupendas...

Pero Emm me interrumpe:

¿Café?

La jarra de café solo caliente pasa por la mesa de mano en mano. Nada de emociones, todavía no. Vale, Emm. Cuando la supervisora de Atención Directa da la señal, retiramos el film plástico a los cuencos y cogemos las cucharas.

El lunes es el día de los cereales. Mi primer cuenco contiene lo que parece ser un tarro entero de yogur. En el segundo hay una montaña, una cordillera, de cereales brillantes y cubiertos de azúcar.

Frosties y yogur de vainilla. Solo de pensar que una vez me sentí paralizada ante ellos... Echo unos cuantos copos sobre los cremosos remolinos. Hay silencio en la mesa. También en mi pecho, donde unas semanas atrás había pánico. Hundo la cuchara en el cuenco y la tierra sigue sin sacudirse. Doy un bocado con curiosidad académica.

Contrastes: crema suave cubriendo las aristas duras e irregulares, pequeños cristales de azúcar en forma de picos. Está frío y lo noto frío en mi boca. Notas ácidas y dulces. Escucho el crujido, y me pregunto si alguna vez habrá silencio en mi cabeza.

El manual del paciente lo afirma con claridad:

«*Solo el 33 por ciento de las mujeres con anorexia nerviosa logran una recuperación total tras nueve meses. De entre ellas, aproximadamente un tercio recaerá una vez superada la barrera de los nueve meses*».

A mi lado Emm no ha tocado todavía su yogur.

«*No existe ningún factor predictor de recaídas*».

Tampoco lo había de superar la fase de tratamiento, en primer lugar.

Desde la silla que hay junto a la mía, Sarah llena el silencio leyéndonos nuestros horóscopos. Nos los tomamos muy en serio, como exigen las normas del 17 de Swann Street.

«*En las mujeres con bulimia nerviosa, la recuperación total se produce en un porcentaje significativamente mayor que en los casos de anorexia*»,

recuerdo que leí en el manual,

«*Hasta el 74 por ciento de ellas mantienen la recuperación transcurridos los primeros nueve meses*».

Después Sarah distribuye los crucigramas del día que ha traído Emm. De nuevo el silencio mientras los examinamos entre bocados blandos y crujientes.

«*Todos los trastornos alimentarios son crónicos y el riesgo de recaída está presente siempre. Es mayor entre los cuatro y los nueve meses tras el alta de la paciente en régimen interno*».

Mañana estaré tomando el desayuno en una mesa diferente, con chicas diferentes. ¿Seguiré tomando el desayuno entre cuatro y nueve meses después?

«*Los síntomas pueden volver a aparecer*».

Tal vez, pero tengo siete minutos para acabar el desayuno y una pequeña montaña de Frosties que tragar. Luego correré arriba para cerrar mi maleta.

El minutero del reloj llega a las ocho y media. Mi último desayuno ha acabado. Los platos sucios se apilan en el fregadero y podemos irnos.

En la sala comunitaria la conversación del día se centra en lo que voy a hacer cuando me vaya. ¿Volveré a mi antiguo trabajo en el supermercado? Espero que no. ¿Volveré a estudiar? ¿Intentaré tener un bebé? ¿Empezaré a bailar otra vez?

No lo sé,

reconozco. Y es verdad que no. Un paso, un día, una comida cada vez.

¿Qué haríais vosotras?

Los sueños se expanden en el aire de la habitación como las serpentinas que llenaban de colores la mesa del desayuno. Planes de viajes, de familias, de carreras, de amor, objetivos de vida. Emm sigue callada. Ella habla la última.

Su sueño supera a todos los nuestros:

Si yo pudiera irme, pasearía. Daría un paseo muy largo por el campo. Algún sitio fresco, con mi hermana. Tal vez hablaríamos, pero sobre todo pasearíamos, creo.

Sé que a Emm no le gustaría que le cogiera la mano en público. Nada de palabras superfluas ni demostraciones de afecto; nuestra amistad no se ha construido con eso.

Entra la supervisora de Atención Directa.

¿El paseo matinal, chicas?

Emm, por supuesto, va la primera.

Para cuando regresamos ya he reunido el coraje suficiente para acercarme a ella. Está en su sitio. Tiene en la mano el crucigrama del día y veo que también mi tarjeta.

Me parece que tu sugerencia es la que más me gusta.

Emm me mira confundida.

Al respecto de lo que debería hacer cuando me vaya de aquí. Me gustaría dar un paseo por el campo y… Hago una pausa.

Y me gustaría que tú vinieras también.

Noto el cambio en su expresión; estoy cruzando la línea, lo sé. Pero continúo:

Quiero que salgas del 17 de Swann Street y vengas a pasear conmigo. Sé que no soy tu hermana y sé que no quieres. Pero también sé que puedes y que hay olimpiadas cada cuatro años.

Una pausa para respirar y para reunir más coraje.

No tenemos que hablar, Emm. Podemos caminar y respirar, solo eso, pero necesito que camines y respires conmigo. Te esperaré todo lo que haga falta.

¿Por qué?

Me encojo de hombros. *Porque eso es lo que hacemos aquí, Emm.*

A las seis y cuarto no me despido de las chicas. Soy incapaz. De hecho, cuando ellas se ponen en fila para ir a cenar lo último que les digo es una mentira: que he olvidado vaciar mi cubículo.

No me esperéis. Iré después de vaciarlo.

La supervisora de Atención Directa no me contradice. Las miramos mientras se alejan, cruzan el césped y entran en la casa de al lado del 17 de Swann Street.

Yo he sido parte de esa imagen durante mucho tiempo. Qué rara me siento de pie aquí. No estoy curada. No estoy lista; me aterroriza lo que está por venir. Pero alzo un poco más la barbilla. «Sigue adelante, Anna.» Veo que el coche azul de Matthias se acerca por la carretera.

Mi maleta azul. Una última vuelta por la casa del 17 de Swann Street. Sus muros de color melocotón, el cielo naranja y rosa, el magnolio rosado. Me despido de la supervisora de Atención Directa y después la dejo a ella y a todo lo demás atrás, con la radio apagada, las ventanillas bajadas y mi mano sobre la de Matthias, que está en la palanca de cambios.

El coche gira al final de la calle y la casa desaparece. Me voy a mi hogar. Nos vamos a nuestro hogar. Y esta noche podré dormir con Matthias.

91

Los villancicos suenan en bucle en mi cabeza, pero no me importa. Casi ha llegado la Navidad de un año que creía que nunca terminaría. Casi es Navidad, nieva fuera y por una vez está precioso. Casi son las siete de la tarde. El estómago de Matthias ruge desde el sofá.

Está medio desnudo y medio dormido. Mis ojos recorren los contornos de su pecho. Conozco de memoria cada arruga, cada hueco y cada lunar. Me he pasado los últimos seis meses redescubriéndolos. Redescubriéndome a mí y cómo mi cabeza encaja bajo su barbilla, mi oreja sobre su corazón. Desde donde estoy sentada lo veo latir, apenas.

Seis meses desde la última vez que dormí sola en la Habitación 5 de una casa de color melocotón en el 17 de Swann Street. No he vuelto. Todavía me falta mucho para estar curada: ha sido un camino largo y difícil. De ocho de la mañana a seis de la tarde, todos los días. Pero todas las noches ceno con Matthias y me duermo a su lado.

La cena de esta noche será sencilla y rápida: espaguetis con tomates, aderezados con albahaca y romero recién cortados de las macetas del alféizar. Matthias preparará una ensalada para acompañar y creo que queda algo de Chianti. Los copos de nieve van flotando delicadamente por Furstenberg Street. Me pregunto si también estará nevando en Swann Street.

Pienso en la casa y en las chicas todos los días. A las nueve y diez el paseo matinal. Se me rompe el corazón cuando llueve por la mañana, porque sé que significa que tendrán que quedarse dentro. A las doce y media se sientan a comer. Yo también lo hago. Me muero de miedo con ellas y respiro aliviada cuando todo termina a la una y cuarto. Después toman una infusión de manzana y canela. Yo a veces la tomo de jengibre. Sobre todo pienso en ellas al atardecer. Las echo mucho de menos.

No elegí la anorexia. No elegí matarme de hambre. Pero todas y cada una de las mañanas elijo luchar contra ella, una vez más.

Los espaguetis están listos.

Matthias.

Se despereza, pero sus párpados siguen tozudamente cerrados como forma de protesta. Voy hasta el sofá y se los beso, y también la nariz. Y después las mejillas. Y después me dejo llevar. A los pocos segundos está despierto del todo, intentando apartarme, besándome, riendo.

Cuando por fin me deja respirar, anuncio:

La cena está lista,

el chico que quiero besa a la chica con la que se casó y dice:

La cena puede esperar.

Me llamo Anna. Soy bailarina y siempre estoy soñando despierta. Me gusta tomarme un vino espumoso a última hora de la tarde y comer fresas maduras y jugosas en ju-

377

nio. Las mañanas tranquilas me hacen feliz y los atardeceres me ponen triste. Como a Whistler, el pintor, me gustan las ciudades grises y brumosas. Los días grises y brumosos los veo violetas. Creo en el sabor intenso del auténtico helado de vainilla que se derrite sobre un cucurucho formando chorretones pegajosos. Creo en el amor. Estoy locamente enamorada de alguien y ese alguien está locamente enamorado de mí.

Tengo libros que leer, lugares que ver, bebés que acunar, tartas de cumpleaños que saborear. Incluso me quedan unos cuantos deseos de cumpleaños de sobra que todavía no he gastado.

Pero ahora los espaguetis están fríos y nosotros vamos a llegar tarde.

Nos sentamos a cenar. Matthias anuncia que, a pesar de todo, están ricos y que tengo salsa en la barbilla. Me río mientras doy el último bocado resbaladizo. Él repite.

Fregamos los platos a toda prisa. Regamos la orquídea y apagamos las luces. Cerramos las maletas y salimos corriendo por la puerta. Tenemos que coger un avión. A París. *Hey, hey*.

Agradecimientos

Gracias:

Mon chéri, por no dejar que me rindiera;

Merya, por no dejar que me rindiera;

Mami, papi y Marwan, por no dejar que me rindiera;

Scott, por no dejar que me rindiera;

Amy Tannenbaum, por no dejar que me rindiera;

Claudia, Maggie, Colette y Joe, por no dejar que me rindiera.

Gracias a vosotros, Paul y Corky, Andrej y Jessica, Anne, Cooper y Tika por visitar el 17 de Swann Street.

Gracias a ti, Leslie Gelbman, por enamorarte del 17 de Swann Street.

Gracias a vosotros, Alienor Moore, Henri Mohrman, Riwa Zwein, Lynn Dagher, Helen y Karen Karam, Jane Swim, Isabelle Hoët, Rose McInerney, Jen Enderlin, Dori Weintraub, Tiffany Shelton y toda la gente de St. Martin's Press. Y sobre todo…

gracias a las chicas del 17 de Swann Street.

Yara

Nota de la autora

El 17 de Swann Street es un lugar ficticio, pero los trastornos alimentarios son muy reales. La anorexia nerviosa, la bulimia nerviosa, el trastorno por atracón y los demás trastornos de este tipo son enfermedades mentales, no malos hábitos, y quienes padecen estas enfermedades soportan un gran sufrimiento. Son enfermedades silenciosas y mortales.

Pero no tienen que serlo necesariamente.

Anna es la chica más afortunada del mundo; tiene anorexia, pero está viva. Está recuperándose porque ha tenido acceso al tratamiento y cuenta con el apoyo de quienes la quieren. No todo el mundo los tiene, pero debería. De modo que si cuando leas esto reconoces algún comportamiento similar en ti o en alguien a quien quieres, explícalo, por favor.

Ponte en contacto con un terapeuta o un médico. Llama a una línea de ayuda para personas con trastornos alimentarios. Encontrarás apoyo en internet o por mensaje, si lo prefieres. Habla con alguien a quien quieras. Habla con alguien que te quiera.

Explícalo, por favor. Sé que es difícil. La conversación que vendrá a continuación lo será también, pero podría cambiar la historia antes de que todo acabe en el 17 de Swann Street.

Espero que esto sirva de ayuda.

Os deseo lo mejor,

Yara